W0405011

I will shine

L'édition originale de ce livre a été publiée pour la première fois en anglais aux États-Unis aux éditions Simon & Schuster Children's Publishing Division, 1230 Avenue of the Americas, New York, New York 10020, sous le titre *Shine*.

92, avenue de France, 75013 Paris
Loi n° 49-956 du 16 juillet 1949 sur les publications destinées à la jeunesse,
modifiée par la loi n° 2011-525 de 17 mai 2011.
ISBN : 978-2-09-259472-8
Dépôt légal : mai 2021

JESSICA JUNG

I will Shine

TRADUIT DE L'ANGLAIS (ÉTATS-UNIS)
PAR SOPHIE LAMOTTE D'ARGY

Nathan

À toutes mes étoiles étincelantes.

Chapitre 1

Tête haute, jambes croisées. Ventre rentré, épaules en arrière. Souris comme si tout le monde était ton meilleur ami. Tandis que la caméra passe sur mon visage, je me répète mentalement ce mantra. Mes lèvres rehaussées de gloss rose s'étirent en un sourire qui semble dire: « Confiez-moi vos secrets les plus intimes. »

Enfin vous feriez probablement mieux de vous abstenir. Vous connaissez le dicton: « Secret confié, secret divulgué » ? C'est d'autant plus vrai ici où chacun vous observe et où vos secrets peuvent vous anéantir. Ou du moins, anéantir vos chances de briller.

– Alors mesdames, vous devez être ravies ?

L'homme qui mène l'interview est un quinquagénaire à la peau claire et aux cheveux plaqués en arrière par une épaisse couche de gel. Si le rose fluo de sa cravate ne jurait pas autant avec sa chemise rouge, il pourrait presque être élégant. L'air complice, il se penche vers les neuf filles assises devant lui: chevelures ondulées, peaux irréprochables et éclatantes grâce à des années de masques de beauté, jambes lisses et toutes croisées selon un même angle, talons aiguilles déclinant un arc-en-ciel de couleurs pastel.

– Vous voilà en tête de classement de toutes les émissions musicales, et votre clip de lancement frappe tout aussi fort. Ça vous fait quel effet ?

– C'est super excitant, s'empresse de répondre Mina avec un large sourire révélant des dents parfaites.

Aussitôt, je souris à mon tour, jusqu'à en avoir mal aux muscles faciaux.

– Notre rêve devient réalité, renchérit Eunji avant de faire éclater une énorme bulle de chewing-gum à la fraise.

– On est si heureuses de pouvoir vivre cette aventure ensemble, ajoute Lizzie, dont le regard irradie littéralement, sous plusieurs couches de fard argenté.

– Alors, vous vous entendez bien ? demande l'homme sur un ton plein de sous-entendus. Je veux dire, un groupe de neuf filles aussi sublimes, ce ne doit pas toujours être facile ?

La bouche écarlate et parfaitement dessinée de Sumin laisse échapper un petit rire.

– C'est vrai, mais on forme une famille, et la famille, c'est sacré ! dit-elle en passant son bras sous celui de Lizzie. Nous sommes inséparables.

– Comme c'est touchant ! s'exclame l'homme, la main sur le cœur. Et qu'est-ce qui vous plaît autant dans le fait de travailler ensemble ? (Son regard glisse sur chacune d'entre nous avant de s'arrêter sur moi.) Rachel ?

Je fixe l'énorme caméra installée dans son dos et sens l'objectif zoomer sur moi. *Tête haute, jambes croisées. Ventre rentré, épaules en arrière.* J'élargis encore mon sourire pour indiquer au journaliste qu'il est mon meilleur ami, mais mon cerveau se fige.

Dis quelque chose, Rachel. N'importe quoi. Depuis le temps que tu attends cet instant. Mes mains deviennent moites. À mesure que le silence s'installe, les filles commencent à gigoter sur leur siège. La caméra est comme un projecteur brûlant sur mon visage et j'ai la bouche tellement sèche qu'il m'est presque impossible de parler.

Le journaliste finit par avoir pitié de moi et tente une question plus facile.

– Vous avez traversé tellement d'épreuves ensemble. Votre succès vient couronner sept ans de travail acharné. Cette expérience a-t-elle comblé tes espoirs ?

– Oui, je croasse avec un sourire toujours aussi crispé.

– Raconte-moi, à quoi ressemblait ta vie avant que votre groupe décolle ? Qu'est-ce qui te plaisait le plus, à la Maison des trainees[1] ?

Tout en cherchant quoi répondre, j'essuie discrètement mes mains moites sur le siège en cuir. Soudain, une idée me traverse l'esprit.

– Que pourrais-je ajouter ? dis-je en agitant maladroitement mes ongles rayés bleu lavande et blanc devant la caméra. Avec huit filles pour me faire les ongles, j'avais

1. *Trainee* est un terme courant dans l'univers de la K-pop pour désigner les « stagiaires » ou « apprentis », qui se forment pour devenir des idoles. (Toutes les notes sont de la traductrice.)

l'impression de vivre vingt-quatre heures sur vingt-quatre dans un salon de manucure.

J'hallucine. Est-ce que je viens de dire que ce qui me plaisait le plus, c'était d'avoir huit filles qui me manucuraient gratos?

Par chance, le type émet un rire sonore, et tout mon corps se détend. *C'est bon, j'ai assuré.* Je ris avec lui, et bientôt, les filles se mettent à glousser avec nous. Mais il revient à la charge en me gratifiant de son sourire le plus mielleux.

– Rachel, tout le monde loue tes qualités de chanteuse principale. Penses-tu que ton talent encourage tes camarades à se surpasser, à travailler encore plus dur?

Déconcertée, je presse mes mains contre mon visage pour cacher le rouge qui me monte aux joues. Dans ma tête, c'est de nouveau la panique. J'ai beau m'être entraînée un million de fois à répondre à ce genre de questions, dès que je me retrouve face à une caméra, je bloque. Toutes ces lumières, toutes ces questions, et ces millions de personnes qui me dévisagent devant leur écran... J'ai l'impression que mon cerveau se déconnecte de mon corps et que rien ne pourra les réunir, quel que soit le nombre d'heures passées à me préparer à cet exercice. Une boule de la taille d'une balle de golf est en train de grossir dans ma gorge et je vois bien que le sourire du journaliste devient de plus en plus figé. *Oh non... Ça fait combien de temps qu'il attend?*

Sans réfléchir, je me lance:

– Évidemment, je suis plutôt douée. (Du coin de l'œil,

je vois Lizzie et Sumin se regarder en haussant les sourcils. *Merde.*) Mais je ne suis pas toute seule. Tout le groupe… enfin, toutes les filles, nous…

– Ce que Rachel veut dire, c'est qu'on adore ce qu'on fait et que chaque jour, on s'inspire mutuellement, intervient Mina avec douceur. En tant que danseuse principale, je peux dire que mon père m'a transmis le goût du travail et…

La sonnerie du centre d'entraînement retentit. Aussitôt, les caméras cessent de tourner et le sourire de l'homme qui mène l'interview disparaît. Prenant son temps, il retire sa veste, révélant des auréoles de transpiration sous ses bras tandis que nous toutes – qui comptons parmi les trainees les plus prometteuses de DB Entertainment – attendons son verdict pour cette fausse interview.

– La semaine prochaine, je veux vous voir plus énergiques. Rappelez-vous, chez DB, la seule chose qui différencie un trainee d'une star confirmée de la K-pop, c'est la niaque ! Eunji… (Eunji le regarde avec de grands yeux apeurés.) Combien de fois dois-je te le répéter : pas de chewing-gum pendant les simulations d'interviews ! Encore une fois, et je t'expédie chez les débutantes. (Eunji blêmit et baisse les yeux.) Sumin ! Lizzie ! (Elles relèvent aussitôt la tête.) Faites preuve de personnalité, bon sang ! Personne ne déboursera 200 000 wons pour aller écouter des stars de K-pop planquées derrière leur maquillage pour faire oublier qu'elles n'ont rien à dire.

Lizzie est au bord des larmes, et les joues de Sumin prennent la même teinte que son rouge à lèvres. C'est alors qu'il se tourne vers moi.

– Rachel, on en a déjà parlé, dit-il d'une voix lasse. Tu chantes et tu danses comme personne, mais ça ne représente qu'une partie du boulot. Si tu n'es pas fichue de me convaincre lors d'un media training, comment pourras-tu enchaîner les concerts devant des milliers de personnes, ou répondre en public aux questions des journalistes? On attend davantage de toi.

Sur ce, il nous salue d'un bref hochement de tête, tire une cigarette de son veston et quitte la salle.

Après avoir passé une heure sur ce minuscule tabouret, je ne souris plus du tout et masse ma crampe au mollet droit causée par les talons aiguilles. Les consignes, je les connais par cœur. *Il faut faire mieux, Rachel. Sois à l'aise devant la caméra. Une star de la K-pop doit être charmante, éloquente et parfaite en toute circonstance*. Je me retourne pour enfiler mes Converse. Mina me lance un regard noir.

– Qu'est-ce que tu veux? je soupire.

Elle me montre sa main impeccablement manucurée.

– *Huit filles pour te faire les ongles*? Sérieusement? On n'est pas tes domestiques, Rachel, dit-elle en levant les yeux au ciel.

Tu parles. De nous toutes chez DB, Mina est sans doute la seule susceptible d'avoir des bonniches à la maison. Propriétaires de la chaîne C-Mart, ses parents, les Choo, comptent parmi les entrepreneurs les plus puissants de Corée. Leurs magasins orange et blanc pullulent dans tout le pays. On y trouve aussi bien du kimchi, du Yakult et du japchae frais que des sweat-shirts jaune fluo Hello Kitty ornés d'inscriptions ridicules en konglish, un mélange d'anglais et de coréen. Bref, Mina est richissime et, surtout, pénible.

– Tu es consciente que c'est à cause de toi qu'on doit se taper autant de media training? (J'en ai tout à fait conscience. Pour autant, je n'ai pas spécialement envie de l'entendre de sa bouche.) Au lieu de te comporter comme une gamine de huit ans dans une soirée pyjama, tu pourrais faire un effort et répondre en vraie star de K-pop? Ou est-ce trop demander à notre pauvre petite princesse américano-coréenne?

Je me raidis. Ce n'est un secret pour personne: bien qu'étant coréenne, je suis née et j'ai grandi au États-Unis (à New York, pour être précise). Mais entre le coach de danse qui m'a crié dessus ce matin parce que j'avais trois minutes de retard et mon interview ratée, je ne suis pas d'humeur à m'écraser devant l'arrogance de Mina.

– Je ne me souviens pas qu'il t'ait posé la moindre question personnelle, je rétorque. Qui sait, tu n'es peut-être pas aussi intéressante que tu l'imagines?

– Ou peut-être que je n'ai tout simplement pas besoin de m'entraîner à ça.

Je soupire. Ce matin, j'ai sauté le petit déjeuner, et me lancer dans une joute verbale avec Mina le ventre vide ne me semble pas être une bonne idée. Je lui tourne le dos et fourre mes talons aiguilles dans mon vieux cabas en cuir blanc.

– Tu ne daignes pas répondre, insiste Mina. Ta mère ne t'a pas appris les bonnes manières?

– Ce ne serait pas étonnant, lâche Lizzie en vérifiant son mascara dans un miroir de poche frappé de ses initiales. (Elle referme le boîtier d'un claquement sec.) Pauvre princesse Rachel, comme sa maman lui interdit de mettre les pieds à la Maison des trainees, elle s'imagine qu'on n'a rien de mieux à faire que de vernir nos ongles.

– Ça doit être sympa d'être la chouchoute de M. Noh, dit Eunji avec un grand soupir. Tu sais, certaines d'entre nous doivent travailler dur pour arriver jusque-là. À nous, le directeur n'accorde aucune faveur.

Sumin se tourne vers Eunji.

– J'espère que tu ne t'inclus pas dans ce « nous » ? Ça fait une éternité que je ne t'ai pas vue transpirer.

– Justement, à propos de transpiration, tu ferais mieux d'aller te rafraîchir, chérie, rétorque Eunji en dessinant un cercle imaginaire autour de son propre visage. Ta peau est un peu… luisante.

– Tu n'as pas vu ton nez ? On dirait qu'il est en plastique, répond Sumin.

– Arrêtez, vous me donnez la migraine ! râle Lizzie. Mina, sunbae, fais-les taire s'il te plaît !

Mina sourit.

– Mais bien sûr, mon chou. Je propose qu'on rallume la caméra, ça devrait les calmer ! Attends non, ça calmerait surtout… Rachel.

Leurs gloussements résonnent dans toute la pièce et me font rougir de colère et de gêne. Je devrais riposter, mais je reste muette. Je ne riposte jamais, préférant me persuader que c'est pour suivre les conseils de ma mère – sois forte, reste au-dessus de la mêlée, ne leur montre pas à quel point tu en baves, et autres injonctions féministes en vogue aux États-Unis –, mais l'énorme boule qui revient dans ma gorge me prouve que c'est faux. Je termine de lacer mes chaussures.

– Si vous voulez bien m'excuser, dis-je en m'apprêtant à quitter la pièce.

– Oh, mais certainement, répond Mina d'un ton innocent.

Du coin de l'œil, je la vois rejoindre les autres et toutes se lancent dans des messes basses, un sourire moqueur aux lèvres.

Le campus DB est exactement à l'image des stars de K-pop qu'il fabrique en masse : impeccable, rutilant, accrochant immédiatement le regard. Ce bâtiment de prestige se dresse en plein cœur de Cheongdam-dong, capitale de la K-pop. En été, les trainees se retrouvent au jardin aménagé sur le toit pour y suivre des cours de yoga et de Pilates. Soucieux d'éviter la moindre trace de bronzage, ils se disputent les coins protégés du soleil par des parasols. Dans le grand hall revêtu de teck et de marbre, il y a des fontaines à jets dont l'eau provient directement des montagnes Seoraksan. Elles sont censées nous apporter la paix intérieure permettant de manifester notre plus haut potentiel, mais personne n'est dupe : ici, la paix intérieure, ça n'existe pas. Comment la trouver avec ce Mur des idoles qui nous toise chaque jour ?

Le Mur des idoles, ce sont tous ces portraits d'anciens trainees devenus célèbres qui recouvrent un des murs de l'aile principale. Chaque fois que nous nous précipitons d'une salle à l'autre, leurs sourires photogéniques et leurs cheveux brillants nous rappellent, à nous, simples mortels, ce à quoi nous aspirons. Au centre du mur – place où nous espérons tous figurer un jour –, une plaque dorée porte les noms des solistes ou des groupes DB ayant décroché la première place dans les charts de Séoul.

Je m'arrête un instant devant ces noms mémorisés depuis des années. Pyo Yeri, Kwon YoonWoo, Lee Jiyoung... et le plus récent, les Next Boyz. En repensant à mon interview catastrophique de ce matin, je sens le stress et la panique – sensations bien connues des trainees de DB – m'envahir. Ce mauvais souvenir me fait presser le pas vers la partie ouest du bâtiment, là où se trouvent les salles de répétition individuelles.

Partout dans le couloir sont exposés les accessoires utilisés par des stars lors de concerts internationaux. Une bonne moitié porte les insignes des Electric Flower et de Kang Jina, chanteuse légendaire de ce groupe féminin de K-pop, le meilleur de ces dernières années. Ces filles se sont tout de suite hissées à la première place et ne l'ont jamais quittée. Quand je suis arrivée chez DB, je les idolâtrais, surtout Jina. Aujourd'hui, je les admire encore plus, car je sais tout ce qu'elles ont dû endurer pour en arriver là. Mais je me demande aussi ce que sont devenues les autres, celles qui n'ont pas réussi à se distinguer au sein de leur formation.

Et moi ? Serai-je de celles qui atteignent le sommet, ou de celles qui restent dans l'ombre ?

J'entrouvre la porte d'une salle d'où s'échappent des sons de basse. Une fille en deuxième année travaille la choré de *Don't Give Up on Love*, le titre iconique de Blue Pearl. Découragée d'avoir raté l'enchaînement de mouvements des bras, elle se traîne jusqu'à l'ordinateur et remet la chanson au début. En la regardant, j'ai mal pour elle. Son front en sueur et ses joues rouges indiquent qu'elle est là depuis des heures, mais c'est le rythme de travail quotidien au début de la formation. Au bout du couloir, je passe un doigt sur le tableau électronique qui indique la disponibilité des salles. Comme nous sommes samedi et qu'il est encore tôt, je devrais trouver un créneau cet après-midi pour travailler ma chorégraphie. *Argh*. Tout est pris.

Je serre les poings. Lizzie n'avait pas tort. Je ne suis pas comme ces trainees qui sont là à plein temps, sept jours sur sept, travaillent le chant et la danse jusqu'à quatre heures du matin, puis vont grappiller quelques heures de sommeil à l'internat pour recommencer le lendemain.

Quand j'ai été recrutée par DB, ma mère s'est d'abord opposée à ce que je suive leurs cours. Cela impliquait que toute ma famille déménage de New York à Séoul, que ma sœur quitte son école et ses amis, et que mes deux parents démissionnent de leur travail. Mais surtout, Umma ne comprenait pas ma passion pour la K-pop, et encore moins que j'aie envie d'adopter le mode de vie d'une apprentie K-pop-star : la pression, les années d'entraînement, les scandales de chirurgie esthétique, tout ça l'effrayait au plus haut point. Et puis, après que j'ai passé trois semaines à la supplier de changer d'avis,

Halmoni est morte. J'étais affreusement triste, et Umma, Leah et moi avons pleuré toutes les larmes de notre corps. Chaque matin, pendant nos vacances à Séoul, Halmoni me faisait des tresses et me chuchotait de vieux contes populaires à l'oreille. De sa voix apaisante, ma grand-mère me promettait qu'en grandissant, je serais belle, sage et très riche. Umma n'a pas permis qu'on manque l'école pour aller avec elle en Corée à l'enterrement d'Halmoni. À son retour, j'avais quasiment renoncé à intégrer DB. Mais à ma grande surprise, elle m'a proposé l'accord suivant : nous irions tous nous installer à Séoul, j'irais en classe durant la semaine et suivrais une scolarité normale qui me permettrait d'aller à la fac plus tard. Tous les week-ends, je pourrais m'entraîner chez DB dès le vendredi soir. (Un jour, il y a très longtemps, je lui ai demandé pourquoi elle avait changé d'avis après la mort d'Halmoni. Pour toute réponse, elle m'a lancé un regard vide et a déposé un baiser sur ma tête.)

Au début, les dirigeants de DB n'étaient pas d'accord avec cet arrangement, mais M. Noh a décidé de faire une entorse à la règle. Maman est convaincue d'avoir obtenu gain de cause grâce à sa « détermination féministe ». Elle se trompe : c'est parce que je suis une des rares privilégiées que M. Noh a extraites du lot des trainees lambda pour leur prêter plus d'attention – mais aussi pour les soumettre à plus de pression. Quoi qu'il en soit, cette situation plutôt inédite m'a très vite valu le surnom de « princesse Rachel », la trainee la plus chouchoutée de DB. J'étais la Coréenne à 100 % dont le passeport américain, l'attitude américaine et l'aversion toute américaine elle-aussi pour les spams m'éloignaient davantage des autres que ne l'aurait fait l'océan Pacifique. Sept ans plus tard, ce surnom me colle toujours à la peau, alors même que je suis ici depuis bien plus longtemps que presque tous les autres trainees.

Je m'attendais à être jugée sur mes efforts : tous mes week-ends sont consacrés à me sculpter un corps d'athlète et, en semaine, je m'entraîne le soir après les devoirs, quitte à ne dormir que quatre heures par nuit. Au lycée, j'ai même supplié qu'on me laisse disposer de la salle de musique cinquante minutes par jour pour faire mes gammes. Malgré tout ça, on me juge uniquement sur l'état de propreté de mes vêtements, le soin apporté à mon brushing et le fait que je sois autorisée à dormir chaque nuit chez moi.

Le pire, c'est qu'ils ont raison. Tous les autres trainees s'investissent à fond, vivant pour la plupart sur le campus pour ne rentrer chez eux qu'une fois par mois. Ils se nourrissent de K-pop, rêvent de K-pop, ne vivent qu'à travers la K-pop. Je sais bien que je devrais suivre leur exemple, mais je n'y arrive pas.

La tête entre les mains, j'essaie de respirer calmement. Étant bientôt en âge d'être lancée sur le marché de la musique, j'ai supplié ma mère de me laisser m'entraîner à plein temps, mais elle n'a rien voulu savoir. Comment lui expliquer que passé dix-neuf ans, aucune trainee ne peut plus débuter au sein d'un groupe féminin ? Que dans deux ans, je serai trop vieille ? La sortie du premier album des Electric Flower et l'énorme tournée qui a suivi remontent à presque sept ans. Depuis, DB n'a plus lancé aucun groupe féminin, mais il paraît que ça ne saurait tarder. Je ne peux pas me permettre d'attendre. Dans sept ans, ou même dans sept mois, je n'aurai plus l'âge. J'ai trop travaillé pour ça, pas question de passer mon tour, n'en déplaise à Umma.

– Rachel !

Reprenant un air neutre, je me prépare de nouveau à affronter Mina, mais en voyant Akari cavaler dans le couloir, je ne peux m'empêcher de sourire.

Akari Masuda a suivi ses parents à Séoul quand son père, un génie japonais des nouvelles technologies, a été recruté par la base aérienne d'Osan. Juste avant leur déménagement en Corée, Akari a été présélectionnée pour suivre l'entraînement de L-Star Records, un énorme label de J-pop, mais comme elle n'avait que dix ans, ses parents n'ont pas voulu la laisser seule à Tokyo. En échange, son père a fait jouer ses relations pour la faire entrer chez DB. Le fait qu'Akari et moi étions deux étrangères à Séoul nous a tout de suite rapprochées. Avec l'esprit de compétition qui règne ici, ce n'est pas facile de se faire des amis, mais Akari est l'une des rares personnes en qui j'aie entièrement confiance.

– Où tu étais passée ? demande-t-elle en glissant son bras sous le mien avec sa grâce naturelle de danseuse. (Akari danse depuis l'âge de quatre ans.)

– J'avais media training.

Remarquant mes yeux cernés et mon visage écarlate, elle me pousse hors de la salle de répète.

– Je t'ai cherchée partout, j'avais peur que tu rates la cérémonie du salut d'accueil.

Je m'arrête net.

– Oh non, pitié. Tu sais bien que j'ai horreur de ça.

– Que ça te plaise ou non, « la cérémonie du salut d'accueil est une tradition familiale, et chez DB, la famille, c'est sacré », répond-elle en imitant M. Noh, le P-DG de DB Entertainment qui aime se présenter comme « le chef de cette famille si soudée ». Sans compter qu'il y aura à manger.

À ces mots, mon estomac se met à gargouiller, me rappelant que je n'ai rien avalé de la journée.

– Il fallait le dire tout de suite. Tu sais bien que je ne refuse jamais de manger à l'œil.

Le hall principal grouille de trainees courant d'une salle d'entraînement à l'autre et de profs se hâtant vers leur bureau pour préparer le grand concert des Electric Flower qui aura lieu le week-end prochain à Busan. Nous passons devant la cafète, la seule en Asie qui se soit vu attribuer une étoile au guide Michelin. Des stars internationales telles que Joe Jonas ou Sophie Turner ont même déjà fait le déplacement pour y manger. Dommage qu'aucun trainee ni aucune star représentés par DB n'en profite : ne pouvant nous permettre d'être boudinés dans nos costumes de scène, chaque semaine, nous devons monter sur la balance.

Avec ses murs en bois blond et ses lustres en fer forgé, l'auditorium est l'un de mes lieux préférés du campus. La scène, érigée au centre de la salle pour nous préparer aux concerts dans les stades, est entourée de sièges de velours.

Nous nous installons dans les fauteuils du premier rang. M. Noh est déjà sur le plateau avec les nouveaux. En rangs derrière lui, ils sourient et s'agitent comme des écoliers un jour de rentrée. Plus ringard que jamais en total look Prada, M. Noh garde une main posée sur les épaules d'un débutant pour se donner un air paternel, mais son regard perçant caché par des lunettes à effet miroir est capable de repérer un trainee défaillant à un kilomètre.

Tandis qu'il évoque d'une voix monocorde les nombreux défis qui attendent ce contingent de futures stars de K-pop, mes yeux se posent sur le buffet dressé dans un coin de la salle. C'est un vrai festin occidental composé de sandwichs prosciutto-figues, de beignets à l'eau de rose et de plateaux débordant de mangues et de litchis. Un petit groupe de dirigeants et d'entraîneurs de seniors a déjà commencé à s'empiffrer. J'aperçois parmi eux les cheveux rose fluo de Chung Yujin, la coach principale, et lui adresse un signe de la main. C'est elle qui m'a repérée quand j'ai chanté *Style* dans un norebang, un karaoké privatisable de Myeong-dong. J'avais onze ans, et Leah et moi passions les vacances d'été chez Halmoni à Séoul. Maintenant que j'en ai dix-huit, Yujin est toujours la personne que je respecte le plus chez DB. Elle est à la fois mon mentor et ma grande sœur. Hormis Akari, personne ne sait à quel point nous sommes proches. Estimant que ma vie d'apprentie K-pop-star est déjà rendue assez difficile par mon emploi du temps aménagé et l'intérêt que me porte M. Noh, Yujin préfère ne pas en rajouter en claironnant qu'elle m'adore. Répondant discrètement à mon salut, elle fait mine de s'intéresser à un vieux dirigeant tout ridé qui l'agrippe par le bras et commence à lui chuchoter quelque chose à l'oreille, mais quand elle intercepte mon regard, je la vois articuler : *Au secours !*

Je souris discrètement, mais à la vue du grand panneau orange et blanc posé sur la table, mon sourire disparaît : *De la part de Choo Mina et de son père. Nous sommes fiers d'appartenir à la famille DB. Bon appétit !*

– Je crois que je viens de perdre l'appétit.

Suivant mon regard, Akari découvre à son tour le panneau.

– Détends-toi, dit-elle en riant pour dissiper ma mauvaise humeur. Mina n'est pas un monstre.

– Tu te souviens de ma cérémonie du salut ?

Elle pouffe de rire.

– Oui, j'adore cette histoire.

Le jour de mon arrivée chez DB, j'ignorais complètement que lors de cette cérémonie, j'étais censée m'incliner devant les trainees seniors. Mes deux parents ont beau être coréens, je débarquais juste de New York, et cette manière de se saluer n'est pas très fréquente aux États-Unis. Petite, on m'y obligeait seulement au Nouvel An, quand nos parents nous emmenaient chez des amis qu'ils avaient rencontrés à l'église. Là, il fallait leur faire le salut coréen traditionnel, mais le billet de vingt dollars qu'on nous glissait dans la poche après en valait largement la peine. Pour moi, cette cérémonie chez DB n'était qu'un simple rituel de bienvenue, une occasion de rencontrer mes nouveaux camarades. Anticipant mon ignorance,

Yujin-*unni* m'a soufflé de m'incliner devant les trainees plus âgés. Ce que j'ai fait, sauf devant Mina, à qui j'ai juste tendu la main parce qu'elle avait mon âge. Je crois que si je lui avais balancé un coup de pied dans le ventre ou craché au visage, elle n'aurait pas été moins furax.

Akari imite la fureur de Mina: «Pour qui elle se prend, cette bouffonne? Elle s'imagine être exceptionnelle parce qu'elle vient d'Amérique? Commence par apprendre les bonnes manières, bébé.»

Je lève les yeux au ciel à ce souvenir. Mina était immédiatement allée cafter auprès de M. Noh, exigeant que je sois punie pour manque de respect envers une sunbae (littéralement, toute personne plus expérimentée que vous, même si elle a votre âge, voire moins). Heureusement, Yujin y avait mis le holà. Mais depuis ce jour, Mina semble avoir un seul but dans la vie: m'anéantir.

– Quel sale caractère!

– Tu ne t'es toujours pas inclinée? demande Akari.

– Moi, m'incliner devant cette fille à papa qui se croit tout permis? Ça ne risque pas.

– C'est bien, approuve Akari en me tapant sur l'épaule. La petite Rachel serait fière de toi.

Je lui décoche un bref sourire, mais mon cœur se serre. Si je pouvais revenir en arrière et me renseigner sur les usages, agirais-je de la même manière? J'ai envie d'affirmer que je remettrais Mina à sa place, mais peut-être que je me mens à moi-même. Je me revois encore sortir de la salle de répétition en courant. Depuis, j'évite d'affronter les autres trainees, m'agrippant constamment aux conseils de Yujin: «Reste au-dessus de la mêlée, concentre-toi sur l'entraînement.» N'empêche. Est-ce que la Rachel de onze ans serait fière de moi, ou me traiterait-elle de lâche?

Akari et moi rejoignons les autres seniors sur scène et attendons patiemment que les nouveaux fassent leur révérence.

– Excusez-moi, lâche brusquement Lizzie, mais la princesse et sa copine, là, vous vous mettez au dernier rang.

Autour de nous, les filles sont choquées.

Akari se tourne vers elle.

– C'est une blague? rétorque-t-elle, le visage à quelques centimètres de celui de Lizzie et la foudroyant du regard. On est plus anciennes que toi et on ne bougera pas.

Lizzie interroge Mina des yeux, laquelle nous toise avec un sourire narquois sans pour autant nous contredire, car toutes les deux savent qu'Akari a raison.

– N'empêche que vous restez des étrangères, siffle-t-elle, clairement vaincue.

Les autres filles nous regardent et ricanent. J'en ai assez entendu.

– Laisse tomber, Akari, je marmonne. Ça n'en vaut pas la peine.

Akari bout, je le vois à sa démarche raide. Pourtant, elle m'obéit. *Ça n'en vaut pas la peine*, je me répète. Sans compter que gâcher la cérémonie du salut ne serait pas pro. Je ne m'appelle pas Mina, moi.

Tandis que nous nous dirigeons vers le buffet, Yujin saisit ma main et la presse dans la sienne.

– Tout va bien? Ça avait l'air... tendu.

– Oh, rien de grave, dis-je avec un sourire crispé.

Bien décidée à réprimer la honte qui m'envahit, je prends une assiette et tends distraitement la main vers un sandwich, mais Akari m'attrape le poignet.

– Fais gaffe, il est au concombre, m'avertit-elle en désignant l'étiquette.

– Beurk ! (Je me ravise pour un bout de pizza bacon-fromage.) Merci, tu viens de me sauver la vie.

– Il faut bien que les amies servent à quelque chose. Et puis, je ne revivrai pas une deuxième fois l'épisode catastrophique de 2017, quand tu as aspergé toute la cafète de vomi après avoir avalé une malheureuse bouchée de salade de concombre. Quel cauchemar !

– Qu'est-ce que j'y peux si les concombres sont aux légumes ce que le jogging est au sport ? Tout le monde prétend aimer ça au prétexte que c'est sain, mais il n'y a pas pire. Ils laissent un sale goût dans la bouche. Ça devrait être interdit.

– Désolée, chingu, mais je crois que les concombres sont plutôt classés dans la catégorie des fruits, s'esclaffe Akari.

Je lui jette ma serviette en papier à la figure.

Entrez dans n'importe quelle salle de cours DB, et vous y trouverez les ados les plus doués de la planète en matière de danse, de chant et, bien sûr, de potins.

– Il paraît qu'il s'est teint les cheveux en orange, dit Eunji.

– Oui, exactement de la même teinte que Romeo de BigM$ney, précise un trainee de première année en pantalon argent.

Le cours a commencé, on dirait.

Bien sûr, il n'est question que de Jason Lee, la nouvelle star de K-pop maison dont le nom vient d'être ajouté sur la plaque du Mur des idoles. Depuis que son groupe les Next Boyz a été lancé et que leur single *True Love Boy* figure parmi les meilleures ventes, on ne pouvait plus faire un pas dans le campus (ni dans tout Séoul) sans entendre la voix de ténor de Jason clamer son unique et véritable amour. M. Noh n'avait jamais semblé aussi heureux. Mais le si charismatique et modeste et loyal Jason est maintenant en guerre contre les dirigeants de DB sans que personne sache pourquoi. Sirotant une canette de Milkis, j'écoute les conjectures qui fusent de toute part, soulagée d'oublier mes tracas.

– Il paraît qu'il a volé un vinyle de la collection de M. Noh, chuchote une troisième trainee dont les yeux sont cachés par une épaisse frange brun-roux.

– L'ange Jason ? Un voleur ? Jamais de la vie !

– M. Noh ne s'en serait pas rendu compte, des disques, il en a au moins mille…

– Tu plaisantes ? Il est obsédé par sa collection.

– Même si c'est vrai, Jason est bien trop mignon pour se faire virer.

Une demi-douzaine de trainees dodeline de la tête en signe d'approbation. Je reste dubitative. Des disques volés et des cheveux orange ? C'est tout ce que la machine à cancans DB a trouvé à se mettre sous la dent ? Il y a quelques mois, quand Suzy Choi a été renvoyée au milieu de l'année, des bruits ont couru sur le fait qu'elle se droguait et devait des milliers de dollars à ses dealers, lesquels l'auraient vendue à l'un de ces restaurants nord-coréens du Cambodge. (Akari, elle, prétendait avoir vu Suzy dans la rue, marchant main dans la main avec un mec mignon. Je n'en ai pas cru un mot. Jamais Suzy n'aurait osé enfreindre la règle de DB interdisant les relations amoureuses. Dans le milieu de la K-pop, prendre des substances illicites est bien plus vraisemblable que d'avoir un petit ami.) L'année dernière, un dimanche où mes parents travaillaient, ils m'ont demandé d'emmener Leah à l'entraînement avec moi. Aussitôt, on a raconté qu'elle était ma fille illégitime et que, si je ne pouvais pas aller en cours en semaine, c'était parce que je devais m'occuper d'elle. Évidemment, le fait que je ne sois que de cinq ans son aînée n'avait effleuré personne.

Mina se lève et s'étire.

– Au lieu de cancaner, on ferait mieux de s'entraîner, dit-elle en lançant un coup d'œil en direction de M. Noh.

Je me retiens de lever les yeux au ciel, mais son manège ne m'a pas échappé.

Elle me regarde et s'avance vers moi, tout sourire.

– Rachel, quel dommage que tu ne sois pas restée plus longtemps à la cérémonie du salut. Remarque, c'était sans doute mieux que seuls ceux d'entre nous qui savent ce qu'ils font y assistent, tu ne crois pas ? En tout cas, j'espère que ce buffet te plaît et que tu te régales.

C'est bon, Mina l'aura voulu. Je regarde fixement son assiette de céleri et de dotori-muk tandis qu'un groupe de jeunes trainees s'approche de nous en pouffant.

– Tout à fait, je réponds sur le même ton enjoué en grignotant un morceau de bacon. J'ai de la chance, étant naturellement mince, je peux manger ce que je veux.

Estomaquée, Mina hausse les sourcils d'un air furieux. Elle n'est pas habituée à ce que je lui tienne tête et me le fera sûrement payer.

– Si Akari et toi êtes libres ce soir, rejoignez-nous à la Maison des trainees. On organise une répète de chant tous les samedis soir, lance-t-elle en haussant la voix de quelques décibels. Ça m'embêterait que vous preniez du retard.

La Maison des trainees. Ben voyons. Mina sait parfaitement qu'Umma ne m'autorisera jamais à y aller.

Je n'ai même pas le temps de répondre que, déjà, M. Noh vient droit sur nous. La voix forte de Mina a porté. Au moins, tous ces cours de chant particuliers lui auront servi à quelque chose. Décidément, cette fille a de la suite dans les idées.

– Qu'est-ce que j'entends, vous prévoyez une répétition nocturne? dit-il en posant les yeux sur moi. C'est ton idée, Rachel? Je reconnais bien là notre trainee la plus travailleuse!

Les autres filles se taisent, se tenant aussi droites que possible pour faire bonne impression au cas où l'on s'adresserait à elles.

Mina semble folle de rage qu'une fois de plus, M. Noh ne s'intéresse qu'à moi. Je m'oblige à sourire et m'apprête à répondre, mais elle me coupe l'herbe sous le pied.

– Moi aussi, monsieur, j'y serai ! s'écrie-t-elle. (Dans son empressement, elle fait tomber quelques tronçons de céleri de son assiette.)

Abasourdi, M. Noh ouvre de grands yeux, mais se ressaisit très vite.

– Excellente attitude, qui vous sera certainement très profitable, mademoiselle... euh...

– Choo. Mina Choo. Mon père est Minhee Choo... dit-elle, le visage défait. Vous êtes de vieux amis...

– Mais oui, la fille de Minhee ! répond-il avec un petit rire, visiblement soulagé. Merci de m'avoir rafraîchi la mémoire.

– C'est moi qui vous remercie, monsieur Noh, minaude-t-elle. Est-ce que vous allez vous revoir bientôt ? Père est toujours ravi de vous compter parmi ses invités à la réception de Noël de la Choo Corporation.

– Oui, oui, je dois l'appeler, dit-il avant de fixer de nouveau son attention sur moi. Vous savez bien vous entourer, Rachel ! Vous et Mina êtes un exemple pour nos seniors. Ces répétitions nocturnes devraient être une priorité absolue pour vous tous. (M. Noh plonge son regard dans le mien, et je peux voir mon reflet dans ses verres de lunettes.) Et en particulier pour ceux qui souhaitent débuter bientôt.

Je bous intérieurement, mais n'en laisse rien paraître. Ignorant le petit air suffisant de Mina, je reprends une gorgée de Milkis et je souris.

– Comptez sur moi, dis-je en levant ma canette comme pour porter un toast. Vivement ce soir. *Tchin. À la famille, et à la joie de s'être fait avoir.*

Chapitre 2

Le visage ruisselant de sueur, je balance une volée de coups de poing dans le ventre mou du punching-ball. *Schplof*, pour Mina et son sourire moqueur. *Schplaf*, pour Umma et ses principes. Et *schbouf*, pour ne pas avoir su me défendre contre les autres filles au cours de media training. Je cogne à l'aveugle sur tout ce qui m'entrave, tout ce qui vient se mettre en travers de mon chemin – y compris moi-même.

Tout en s'efforçant de stabiliser le punching-ball, *Appa* grogne à chacun de mes coups. Appa est un ancien boxeur professionnel.

– Tu dois beaucoup m'admirer.

– Qu'est-ce qui te fait dire ça? je demande, hors d'haleine.

– Tu essaies de marcher dans mes pas, dit-il en riant. Pour quelle autre raison ma fille de dix-sept ans s'acharnerait elle à ce point sur un sac de sable?

– Dix-huit ans, Appa. Pour les Coréens, j'ai dix-huit ans.

En Corée, on considère qu'à la naissance, on a déjà un an. En clair, on a toujours un an de plus qu'aux États-Unis. *Ce qui me laisse une année de moins pour débuter, et me rapproche d'autant de l'âge limite.* Je donne un autre coup dans le sac.

– Désolé, ma fille, soupire Appa.

Après un dernier uppercut, je recule et souffle comme un phoque, la queue-de-cheval collée à ma nuque trempée. Si j'étais chez DB, ce serait gênant. Les coachs ont horreur de nous voir transpirer, même après des heures d'entraînement. Selon eux, ça nous donne un air négligé pas du tout pro. Il faut dire que la plupart des filles s'entraînent maquillées et que le mascara dégoulinant, ça fait mauvais genre. Mais dans la salle de boxe, j'adore transpirer. Ça me donne l'impression de botter les fesses de quelqu'un.

Appa me regarde d'un air pensif.

– Tout va bien ?

Du menton, il désigne Akari et les jumelles Cho, mes copines de lycée qui sont en train de combattre sur le ring parées d'un casque et de gants. Elles viennent parfois avec moi à la salle de boxe familiale. Pendant qu'on fait nos exercices de cardio, Appa nous raconte sa jeunesse glorieuse.

– Impec, je réponds.

Appa a beau être cool, je sais pertinemment qu'il répète à Umma tout ce que je lui raconte. Non pas qu'il soit incapable de garder un secret, puisque lui-même en a un qu'il n'a jamais confié à Umma.

– Et chez DB, tout roule ? dit-il en jetant un regard circulaire autour de lui, comme si Umma pouvait se tenir cachée derrière un sac de frappe.

Mais hormis mes amies et moi, il n'y a personne. Comme d'habitude.

– Super.

Il s'éclaircit la gorge.

– Tu n'as toujours rien dit à ta mère ni à Leah ?

Je secoue la tête. Si je sais qu'Appa suit des cours du soir en cachette, c'est parce qu'un jour, en venant m'entraîner dans sa salle, j'ai vu traîner un manuel de droit sur son bureau. Quand je l'ai interrogé à ce sujet, il a commencé par me faire croire qu'il s'agissait d'une lecture comme une autre, mais très vite, il m'a avoué la vérité en me faisant promettre de ne rien en dire à Umma et à Leah.

– Non. Mais tu étudies depuis presque deux ans, tu ne crois pas qu'il serait temps de les mettre au courant ? D'autant que tu vas bientôt être diplômé...

– Je ne veux pas leur donner de faux espoirs, m'interrompt-il. (Il m'a déjà fait cette réponse quand j'ai découvert son secret.) Nous savons tous que cette salle de boxe ne marche pas très bien. Ce n'est plus comme avant...

Il marque une pause et je repense à la vie que nous menions à New York. À l'époque, Appa était encore connu pour ses exploits de boxeur, et la salle de sport qu'il avait ouverte dans notre quartier du West Village était toujours bondée. Umma était sur le point d'être titularisée comme professeur de littérature à l'université de New York. Bien que tous très occupés, on passait beaucoup de temps tous les quatre. Après l'école, Leah et moi, on s'installait au dernier rang de la classe d'Umma et on faisait nos devoirs et des coloriages. Le week-end, on distribuait des verres d'eau et des serviettes aux boxeurs qui venaient s'entraîner à la salle d'Appa et Umma donnait un coup de main au bureau, organisant les emplois du temps et réceptionnant les livraisons. Après quoi, ils nous achetaient des glaces et nous emmenaient à Washington Square pour que Leah puisse y admirer le type qui fabriquait des bulles géantes.

Mais plus rien n'est comme avant. Umma doit travailler deux fois plus pour retrouver son statut de titulaire, ce qui risque de prendre encore quelques années. Chaque soir après l'école, Leah passe plusieurs heures seule pendant que les parents travaillent et que je fais mes devoirs ou que je m'entraîne. Quant à Appa, il a acheté cette salle de boxe un an après notre installation à Séoul, mais elle n'a jamais décollé. Il y a des semaines où mes copines et moi sommes les seules à la fréquenter.

Pour la troisième fois de la journée, j'ai la gorge serrée. Même si Appa est ravi que je sois devenue une trainee, je ne peux pas m'empêcher de me sentir coupable de l'avoir obligé à abandonner son rêve pour que je poursuive le mien. Il secoue la tête et m'adresse un petit sourire.

– J'adore cette salle, mais toi et Leah et Umma, je vous aime encore plus et votre bonheur m'importe par-dessus tout. Si je deviens avocat, on aura un peu de stabilité financière. Je... je voudrais tellement ne pas les décevoir. Surtout Leah. Elle n'a que dou... treize ans! Et tu sais à quel point un rien la perturbe. Attendons encore un peu, nous verrons si j'ai une chance.

J'acquiesce, terrifiée, moi aussi, à l'idée de décevoir mes parents qui ont renoncé à tout pour que je puisse entrer chez DB et devenir une star. Pour moi, la question n'est pas de savoir si j'en deviendrai une, mais quand. Je n'ai pas d'autre choix que de réussir.

– Assez de blabla de vieux grincheux, dit-il sur un ton faussement enjoué. Va rejoindre tes copines.

À présent, c'est Akari qui tient le punching-ball pour que les jumelles puissent s'entraîner à tour de rôle.

Cho Hyeri et Cho Juhyun sont mes meilleures amies. Ce sont elles qui m'ont accueillie le jour de ma rentrée à l'École internationale de Séoul. J'étais très inquiète de ce que mes nouveaux camarades penseraient de mon inscription chez DB. Me trouverait-on bizarre? trop gâtée? Devrais-je m'incliner devant eux comme devant Mina? Mais balayant ces questions d'un geste, Hyeri et Juhyun m'ont tout de suite prise par la main pour me faire visiter l'école. Elles étaient beaucoup plus intéressées par les écussons à paillettes cousus sur mes Converse et par le fait que j'avais grandi près des boutiques de luxe de Soho et de Bryant Park où se tiennent les défilés de la Fashion Week. (Même si je n'avais pas grand-chose à dire à ce sujet.) Grandes et élancées, elles ont toutes les deux les pommettes hautes et de longs cheveux bruns ondulant – naturellement, selon elles – sur leurs épaules. Si elles le voulaient, elles pourraient être mannequins, d'autant que leur statut d'héritières des cosmétiques Molly Folly leur permettrait d'être introduites dans ce milieu. Mais l'ambition de Hyeri, c'est de révolutionner l'ingénierie et le bureau d'études de l'entreprise familiale. Elle ne parle que des réactions chimiques provoquées par l'élaboration d'un eye-liner phosphorescent, de tests garantissant des produits 100 % naturels ou des emballages biodégradables d'une nouvelle gamme de fards à paupières. Quant à Juhyun, son activité de youtubeuse beauté l'a presque rendue célèbre. Même à la salle de sport, son rouge à lèvres mat et son mascara restent impeccables.

– Petite pause ? je propose en ôtant mes gants de boxe.

– Oh, oui ! dit Hyeri après un dernier uppercut. Mais est-ce qu'il n'était pas question d'aller manger des glaces et du hotteok après la séance ?

– C'est toi qui as suggéré les glaces, je te signale, répond Juhyun.

– Exact. (Hyeri sourit et donne à sa sœur une petite tape sur l'épaule.) Mais tu as aussitôt ajouté : « Comment peut-on manger des glaces sans les accompagner de hotteok ! »

– Bah c'est vrai, quoi ! maugrée Juhyun.

Akari relâche le punching-ball, lequel continue d'osciller d'avant en arrière en grinçant. Attrapant chacune notre gourde, nous buvons à grands traits tandis qu'Akari s'en asperge carrément le visage.

– Tout va bien, Rachel ? demande Juhyun après s'être essuyé la bouche du revers de la main. Tu cognais plus fort que d'habitude, aujourd'hui...

– Tu penses toujours à ce qui s'est passé avec Mina? s'enquiert Akari, inquiète.

– Qu'est-ce qu'elle a encore fait, cette garce? grommelle Hyeri.

Tandis que j'évoque l'invitation de Mina à cette répétition de chant en soirée, en présence de M. Noh, les jumelles hochent la tête d'un air compatissant. Ce n'est pas la première fois que je leur parle de mes démêlés avec Mina chez DB.

– Elle m'a piégée! (Repensant à ce que j'ai répondu à Mina, je laisse échapper un profond soupir. Jamais je n'aurais dû lui dire que je pouvais manger tout ce que je voulais.) Ma mère m'interdit de mettre les pieds à la Maison des trainees; mais si ce soir je ne me pointe pas à cette répétition, Mina s'empressera d'en informer M. Noh et je pourrai dire adieu à mon avenir.

Cette seule pensée me donne la chair de poule.

– Alors vas-y, m'encourage Akari. Montre-leur, à elle et à tous les autres, que tu mérites de tenter ta chance.

– Toi aussi, elle t'a invitée.

Akari hausse les épaules.

– Impossible: ce soir, j'ai promis de passer la soirée en famille. De toute façon, ma présence ne changerait pas grand-chose. Je suis chez DB depuis cinq ans, et M. Noh ne sait même pas qui je suis. Sans l'intervention de Yujin-unni, je suis sûre qu'on m'aurait déjà virée.

Je grimace. Bien qu'elle vive avec sa famille à la base militaire, Akari se rend chaque jour chez DB pour s'entraîner avec Mina et les autres, et ses talents de danseuse sont époustouflants. Yujin prétend même que comparée à elle, Frankie des Red Hot – objectivement la meilleure danseuse de la scène K-pop – est ridicule. Mais chez DB, le talent ne suffit pas, d'où nos efforts désespérés pour nous faire remarquer de M. Noh et des autres dirigeants. À la fin de chaque mois, tous les trainees se rassemblent dans l'auditorium pour être évalués, et le staff réuni au grand complet décide qui pourra poursuivre l'aventure – ou pas. Au bout de sept ans, cet examen est presque devenu une routine, mais il y a quelques mois, Akari a été convoquée dans le bureau de M. Noh juste après les évaluations. Convaincue de ne pas avoir été assez performante, elle s'attendait à être renvoyée. Je ne sais pas ce que Yujin a dit ou fait, toujours est-il que, le lendemain, Akari était de nouveau parmi nous ; calme et un peu triste, mais bien là. Elle ne nous en a jamais reparlé.

Ne sachant quoi dire, les jumelles se contentent de hausser les épaules.

– Bon, je ne comptais pas spécialement vous faire pleurer sur mon sort, dit Akari en souriant. Revenons-en à toi, Rachel : après tout, il ne s'agit que d'une soirée. Tu ne vas pas mettre ta carrière en danger pour ça !

– Akari a raison, renchérit Hyeri en rebouchant sa bouteille d'eau. C'est ce que tu souhaites par-dessus tout, non ? Si cette répétition peut t'ouvrir la voie du succès, tu dois y aller.

À l'autre bout de la salle, Appa s'acharne sur un punching-ball. Il transpire à grosses gouttes et semble être dans un état second.

– Je ne sais pas, ma mère va flipper, dis-je.

Juhyun penche la tête de côté.

– Est-ce que ça vaut le coup ?

J'éponge mon visage. Si ça vaut le coup ? Cette question, je me la pose tous les jours. Des heures et des heures d'entraînement, les week-ends et la vie de famille sacrifiés, sans compter ce sentiment permanent de ne jamais appartenir à ce monde qui m'attire tant. Tout ça, pour réaliser mon rêve d'être une idole de K-pop. Je repense à la Rachel de onze ans qui arrivait toujours en retard en cours parce qu'elle s'enfermait dans les toilettes pour regarder des vidéos de K-pop dès qu'elle avait une minute. Depuis, rien n'a vraiment changé et, en même temps, tout a changé.

– C'est mon rêve le plus cher.

– Et voilà, conclut Akari.

Sous l'éclairage au néon de la salle, les yeux de Juhyun revêtent un éclat particulier.

– Mina te sous-estime, *princesse Rachel*. (Elle se débarrasse de ses gants et de ses bandages, révélant des ongles ornés de minuscules fleurs rose pâle et bleu marine.) Montre-lui que c'est toi la meilleure.

Dans l'ascenseur, j'appuie sur le bouton du dix-huitième étage. Après qu'Appa nous a poussées, Akari et moi, à combattre une demi-heure sur le ring, j'ai hâte de rentrer et de prendre une douche.

En entrant dans l'appartement, j'entends d'abord de la K-pop, puis le rire de Leah suivi d'autres gloussements. J'enfile mes chaussons et me dirige vers le salon. Vautrées par terre, ma sœur et quatre filles de sa classe regardent le dernier clip des Electric Flower sur leur smartphone. Je reconnais immédiatement la légendaire Kang Jina et son groupe, exécutant leur chorégraphie en combinaison orange sur un plateau noir. Avec plus de trente-six millions de vues en vingt-quatre heures, leur vidéo est celle qui s'est diffusée le plus rapidement de toute l'histoire de DB. Leah se lève. Une brosse à cheveux devant la bouche en guise de micro, elle chante par-dessus la puissante voix de soprano de Jina sans rater une seule note. Je ne peux pas m'empêcher de sourire, forcée de reconnaître qu'elle a du talent.

En me voyant, l'une des filles – elle a la bouche en cœur et porte des boucles d'oreilles Hello Kitty en diamant – donne à Leah une petite tape sur la cheville.

– Ta sœur est là, dit-elle en me désignant du menton.

Leah se retourne et me tend la brosse à cheveux.

– Viens chanter, Unni !

J'avance d'un pas, hésitant à m'en saisir, mais la chanson touche à sa fin, laissant place à un silence embarrassant.

– Dommage, déplore Bouche-en-cœur. On aurait pu entendre la prestation d'une vraie trainee de K-pop.

Une autre fille en chemise rayée hausse un sourcil en avisant mes cheveux gras et mon vieux jogging.

– Euh... T'es sûre que c'est elle, la trainee de K-pop? Peut-être que Leah parlait d'une autre sœur?

Leah rit, un peu gênée. Elle s'allonge à nouveau sur le sol et lâche la brosse à cheveux.

– Non... c'est elle. Je n'ai qu'une seule unni.

– La seule et unique, j'ajoute.

La fille à rayures n'en revient pas.

– Sérieux ?

Saletés de pré ados. Face à elles, Mina et sa bande ne font pas le poids.

Leah rit de nouveau et rougit.

– Puisque je vous le dis. Vous vous souvenez de ces filles de troisième qui l'avaient suivie en bus jusque chez DB, juste pour vérifier qu'elle y prenait bien des cours ? Ne faites pas comme elles.

– Alors, demande une autre fille en ouvrant de grands yeux, ça t'arrive de croiser Jason Lee ?

– Il paraît qu'il a une amoureuse secrète et ne la voit que les nuits de pleine lune. C'est vrai ?

– C'est tellement romantique, soupire Bouche-en-cœur. Et c'est vrai que des fois, il choisit une fan pour passer la journée avec elle ? Il est trop génial !

Je rigole intérieurement. Même en dehors de DB, les ragots ne parviennent pas à salir la réputation angélique de Jason Lee.

– Hmm. À vrai dire, je ne le vois pas très souvent.

C'est la vérité, même si ce n'est pas ce qu'elles espéraient entendre.

– Et les Electric Flower ? Elles s'entendent bien ? Je parie que Kang Jina est la chouchoute de M. Noh. C'est clairement elle la plus belle.

– Euh… Je ne sais pas.

Ces trente minutes de boxe m'ont tellement épuisée que je n'ai même plus la force de répondre à leurs questions.

La fille à rayures laisse échapper un soupir excédé et souffle pour dégager une mèche de ses yeux. Sur la pointe des pieds, elle s'approche du sweat-shirt trempé de sueur que j'ai balancé par terre.

– La vie d'une élève DB n'est visiblement pas aussi excitante ou glamour qu'on le pensait... Tant pis. Venez, on va faire du shopping chez Coex, dit-elle en s'adressant à toutes ses copines, sauf à Leah.

Ces dernières se relèvent pour remettre leurs chaussures.

– Attendez ! J'adore ça, moi, le shopping ! s'écrie Leah en bondissant sur ses pieds.

Mais Bouche-en-cœur et les autres lui claquent la porte au nez. Oups.

– Désolée, Leah...

Elle se tourne vers moi, furieuse.

– Tu aurais au moins pu *faire semblant* d'être cool !

Blessée, je recule d'un pas.

– Hein ? N'essaie pas de me faire porter le chapeau, Leah : chaque semaine, je te vois ramener un nouveau groupe de copines à la maison. Tu ferais mieux de choisir des filles qui t'apprécient pour ce que tu es, et non pas pour les potins que tu leur rapportes.

– Si tu ne les avais pas effrayées avec ton jogging de ahjussi et tes cheveux gras, elles m'auraient peut-être appréciée *après*, rétorque-t-elle. Il y a un vestiaire dans la salle de boxe, non ? Arrête de te laisser aller !

Je me contente de soupirer. Ces filles ne sont pas de véritables amies, mais je comprends l'énervement de

Leah. Comme Appa, elle n'a pas demandé à quitter New York et à venir s'installer à l'autre bout du monde pour que je puisse poursuivre mon rêve. Pourtant, elle m'a soutenue à chaque étape. À l'époque, elle était trop jeune, mais je pense qu'aujourd'hui, elle aussi rêve de passer les auditions pour entrer chez DB. Même si elle sait très bien qu'après tout ce que j'ai enduré, Umma ne lui permettra jamais de suivre la même voie. Elle a raison, j'aurais pu jouer le jeu et faire un effort pour épater ses copines. Qu'est-ce que ça m'aurait coûté ?

C'est trop tard pour ça, alors je cherche un moyen de lui remonter le moral.

– En fait, si je n'ai rien voulu révéler à tes amies, c'est parce que je voulais t'informer la première de ce qui se passe réellement chez DB, dis-je en lui faisant signe de venir près de moi sur le canapé. Les sœurs sont en droit d'apprendre les potins avant tout le monde.

Leah hésite puis finit par s'asseoir à l'autre bout du sofa. Elle n'a pas décoléré, mais sa curiosité l'emporte. Je lui raconte alors l'affrontement avec Mina au cours de media training, sa proposition empoisonnée de répéter ce soir à la Maison des trainees, et pour finir, M. Noh déclarant que mon avenir dépend de cette répétition. À mesure que j'avance dans mon récit largement surjoué, elle écarquille les yeux, se rapprochant de plus en plus jusqu'à se retrouver quasiment sur mes genoux.

– Unni, tu te rends compte ! s'écrie-t-elle en me prenant par les épaules. Toute une nuit à la Maison des trainees, c'est le rêve !

– Pas si vite, dis-je en riant. Tu sais très bien qu'Umma ne voudra jamais que j'y aille.

– Oh, c'est vrai, gémit-elle, la tête entre ses mains.

Je repense à ma conversation avec Juhyun.

– À moins que… je fasse le mur.

Leah pousse un cri de joie.

– Je vais t'aider ! J'ai déjà un plan !

Je hausse les sourcils.

– J'espère que tu ne comptes pas me faire escalader la fenêtre du dix-huitième étage. (Ma petite sœur est une fan transie de l'acteur-catcheur Dwayne Johnson, dit « The Rock ».)

– OK, OK, plan B, dit-elle, les yeux brillants. Mais en échange, je veux un autographe de Jason Lee. Mon héros ultime !

– Et je lui demande d'écrire quoi ? « À Leah Kim, mon adorable future épouse » ?

Elle hurle d'excitation et se renverse dans le canapé en battant des pieds.

– J'en mourrais de joie ! Non, d'abord, j'encadrerais l'autographe, et *après*, je mourrais. (Elle se redresse d'un bond et saisit ma main.) Promets-moi de m'enterrer avec.

J'éclate de rire.

On entend la porte d'entrée s'ouvrir ; la voix d'Umma nous appelle. Aussitôt, Leah et moi nous attrapons par le petit doigt, puis, penchées l'une vers l'autre, on embrasse nos poings et on colle nos joues – un vieux rituel pour sceller nos promesses de sœurs.

Umma entre avec, dans un sac, un poulet rôti pour le dîner. Depuis qu'elle prépare son examen de prof de linguistique pour devenir titulaire à la Ewha Women's University, Umma est souvent trop fatiguée pour cuisiner le soir. À vrai dire, on ne s'en plaint pas car, pour elle, faire à manger se résume à casser un œuf cru dans une soupe ramen et à y ajouter une tranche de fromage américain – délicieux, mais pas vraiment digeste. En plus, je crois qu'elle fait exprès de me servir des nouilles qui ballonnent quand j'ai entraînement le lendemain. Sans doute est-ce une manière inconsciente de saborder mon avenir.

– Vous avez faim ? demande-t-elle en brandissant le sac.

Plongeant les mains à l'intérieur, nous en sortons le poulet rôti fumant et un assortiment de légumes fermentés, dont du daimon kimchi et de la salade croquante accompagnée d'une sauce rappelant celle du Big Mac. Assise à même le sol, je prends une part de poulet *yangnyeom* dont la sauce aigre-douce dégouline sur mes doigts, tandis qu'Umma met de côté le poulet à la ciboule d'Appa, resté à la salle de boxe pour faire le ménage.

– Tu as passé une bonne journée, Leah ? demande Umma.

Leah se lance alors dans d'interminables palabres à propos de Kang Jina des Electric Flower (« Qu'est-ce qu'elle est belle ! »), de Jason Lee (« Il paraît qu'il récolte des fonds pour financer des séances de musicothérapie pour enfants défavorisés, trop cool, non ? ») et du dernier K-drama en vogue (« Si Park Dohee dans *Oh My Dreams* ne retrouve pas bientôt la mémoire, j'arrête de regarder cette série »). Umma hoche la tête et sourit distraitement en picorant sa salade. Quant à moi, je retire méticuleusement la peau du poulet et j'attends qu'elle m'interroge sur ma journée chez DB.

Le babil de Leah commence à faiblir. Je me prépare à raconter ma journée, espérant secrètement qu'Umma se montre compréhensive quand j'évoquerai Mina et M. Noh et qu'elle m'autorise à me rendre à la répétition de ce soir. Elle se tourne enfin vers moi.

– Et toi, Rachel ? Tu as fini tes devoirs ? je t'avais aussi demandé de faire la vaisselle, dit-elle en désignant du regard l'évier encombré d'assiettes sales.

Je me raidis.

– Oui, moi aussi, j'ai passé une bonne journée, merci. Je me suis entraînée chez DB et après, je suis passée voir Appa à la salle de boxe. Désolée pour la vaisselle.

Elle me regarde en faisant les gros yeux. Le même regard noir qu'elle nous lançait, à Leah et moi, quand, dans le métro new-yorkais, on se tenait mal aux heures de pointe.

– Toujours ton entraînement, soupire-elle en attrapant son tote-bag sur la table. Tu n'as pas envie d'essayer autre chose ? C'est malsain, tu sais, d'être à ce point monomaniaque.

Elle sort du sac un gros dossier et me le tend. Sur la première page, je lis : « Dossier d'inscription universitaire ». En panique, je lève les yeux vers ma mère qui frappe dans ses mains avec un grand sourire.

– Rachel, je t'ai rapporté ça d'Ewha. Demain, ils organisent un séminaire pour aider les lycéens dans leurs inscriptions à la fac. Tu devrais y aller ! Et après, je te ferai visiter le campus.

Je lève la main, m'apprêtant à repousser le dossier, mais en voyant le sourire et le regard plein d'espoir d'Umma, je sens la culpabilité m'envahir. Depuis que nous sommes à Séoul, je n'ai toujours pas mis les pieds sur le campus où elle travaille. Je m'empare alors du tas de paperasses.

– Umma, ça me ferait très plaisir de visiter Ewha, mais... ça ne va pas être possible. Demain, c'est dimanche.

– Je te parle de ton avenir, Rachel.

– Bien sûr. Mais justement... l'entraînement du dimanche, c'est aussi mon avenir, non ? C'est pour cette raison que nous sommes venus vivre ici, pas vrai ?

Leah repose sa cuisse de poulet et nous regarde à tour de rôle avec inquiétude. Elle est habituée à nous entendre aborder ce sujet avec des pincettes.

– Nous sommes venus en Corée... pour différentes raisons, répond Umma en fixant son assiette.

Elle s'apprête à dire autre chose, puis se ravise en secouant légèrement la tête. Au bord des larmes, elle ajoute finalement d'une voix claire et posée :

– Tu sais que j'ai joué au volley-ball, autrefois. (Je résiste à l'envie de lever les yeux au ciel – elle ne va quand même pas comparer ses loisirs de lycéenne avec mon entraînement ?) Mais où serais-je aujourd'hui – et où serait toute notre famille ? – si j'avais tout sacrifié pour poursuivre mon rêve ?

– C'est pourtant exactement ce que tu me demandes de faire : tout sacrifier pour un séminaire !

J'enfourne une énorme bouchée de poulet – cette fois *avec* la peau. Au diable les calories.

Umma hausse les épaules, triste mais déterminée.

– Tout ce que j'essaie de te dire, c'est que tu ne devrais peut-être pas te fermer d'autres portes. (Elle attrape un bouquet de cresson dans son assiette.) On ne peut jamais savoir ce que l'avenir nous réserve, Rachel. Je ne voudrais pas que tu sois prise de court si ton rêve ne devait pas aboutir…

Je cligne des yeux pour réprimer mes larmes. Au bout de sept ans, l'attitude de ma mère vis-à-vis de mon entraînement me blesse toujours autant. Parfois, je me demande si elle regrette d'être venue à Séoul – si elle n'aurait pas préféré vendre l'appartement de Halmoni et de ne plus entendre parler de tout ça. Je me demande même si elle croit que j'ai du talent. Je me mords les lèvres et m'apprête à me retirer dans ma chambre, quand Leah intervient.

– C'est marrant que tu parles de ce séminaire, Umma. Ce soir, les jumelles Cho ont justement prévu une session de préparation pour leur entrée à l'université. Elles ont même embauché un prof particulier et comptent travailler tard le soir. Pas vrai, Unni ?

Je me redresse. *C'est maintenant ou jamais.*

– C'est vrai, dis-je lentement.

– Comment le sais-tu ? demande Umma à Leah.

– J'ai entendu Rachel discuter avec Hyeri au téléphone.

Décidément, Leah ment comme elle respire. Je m'applique à mastiquer mon poulet et à garder une expression neutre. Mesdames et messieurs, je vous présente ma sœur, future lauréate des Oscars.

Umma pose les yeux sur moi.

– Pourquoi ne m'as-tu pas parlé de ça, Rachel ? C'est exactement ce qu'il te faut pour te mettre sur les rails.

J'opine du chef, avalant ma frustration en même temps que le poulet.

– Je… je ne voulais pas sortir avant d'avoir fait ma part de ménage. Encore désolée, dis-je en avisant l'évier plein d'assiettes sales.

– Ça ne devrait pas te prendre toute la soirée. Fais-la vite et après, file chez les Cho. Je parie que leurs parents auront choisi le meilleur prof de Séoul pour aider leurs filles. Tu pourras emporter les restes de poulet.

– Vraiment ?

Quoiqu'un peu coupable de ce pieux mensonge, je me sens gonflée d'espoir à la perspective de cette première nuit à la Maison des trainees. Mon rêve va peut-être enfin devenir réalité !

– Merci, Umma.

Elle sourit et commence à rassembler quelques morceaux de poulet dans un Tupperware. Dès qu'elle a le dos tourné, Leah lève le pouce en signe de victoire. Je lui réponds d'un geste de la main et articule : *merci*.

Une fois la vaisselle expédiée, je file sous la douche, tresse mes cheveux mouillés et enfile un legging noir, un pull mohair à épaules dénudées et par-dessus tout ça, mon pyjama le plus confortable afin que ma tenue un peu habillée n'éveille pas les soupçons d'Umma. Après un dernier coup d'œil au miroir, je fourre le Tupperware dans mon sac et je me mets en route, parée à passer ma première nuit à la Maison des trainees.

Chapitre 3

En me dirigeant vers l'arrêt de bus, je repense aux paroles d'Umma. *Je ne voudrais pas que tu sois prise de court si ton rêve ne devait pas aboutir…* Bien sûr, j'ai toujours su que mon avenir était loin d'être garanti dans la K-pop, mais j'en rêve depuis si longtemps que je n'imagine pas faire autre chose.

Tout a commencé quand j'avais six ans. Dans ma classe, il y avait une autre fille asiatique, Eugenia Li. Elle était chinoise, mais on nous demandait tout le temps si on était jumelles ou cousines. Je n'y prêtais pas attention, jusqu'au jour où je me suis fait piquer par une guêpe. Alors que j'attendais Umma à l'infirmerie, c'est Mme Li qui est entrée et l'infirmière, pas du tout consciente de son impair, m'a dit avec un grand sourire que ma maman venait d'arriver. Pour la première fois, j'ai compris que le regard des autres sur moi était différent du mien ou de celui de mes parents. Ils ne voyaient que mon visage et pour eux, la forme de mes yeux et de mon nez, mes cheveux noirs et raides me rendaient interchangeable avec Eugenia, alors qu'on ne se ressemblait pas du tout. Quand Umma est enfin arrivée, elle m'a demandé pourquoi je ne pouvais plus m'arrêter de pleurer. «Je ne veux plus être coréenne», ai-je répondu en sanglotant. La piqûre de guêpe me faisait mal, mais je n'avais que Mme Li à l'esprit. À la maison, Umma m'a couchée dans mon lit, puis elle a allumé son ordinateur portable. On a passé des heures à regarder des clips de K-pop, et j'étais émerveillée de découvrir ces chanteurs si beaux, si talentueux et si uniques dans leur genre.

Depuis, je suis accro. Je n'ai plus cessé de regarder des vidéos de K-pop, apprenant par cœur les paroles de mes titres préférés et mimant les chorégraphies à Leah le week-end. Cette musique m'a rendue fière d'être coréenne.

J'aimerais pouvoir dire que cet épisode avec Mme Li et l'infirmière a été le seul où je me suis sentie rejetée, mais ce serait faux. Des enfants se moquaient des kimchi qu'Umma fourrait dans mon cartable pour le déjeuner. Un jour, à l'épicerie, une femme m'a crié de «rentrer chez moi»; j'habitais le quartier, mais j'avais bien compris que c'était ailleurs qu'elle voulait me renvoyer. Et quand, pour Halloween, je me suis déguisée en Hermione Granger, tout le monde a trouvé que j'aurais mieux fait de me grimer en Cho Chang. Heureusement, il y avait la K-pop. Grâce à elle, je me sentais comprise. J'avais trouvé ma place et l'on me regardait enfin telle que j'étais.

Tous ces souvenirs me reviennent tandis que je me dirige vers l'arrêt de bus. Une légère brise printanière souffle sur la ville, et sur les trottoirs, les fleurs de cerisier font comme un tapis qui reste collé aux semelles, nimbant la ville d'un nuage rose. Au coin de la rue, j'entre dans une supérette GS25, achète une boisson énergisante puis saute dans le bus pour me rendre à la Maison des trainees, non loin du siège de DB. Dans le bus, toutes les places sont occupées par des jeunes couples qui portent le même sweat-shirt et partagent la même paire d'écouteurs, des hommes d'affaires, des femmes qui regardent de vieux épisodes de *Running Man* sur leur téléphone portable et des halmonis se cramponnant à leur Caddie rempli de provisions et de bouteilles vides. Je me laisse tomber sur un siège et avale la dernière gorgée de ma boisson tandis que par la vitre baissée, la brise soulève mes tresses. La vieille dame assise à côté de moi me donne un coup de coude en désignant ma canette vide. Elle me pince gentiment la joue et me conseille de ne pas boire ainsi d'un trait. Je la remercie en souriant.

Le bus roule à toute allure, laissant à peine le temps aux passagers de monter ou de descendre aux arrêts. À New York, je n'étais pas autorisée à prendre les transports en commun seule, si bien qu'après le déménagement, me débrouiller à Séoul n'a pas été une mince affaire. Heureusement, ici, les bus et le métro sont rapides, super propres et d'un usage facile. Mais le plus génial dans cette ville, c'est qu'il y a la wi-fi gratuite à peu près partout.

Je sors mon portable pour envoyer un message à Hyeri : « Si ma mère te pose la question, j'ai passé la soirée chez toi. » Elle réagit aussitôt : « Bien sûr. Et ne t'amuse pas trop sans nous ! » Je rigole avant de ranger mon téléphone. Moins les jumelles en sauront, moins elles parleront si on les interroge. Encore chamboulée d'avoir menti à Umma, je descends un arrêt plus tôt afin de marcher un peu et me remettre d'aplomb avant d'affronter Mina et ses copines.

À une centaine de mètres de la Maison des trainees, je réalise soudain que je suis toujours en pyjama.

Cachée derrière une rangée d'arbres qui bordent le trottoir, je déboutonne mon haut et le range dans mon sac. Jetant ensuite un coup d'œil alentour pour m'assurer qu'il n'y a personne, je commence à retirer le pantalon, mais je perds l'équilibre et me retrouve face contre terre.

J'essaie de retrouver la position assise en pestant et en époussetant mon pull. Heureusement, personne ne m'a vue.

– Outch ! Ça a dû faire mal !

Je me fige et tourne la tête. Là, sur le trottoir, je vois deux baskets Nike noir et blanc flambant neuves. Levant les yeux, je découvre un pantalon de survêtement Adidas impeccablement coupé et un pull Burberry sans doute plus cher que l'ensemble de ma garde-robe, le tout porté par un garçon aux cheveux argentés, aux yeux vifs et bruns et aux pommettes saillantes.

Jason Lee.

Oh non.

– Ça va ? demande-t-il avec un sourire inquiet. Attends, je vais t'aider.

– Jason… Lee, je bredouille en essayant de me relever.

Avant même que DB fasse de lui une super star, Jason était déjà célèbre pour ses reprises de K-pop sur YouTube. Quand l'une de ses vidéos a commencé à cartonner, M. Noh s'est rendu en personne à Toronto pour le convaincre de venir s'installer à Séoul, où il est rapidement devenu le chanteur le plus apprécié de Corée. Ici, le fait qu'il soit mi-blanc, mi-coréen est pour lui un atout. Quelque soit leur âge – pré ados, groupies, ahjummas – toutes les femmes l'adorent pour ses grands yeux et son teint clair, comme s'il avait sélectionné ses gènes lui-même. Bizarrement, son statut d'étranger lui vaut d'être « la star de K-pop la plus sexy de Corée », alors que le mien m'oblige à suivre des cours de culture coréenne.

– Oh, tu as déjà entendu parler de moi ? dit-il, haussant un sourcil et se fendant d'un large sourire – le fameux sourire « tout le monde est ton meilleur ami », ce qui doit être le cas pour lui. Et qu'est-ce qu'on t'a dit ?

– Ma sœur Leah m'a parlé de ta levée de fonds pour la musicothé...

– Que j'avais la voix d'un ange ? Le sourire du diable ? Le corps d'un dieu ?

– Hein ?

– La plupart des filles tombent dans les pommes quand elles me voient. Toi, tu es juste tombée, ça change, ajoute-t-il, comme se parlant à lui-même. Alors, qu'est-ce qu'on dit, en ce moment ? demande-t-il avec un sourire trop craquant.

– Principalement que tu voles des vinyles dans le bureau de M. Noh, je réponds, un peu agacée par son arrogance.

Et aussi que tu aimes secrètement un loup-garou que tu vois seulement les nuits de pleine lune.

– Quoi ? Mais c'est n'importe quoi ! Pour qui ils se prennent ? (Blessé, il me regarde d'un air de cocker, puis sourit.) Jamais je n'ai volé M. Noh !

Je lève les yeux au ciel. C'est lui, la star de K-pop adulée du monde entier ?

– Bien sûr que non, ta religion t'interdit de faire quoi que ce soit qui puisse nuire à ta réputation. En revanche, les rumeurs à propos de cette petite amie mutante, ça ne te gêne pas ?

– Un gentleman ne révèle jamais ses secrets d'alcôve, répond-il avec douceur. Et puis, tu connais l'adage : quoi que les gens disent sur ton compte, l'essentiel, c'est qu'on parle de toi.

– Dans ton monde, je rétorque.

Évidemment, l'infaillible Jason Lee n'est pas tenu de respecter à la lettre la règle de DB interdisant les relations amoureuses.

Il marque une pause.

– J'ai l'impression que tu es furieuse contre moi.

– J'aimerais juste arriver à la Maison des trainees avant la fin de ma répète, dis-je en tirant sur le bas de mon pull, espérant que Jason n'ait pas aperçu mes sous-vêtements.

Son regard s'illumine.

– À la Maison des trainees ? C'est là que je vais, moi aussi ! Je t'accompagne.

– Non merci, dis-je, mais il m'ignore.

– Comment se fait-il que je n'aie jamais entendu parler de toi ? Une élève DB qui ose s'exhiber en pyjama Snoopy est digne d'être connue.

Je rougis de nouveau, mais parviens à répondre d'une voix posée :

– Premièrement, c'est mon pyjama préféré. Et puis, désolée, mais tout le monde ne peut pas être un joli loup-garou.

– Pas d'accord.

– Qu'est-ce que...

– Tu es très jolie.

Tout mon corps se fige. *Pardon ?*

– Et je suis sûr que, si tu le voulais, tu pourrais me croquer. D'ailleurs, je te signale que cette nuit, c'est la pleine lune.

Au secours, il faut que je file d'ici. Je parviens enfin à me remettre debout et je défroisse mon pantalon de pyjama en décochant un regard assassin à Jason.

– Je n'ai pas besoin de public.

Il a la décence de se retourner.

– C'est mieux ?

D'un coup de pied, je me débarrasse de mon pantalon, mais je suis si troublée que la ceinture élastique s'entortille de nouveau autour de mes chevilles, me faisant trébucher contre le dos de Jason. Instinctivement, je me rattrape en m'agrippant à sa taille, le visage collé contre ses omoplates. Sans réfléchir, j'inspire profondément. Il sent le sirop d'érable et la menthe.

– On peut dire que tu prends les devants, lâche Jason. (Tournant juste la tête, il me regarde par-dessus son épaule.) Ou devrais-je dire les arrières pour mieux profiter de la vue…

Je veux mourir. Rouge pivoine, je recule pour me libérer de ce pyjama récalcitrant et l'enfoncer tout au fond de mon sac. Je le brûlerai dès mon retour à la maison.

– Merci, dis-je d'un hochement de tête un peu raide avant de m'élancer vers la Maison, le laissant hilare sur le trottoir.

– De rien, miss Loup-Garou ! lance-t-il dans mon dos.

Maudissant Jason, Snoopy et surtout moi-même, j'ouvre enfin la porte de la Maison des trainees.

Je reste sans voix.

L'endroit est bondé de trainees et de stars DB, bouteilles et canettes vides jonchent le sol ; de la musique à plein volume semble sortir des murs et un écran géant Samsung dernier cri passe en boucle les derniers clips de K-pop.

Tout à coup, je percute. Si Jason se rendait lui aussi à la Maison des trainees, c'est qu'il n'est certainement pas question d'une répétition, mais bien d'une fête.

Des garçons me font un signe de la main en criant mon nom. Je les reconnais, mais, sous le choc, je leur réponds avec un temps de retard.

– Yo, Jason ! s'exclame quelqu'un dans mon dos.

Jason entre, et je laisse aussitôt retomber ma main.

Son copain s'avance vers lui, et ils se saluent en frères, cognant leurs poings avant de se taper dans le dos. Il faut vraiment que je déguerpisse.

– Comment s'appelle ta fiancée ? demande son pote en m'examinant de la tête aux pieds.

Ce n'est qu'à ce moment-là que je réalise que l'ami de Jason est Minjun – le danseur principal des Next Boyz et, accessoirement, idole mondiale de K-pop.

– Je te présente...

Jason se tourne vers moi et marque une pause.

– Rachel. (Ouf, le choc ne m'aura pas rendue aphone.) Élève senior chez DB.

– Et américaine, visiblement. (J'ai un mouvement de recul, m'attendant à ce qu'il ajoute un truc insultant.) Bienvenue, Rachel. Moi, c'est Minjun, pense-t-il utile de préciser. (Comme si ma sœur n'embrassait pas chaque soir le poster qu'elle a de lui au-dessus de son lit.) Tu veux boire quelque chose ?

En pleine confusion, je jette un œil vers la porte d'entrée. Une petite voix me hurle de m'enfuir, quand Jason pose une main sur mon bras.

– Mais oui, Rachel, reste avec nous. À moins bien sûr que tu n'aies prévu d'aller à une soirée pyjama ?

Je fais la moue, puis me redresse en rejetant mes nattes derrière les épaules. Puisque je suis là, autant me montrer. De toute façon, je ne peux pas partir sans un autographe pour Leah.

– Je veux bien un verre.

La fête bat son plein. Je me dirige vers le bar, trébuchant au passage sur quelques canettes vides. Dans la grande salle d'à côté, des gens transvasent leur shot *soju*-pamplemousse dans un grand verre de bière avant d'avaler le tout cul sec. Quelqu'un m'en offre un, et je me mets à le siroter du bout des lèvres. Douée comme je suis pour me fourrer dans des situations embarrassantes, je me méfie de tout ce qui pourrait me faire perdre le contrôle.

– Rachel !

Je me fige. Cette voix mielleuse, je la reconnaîtrais entre mille. Mina apparaît en tenue de soirée, juchée sur des talons aiguilles à paillettes et les cheveux impeccablement lisses. Elle réajuste sa mini-jupe et son mini-haut tandis qu'Eunji et Lizzie se tiennent derrière elle, toutes les deux en jean ultramoulant et affublées d'une tiare.

– Je suis *raviiie* que tu aies pu venir répéter ! s'exclame-t-elle en jetant un œil à ses copines qui pressent leur main contre leur bouche pour s'empêcher de pouffer.

Je ne me laisse pas démonter.

– Moi aussi, je suis *raviiie* que vous m'ayez invitée.

– Chouette tenue, Rachel, dit Eunji. (Tout en fourrant un chewing-gum dans sa bouche, elle détaille mes vêtements.) Tu l'as empruntée à ta petite sœur ?

– J'adore ta coiffure, ajoute Lizzie en repoussant une de mes tresses derrière mon épaule. Ça me rappelle l'école primaire.

– Tu as l'air mal à l'aise, raille Mina. J'espère que tu ne te sens pas trop perdue, sans M. Noh ? Mais après tout, même princesse Rachel doit savoir s'amuser à une fête…

Elle prend une gorgée de sa boisson et m'observe avec froideur. J'ai envie de répondre à cette sale menteuse qu'elle peut se mettre sa « répétition nocturne » où je pense, mais mon subit accès de bravoure s'est dissipé, et je me contente, moi aussi, de siroter mon verre dont le goût amer m'arrache une grimace.

Tout à coup, Jason surgit dans mon dos et nous regarde avec un petit sourire en coin.

– Jason ! Je ne savais pas que tu étais là ! roucoule Mina. Tu voulais me voir ?

– En fait, c'est Rachel que je cherchais.

– Mais... tu la connais ?

(S'il lui raconte l'histoire du pyjama, je jure devant Dieu que je l'étrangle de mes propres mains. Il me sourit.)

– Oh, ça fait un bail. Rachel et moi, on s'est rencontrés grâce à Woodstock.

Mina s'apprête à répondre, mais Jason me prend par l'épaule et nous les plantons là.

– Petite rectification : le motif de mon pyjama, c'était Snoopy, et non Woodstock. Woodstock est un petit oiseau stupide, alors que Snoopy est le chien toujours loyal qui pilote l'avion, dis-je en riant tandis que nous nous affalons sur un canapé.

Acquiesçant d'un air faussement sérieux, Jason passe un bras autour de mes épaules et m'attire contre lui.

– Tu as raison. Snoopy est indiscutablement le meilleur choix en matière de pyjama. Tu ne m'en veux pas, j'espère ? Je cherchais juste à décamper le plus vite possible.

– Pourquoi ?

– Ces trois filles te regardaient comme si elles voulaient t'arracher les yeux, souffle-t-il. J'ai pensé qu'il valait mieux bouger.

Le soju commence à me réchauffer. Je souris béatement.

– Tu sais ce qu'on dit...

– Non. Que dit-on, miss Loup-Garou ?

– Quel que soit le regard que les gens portent sur vous, l'important, c'est d'être vu, je réponds, laissant malgré moi échapper un petit rot.

Affolée, je presse aussitôt la main sur ma bouche, mais Jason semble enchanté et me serre encore plus fort, si bien que mes jambes recouvrent quasiment les siennes. Mon esprit s'emballe. *Qu'est-ce qui m'arrive ? Si je commence à flirter avec Jason, je vais finir comme Suzy Choi, qui n'avait pas de petit ami, d'ailleurs. Et Jason n'est pas mon petit ami, de toute façon. Oh mon Dieu, je délire. En tout cas, plus question de lui demander un autographe pour Leah*... Je ferme les yeux pour essayer de faire taire ce monologue suscité par le soju.

Minjun se laisse lourdement tomber sur le canapé, sa mèche cuivrée lui cache les yeux.

– Je m'ennuie et j'ai faim, déclare-t-il, ronchon.

Jason lui lance un regard excédé. Obligé de se décaler pour lui faire de la place, il retire son bras de mon cou. J'ai froid. Je noue les manches de mon pull autour de mes épaules.

– Va voir s'il reste des trucs à manger à la cuisine, suggère-t-il avec diplomatie.

– Il n'y a plus que des smoothies chou kale-épinards. Tu ne te rappelles pas qu'on nous affamait quand on était encore des trainees ? (Minjun se met à renifler.) C'est quoi cette odeur de poulet ?

Me souvenant soudain du Tupperware d'Umma, je plonge la main dans mon sac.

– Oh, c'est peut-être ça ? dis-je, un peu gênée.

– Je le crois pas ! s'écrie Minjun, m'arrachant la boîte des mains pour l'ouvrir. Du poulet ! J'adore ! Jason, cette fille est parfaite.

Jason éclate de rire tandis que Minjun se jette sur le poulet.

Depuis l'autre bout de la pièce, je sens que Mina nous observe. Elle sort son portable de son sac, lit un message d'un air maussade et le montre à Lizzie et Eunji qui font la grimace à leur tour. Puis elle range son téléphone, se lève d'un bond et frappe dans ses mains, de nouveau tout sourire.

– Votre attention, s'il vous plaît ! C'est l'heure des filles, et seulement pour les trainees ! Vous savez ce que ça veut dire : tous les autres, dehors ! Cela vaut doublement pour les garçons, y compris pour toi, Jason – il va falloir te décrocher de *princesse Rachel*, ajoute-t-elle en nous adressant un sourire narquois.

Après avoir essuyé ses mains poisseuses de poulet sur son jean, Minjun attrape Jason par le bras et le relève du canapé.

– Allez viens, Jay-Star, allons faire un tour dans ce nouveau club d'Itaewon.

Jason se penche vers moi.

– Bonne chance ! murmure-t-il à mon oreille avant de rejoindre les autres dans la rue en chantant à tue-tête le refrain de *Fake Crush*.

Mince, l'autographe de Leah ! Je m'apprête à bondir pour le rattraper, mais après toutes ces émotions arrosées de soju, la tête me tourne et je me laisse retomber sur le canapé. Mina vient s'asseoir à mes côtés, deux coupes de champagne à la main. Autour de nous, les autres filles remplissent aussi leurs verres, poussant de petits cris lorsque la mousse du champagne déborde sur leurs mains.

– Portons un toast ! dit-elle en me tendant une coupe. (Me voyant hésiter à me lever, elle soupire.) Allez, Rachel, détends-toi. On veut juste s'amuser un peu.

C'est vrai, je dois bien admettre que je m'amuse. Je pose ma bière et prends la coupe de champagne.

Mina lève alors la sienne et se tourne vers les autres.

– À notre famille ! Et à nous, futures idoles de Corée !

Les filles se prennent par le bras et lèvent leur verre pour trinquer avant de l'avaler cul sec. Comme le champagne me brûle la gorge, je bois plus lentement. Pas question que Mina ait la satisfaction de me voir m'étrangler.

Une fois ma coupe vide, je me rassieds dans le canapé tandis que les filles papotent et se resservent à boire. Dommage qu'Akari ne soit pas là, j'aurais eu quelqu'un à qui parler. Je voudrais lui envoyer un texto, mais mes doigts sont engourdis et les lanières de mon sac, tout emmêlées, alors je renonce. Tant pis, je lui parlerai demain. Je presse le verre de champagne glacé contre mon visage.

La fraîcheur me fait du bien. J'ai trop bu. Ou plutôt, j'ai bu trop vite. Tout se met à tanguer. La voix forte d'Eunji me vrille les tympans, et la musique semble tourner au ralenti. Je regarde Mina, qui se tient toujours assise à mes côtés, mais soudain, il y a deux Mina. Elle s'est dédoublée. Je cligne des yeux pour tenter d'échapper à ce cauchemar.

Prise de vertige, je m'enfonce un peu plus profondément dans le sofa et vois le visage de Mina se rapprocher du mien.

– Ça a marché ! C'est bon, elle ne risque plus d'être sélectionnée. (Sélectionnée ? Mais de quoi parle-t-elle ?) Ici la Terre. Allô Rachel, tu m'entends ? Je crois qu'un peu d'air frais te ferait du bien, princesse.

Sa voix s'enroule autour de moi, mais je n'ai pas l'énergie de répondre.

Eunji et Lizzie s'approchent en riant.

– Alors là, même M. Noh ne peut plus rien pour la jolie princesse, glousse Lizzie.

Je les entends comme du fond d'une piscine. L'une d'elles dit quelque chose, et je suis prise d'un fou rire incontrôlable sans même savoir pourquoi.

– Allez, princesse. Viens danser !

Eunji essaie de me remettre debout ; je rigole toujours, à moins que ce ne soit elle – ou nous deux ? À travers mes cils soudain très lourds, je vois Mina bouger, mais elle ne danse pas. Elle pointe son téléphone dans ma direction, tandis qu'Eunji s'agite autour de moi et que la salle entière se met à tourbillonner dans un océan de lumières et de visages hilares.

Chapitre 4

Je me réveille avec une forte migraine. Une odeur de concombres séchés envahit mes narines.

Je porte les mains à mon visage. Il est recouvert d'un masque au concombre. Horrifiée, je jette les fines rondelles par terre et m'empêche de respirer pour ne pas vomir.

Qu'est-ce qui m'est arrivé ?

Je me redresse pour m'asseoir, mais la tête me tourne. Je suis sur un canapé, dans un salon rempli de gobelets vides et de bouteilles renversées. Lentement, tout me revient. Je suis à la Maison des trainees. La répétition était une fête. Jason m'a vue en pyjama. Nous sommes arrivés ensemble. Mais après... que s'est-il passé ? Et où sont tous les autres ?

La tête dans un étau, je fouille dans mon sac et cherche mon portable pour vérifier l'heure. *Non, non, non.* Il est onze heures. On est dimanche. Je me lève d'un bond et, titubant dans le couloir, j'ouvre des portes au hasard pour trouver la salle de bains. Comment ai-je pu dormir si longtemps un jour d'entraînement ?

Tandis que j'erre dans cette maison inconnue, mon premier réflexe est d'accuser Umma. Si elle m'avait autorisée à me rendre à la Maison des trainees, je ne serais pas là à chercher mon chemin. Mais au fond, je sais très bien que tout ça est ma faute. En une soirée, j'ai réussi à lui prouver qu'elle avait raison, et à tous les autres, qu'ils avaient eu tort de me faire confiance. *Bien joué, Rachel. Pourquoi faut-il toujours que tu sois si naïve ?*

J'ouvre des portes de chambres, puis celle d'une armoire remplie de linge sale dégageant une forte odeur de vomi. Je la referme aussitôt en réprimant un haut-le-cœur.

Pourquoi est-ce toujours dans les moments où l'on doit se laver de toute urgence qu'on ne trouve pas la salle de bains ? La cinquième porte ouvre sur un placard à balais. Frustrée, je file à la cuisine et me débarbouille la figure dans l'évier. Après m'être séchée avec des serviettes en papier, j'essaie de me rendre à peu près présentable en utilisant l'appareil photo de mon téléphone en guise de miroir. Je souligne mes paupières d'un trait d'eye-liner.

Mes vêtements sont dans un état lamentable. Il y a des taches de champagne sur mon legging, et des traces du masque au concombre un peu partout sur mon pull. Serrant les dents pour réprimer un nouveau haut-le-cœur, j'attrape les seuls habits de rechange dont je dispose : Jason ne sera pas le seul à m'avoir vue en pyjama Snoopy.

Tout en dénouant mes nattes, je m'élance dans la rue. Même si je sens le concombre, je peux peut-être encore sauver ma coiffure. Je jette un rapide coup d'œil à l'appareil photo de mon portable, espérant qu'il me reste encore quelques beach waves. Une moitié est aplatie contre mon crâne et l'autre frisotte follement. On dirait les cheveux d'un Albert Einstein électrocuté.

Un désastre.

Mais il n'est plus temps d'y remédier, je suis déjà trop en retard. Je fonce au centre d'entraînement et me fais une queue-de-cheval en chemin, luttant à chaque pas contre la nausée.

Hors d'haleine et en nage dans mon pyjama Snoopy, j'ouvre la porte de l'auditorium. M. Noh est déjà sur scène et présente les dirigeants DB occupant les sièges des premiers rangs.

Les dirigeants. Réunis au grand complet. La terreur me tord le ventre. Aujourd'hui, c'est le jour des évaluations.

Tous les entraîneurs sont sur scène. Yujin. Le coach de danse. Le coach vocal. Le nutritionniste. M. Bae, le responsable marketing et pub. Tous réunis pour évaluer nos progrès et décider si nous sommes dignes de rester en formation, si nous valons le temps et l'argent qu'ils ont misés sur nous. LE jour où je ne peux pas me permettre d'être en retard et de ressembler à une fille qui vient de se faire renverser par un camion-poubelle. Le cœur coincé dans la gorge, je sens monter les larmes, mais je les ravale aussi sec. *Ne montre pas ta faiblesse. Si tu veux survivre à ça, il faut être forte.*

– Nous avons hâte de mesurer vos progrès du mois, déclare M. Noh. (Le reflet bleu vif de son costume Prada me fait mal aux yeux.) Tous les dirigeants et moi-même savons à quel point vous travaillez dur, et...

Quand son regard d'aigle croise le mien, il s'interrompt, sidéré à la vue de mes cheveux en pétard et de mon pyjama ridicule. Tout l'auditorium se tourne vers moi. Des murmures s'élèvent. J'ai l'impression que ma tête est sur le point d'exploser.

– N'oubliez donc pas de donner le meilleur de vous-même, reprend M. Noh en se ressaisissant. (Il me regarde en haussant les sourcils.) Rien moins que le meilleur...

Je n'ai pas d'autre choix. Surtout, ne pas montrer que je voudrais disparaître sous terre. La tête haute, je me dirige vers Akari, qui me regarde bouche bée. À la vue de son maquillage parfait, de sa queue-de-cheval bondissante et de son petit haut à fleurs que nous avons choisi ensemble à A-Land quelques mois plus tôt, je ressens une bouffée de jalousie. Elle a l'air pimpante. Apprêtée. Reposée. Et tout le monde ici exige que j'aie cet air-là, moi aussi.

– Qu'est-ce qui t'arrive ? me demande-t-elle tandis que je m'assieds à ses côtés.

– C'est une longue histoire. À vrai dire, je n'ai pas tout compris...

Je m'interromps en réalisant que M. Noh me fixe depuis la scène, le visage figé en un sourire menaçant.

– Comme je vous le disais, aujourd'hui, il ne s'agit pas de simples évaluations...

Du coin de l'œil, je vois Mina et ses copines rire en silence, une main devant la bouche. Mina m'adresse un petit signe en remuant les doigts. Puis elle lève un verre de champagne invisible, comme pour porter un toast. La soirée d'hier me revient en mémoire par vagues douloureuses. Le champagne. Le visage de Mina dédoublé. Le ton réjoui sur lequel elle a claironné «*Ça a marché!*»

– ... une nouvelle opportunité très excitante. Cette chance, chaque trainee aspirant à devenir une star de la K-pop serait prêt à tuer pour la saisir. Aujourd'hui, l'une de vous...

Je manque de vomir.

Je n'ai pourtant pas bu au point de perdre le contrôle. Ce qui m'est arrivé n'était pas une coïncidence. *Mina*. Elle m'a tendu la coupe de champagne et m'a poussée à la boire devant ses amies.

Elle a mis quelque chose dans mon verre.

Elle m'a *droguée*.

Cette prise de conscience me percute de plein fouet. Je me sens impuissante. Abusée. Folle de rage. Au bord de l'implosion, je me repasse en boucle cette image de Mina se tenant au-dessus de moi et pérorant: «*C'est bon, elle ne risque plus d'être sélectionnée!*»

– ... sera sélectionnée pour chanter sur le tout dernier single de notre idole, Jason Lee!

Mon estomac se noue. Des murmures s'amplifient dans tout l'auditorium. Akari se tourne vers moi, abasourdie.

– Tu te rends compte? dit-elle, tout excitée.

Je secoue la tête, toujours bloquée sur la soirée d'hier et sur Mina.

– Je n'arrive pas à le croire...

– Rachel ! (Elle me donne un coup de coude dans les côtes.) Sois un peu attentive ! Tu as entendu ce que M. Noh vient de dire ?

Je la regarde d'un air absent, la tête et l'estomac plombés par un mauvais mélange de champagne, de colère et de concombre séché.

– Rachel, concentre-toi. Les dirigeants, M. Noh... ils vont choisir une fille pour chanter en duo avec Jason Lee. Chanter pour de vrai – pas juste pour s'entraîner. En fait, l'échéance d'aujourd'hui est une *audition*. Tu vas peut-être être sélectionnée !

J'essaie de comprendre ce qu'elle vient de dire. Seuls les deux derniers mots se sont imprimés dans mon cerveau. Être sélectionnée. Une trainee – peut-être moi – va pouvoir chanter avec Jason, la plus grande star DB. Je pourrais être cette fille.

C'est bon, elle ne risque plus d'être sélectionnée !

J'inspire un grand coup et me redresse dans mon siège. Mina savait depuis le début. Elle savait que cette audition aurait lieu aujourd'hui. Elle m'a piégée.

Akari me donne un coup de coude encore plus violent que le précédent.

– Quoi ? dis-je en sursautant.

Je réalise alors que M. Noh vient d'appeler le premier groupe à passer l'audition de danse et que certains élèves se dirigent vers la scène.

En fait, je me sens presque reconnaissante. Si je n'étais pas obligée de me comporter normalement, de suivre le mouvement sans me poser de questions, je pourrais ne jamais me remettre de cette soirée. Mais je n'ai pas le choix, il faut que j'y aille. Alors j'y vais, en m'efforçant de ne pas montrer que je tremble.

Nous nous alignons au fond de la scène. Les dirigeants sont assis au premier rang avec leur iPad. La mine sévère, ils nous appellent une par une à passer l'audition. Mina se glisse près de moi et me détaille de la tête aux pieds en fronçant les sourcils, à la fois apitoyée et moqueuse.

– La nuit a été difficile, Rachel ? Tu as vraiment une sale tête, mais ton pyjama est trop chou !

Je m'imagine la plaquer au sol et lui arracher ses faux cils. Mais M. Noh m'appelle et je m'avance au centre de la scène.

Le projecteur est braqué sur moi. J'imagine mon visage en sueur et à demi maquillé dans la lumière. Mais repoussant le sentiment d'insécurité qui m'envahit, j'offre mon plus beau sourire, comme on m'a appris à le faire. Je m'incline devant les dirigeants, puis me redresse. *Tête haute. Pieds légèrement tournés vers l'intérieur. Ventre rentré, épaules en arrière. Souris comme si tout le monde était ton meilleur ami.*

Quelques-uns me sourient en retour, mais la plupart me regardent en clignant des yeux, visiblement perturbés par mon choix vestimentaire et mes cheveux en bataille.

Il faut qu'en te voyant bouger, ils en oublient ton apparence. Plus facile à dire qu'à faire. Au moins, il n'y a pas de caméra braquée sur moi, me dis-je en repensant tristement au cours de media training de la veille.

On lance la musique. C'est une des chansons des Electric Flower que Leah préfère. Mon corps répond au quart de tour. À force de l'avoir répétée, mes muscles l'ont mémorisée. Mais ma migraine ne s'arrange pas et je ne cesse d'être à contretemps et de faire des faux pas.

De plus en plus accablée, je me sens enfermée dans ma tête, mais plus j'essaie de lâcher prise, pire c'est. Mes mouvements sont moins précis, et je n'arrive pas à lancer la jambe aussi haut que d'habitude. Je termine sur un dernier contretemps, tout essoufflée et le front recouvert d'une fine pellicule de sueur que je m'interdis d'essuyer. *N'attire pas l'attention sur tes failles.* En K-pop, la danse est censée embarquer les auditeurs dans la chanson, mais en voyant la tête des dirigeants – les uns esquissent un sourire gêné, les autres ont l'air de vouloir sortir de l'auditorium en hurlant –, je sais que je viens de faire tout l'inverse.

– Houlà, pas terrible, murmure Mina quand je regagne ma place. (Elle se penche vers moi et renifle ostensiblement mon haleine.) Oh mon Dieu, tu as la gueule de bois ? Franchement, quelle idée de faire la fête la veille d'un jour aussi important ! Tu aurais pu au moins te brosser les dents.

Je fulmine, mais je ne m'abaisserai pas à son niveau.

N'empêche. M'imaginer lui arrachant les cheveux est la seule chose qui me retient de hurler. Oh, je ne la scalperais pas complètement, juste une grosse poignée au-dessus du front qui la rendrait chauve pour quelques semaines.

L'une après l'autre, les filles exécutent leur numéro de danse. Akari est aussi gracieuse que d'habitude et Mina, quoi qu'il m'en coûte de l'admettre, sort du lot. Ses mouvements puissants et toujours parfaitement calés sur la musique la propulsent sur le devant de la scène. Certaines filles essuient quelques petits ratés, mais ce n'est pas grand-chose comparés aux miens. Très vite, il semble évident que ma prestation a été la pire.

Je ne suis *jamais* la plus mauvaise.

Je ne peux pas me le permettre.

Devant la caméra, je suis comme pétrifiée, incapable de me mettre en valeur comme Mina et tant d'autres élèves. Quand DB m'a recrutée, j'étais folle de joie à l'idée de me retrouver avec des ados qui – du moins je le croyais – partageaient la même passion pour la K-pop et la Corée que moi. Mais très rapidement, à cause de ce surnom insultant de «princesse Rachel» et de toutes ces piques insidieuses sur mon passé américain, je me suis sentie aussi rejetée qu'aux États-Unis. Leurs commentaires malveillants résonnaient en permanence dans ma tête. Quand Mina et ses groupies se pavanaient devant l'objectif avec cette assurance innée et qu'ensuite, venait mon tour d'être filmée, je n'entendais plus que ça. Même après des années d'entraînement, la caméra est toujours mon ennemie. Elle me rappelle toutes ces filles qui, dès qu'elles me voient, se disent «elle n'a rien à faire là». Du coup, je me suis concentrée sur mes points forts – pas le moindre pas à contretemps, jamais de fausse note. Et jusqu'ici, ça m'a réussi. Même sans être parfaite, j'ai suffisamment de talent pour avoir, mois après mois, année après année, mérité ma place ici.

Mais voilà que tous mes efforts risquent d'être anéantis. Est-ce pour moi la fin de l'aventure ? Vont-ils m'exclure de DB ? J'essaie de me rassurer, me disant qu'ils vont forcément tenir compte de mes performances passées, mais je sais que c'est faux. Une année, ils ont renvoyé une fille juste parce qu'elle refusait de se faire débrider les yeux. Une autre année, ils ont viré tout un groupe d'élèves à cause d'une seule photo postée sur Instagram. Ils font absolument ce qu'ils veulent, quand ils veulent. Et ils sont sans pitié.

Je lutte pour ravaler la boule qui grossit dans ma gorge. Pleurer ou manifester n'importe quelle émotion ne ferait qu'attiser la colère des dirigeants.

De nouveau appelée pour chanter, je respire un grand coup. C'est le moment ou jamais de me rattraper. Si là, tout de suite, je ne parviens pas à me surpasser, tout sera fini.

Après l'intro, quelqu'un me tend un micro. C'est un morceau au tempo lent, un classique du début des années 2000. J'inspire profondément et je commence à chanter. Ma voix dérape dès la première note. Toute l'émotion contenue déborde. Les dirigeants restent de marbre, mais je vois bien que l'un d'eux s'efforce de réprimer une grimace. *Non. Ce n'est pas possible. Je vais me ressaisir.*

Je ferme les yeux et me revois dans mon lit, à six ans, regardant des vidéos de K-pop avec Umma. Puis, plus tard, quand Leah et moi, on allait à la galerie des chuchotements de la gare Grand Central et qu'on passait des heures à se murmurer des chansons d'un bout à l'autre du couloir. Je repense aussi à ma première année chez DB, quand après l'école, Yujin m'emmenait dans son norebang préféré et que tout l'après-midi, on chantait des chansons d'amour kitsch des années 1990. Depuis toute petite, la musique est ce qui me rend heureuse. La K-pop m'a toujours soutenue, elle m'a attribué une place dans le monde et m'a rendue fière de celle que j'étais, même quand on me dénigrait. Contre vents et marées, elle a toujours fait partie de moi.

Voilà, je commence à trouver mes marques. Ma voix surfe sur la mélodie comme sur des vagues. Enfin, je retrouve la joie. Celle qui me pousse à faire tout ça. Luttant contre la migraine, je m'agrippe à cette étincelle et me mets à sourire malgré moi.

Au moment d'attaquer le refrain, j'entends soudain une voix doublant brillamment la mienne. *Que se passe-t-il ? Est-ce la migraine qui me donne des hallucinations ?* C'est une voix grave de ténor. Je tourne la tête et vois Jason surgir des coulisses.

Je suis stupéfaite, mais pas désarçonnée. Au contraire, sa voix est une vague puissante qui me porte plus haut. À la vue de mon pyjama, il lève un sourcil complice. Sans nous quitter des yeux, nous laissons nos voix s'entrelacer. Depuis l'autre bout de la scène, il fait un pas vers moi. Même sans micro, sa voix s'envole et complète la mienne à la perfection. À mon tour, je fais un pas vers lui. Entre nous, l'espace est étrangement chargé, nos voix mêlées explosent, illuminant la scène comme des éclairs dans la nuit noire. Tout l'auditorium retient son souffle et nous regarde.

Une pensée traverse mon esprit. *Nous sommes faits pour chanter ensemble.*

Nous marchons l'un vers l'autre jusqu'à ce que l'espace qui nous sépare se réduise à un doigt. Il est presque aussi proche qu'hier, quand je me suis affalée sur son dos ou qu'il m'a attirée contre lui sur le canapé.

Il se penche vers moi, et je peux discerner la nuance mordorée de ses yeux tandis que mon micro reprend sa voix. Maintenant, nous chantons vraiment ensemble, nos deux timbres parfaitement harmonisés et synchronisés.

La chanson touche à sa fin ; il me prend par la taille et nous chantons encore la dernière phrase du refrain. Puis on se sourit, reprenant notre souffle. J'aime sentir la chaleur et la force de son bras autour de moi durant ce moment de silence suspendu.

S'ensuit un tonnerre d'applaudissements et de bravos, auquel se joignent bientôt les trainees et les coachs des juniors. Seules Mina et ses copines restent silencieuses.

Je ne sais pas ce qui s'est passé, mais c'était magique. Le cœur battant, je souris et le sourire que Jason m'offre en retour n'a plus rien d'arrogant comme celui d'hier. C'est un sourire franc, chaleureux, qui m'aide à retrouver mon souffle et me fait presque oublier l'horrible nausée qui m'assaille.

Quand soudain, sans prévenir, mon estomac se retourne et se déverse entièrement sur les chaussures blanches de Jason.

Les yeux écarquillés, Jason contemple ses Nike qui, trois secondes plus tôt, étaient encore immaculées. Le silence est pesant. Quelqu'un éclate de rire, et je n'ai pas besoin de regarder dans la salle pour savoir qui c'est.

Les joues en feu, je lutte contre un nouveau haut-le-cœur.

Descendant précipitamment de scène, je sors de l'auditorium en titubant et m'élance dans le couloir en cherchant les toilettes les plus proches. Juste au moment où j'ouvre la porte, je sens monter en moi un geyser de bile acide. Au moins, cette fois je vomis dans des toilettes, et non sur les chaussures d'une star internationale. Beurk.

Je vomis mes tripes et ma dignité.

Recroquevillée sur le carrelage, la tête sur les genoux, j'ai l'impression de toucher le fond. Ce carrelage n'est sans doute pas très propre, mais tant pis. Je suis sûre que ce qui vient de se produire sur scène est la pire chose que DB ait connue. Plus jamais je ne pourrai me montrer ici. Adieu, Jason. Adieu, rêves de gloire K-pop.

La porte des toilettes s'ouvre. Je me fige et me recroqueville un peu plus en entendant Eunji et Lizzie. Leurs tubes de rouge à lèvres s'ouvrent en faisant « plop ».

– À ton avis, qu'est-ce qui va se passer ? demande Lizzie.

– Je n'arrive pas à croire qu'ils ne l'aient pas virée.

Ils ne m'ont pas virée. Je suis si soulagée que tout mon corps se détend instantanément.

– M. Noh a dit qu'aujourd'hui, il s'agissait avant tout de ce duo avec Jason, et qu'ils ne vireraient personne.

J'entends éclater une bulle de chewing-gum et j'imagine Eunji pinçant les lèvres.

– Quelqu'un a filmé ? On pourrait balancer la vidéo sur les réseaux sociaux.

Merde. Quelqu'un a filmé ce désastre ?

– Je ne crois pas, mais ce n'est pas près de s'effacer des mémoires. Tout le monde ne parlera que de ça pendant des mois.

Lizzie glousse, puis soupire.

– T'as raison. On devrait faire des tee-shirts. « J'ai survécu au déluge vomitif de princesse Rachel. »

J'espère vraiment qu'elles ne vont pas faire ça.

– J'aurais trop aimé voir sa tête quand les dirigeants ont désigné Mina pour former le duo avec Jason, dit Eunji.

Évidemment. Ils ont choisi Mina.

– Elle l'apprendra bien assez tôt, et la tête qu'elle fera à ce moment-là vaudra de l'or.

– Essayons d'en faire une photo, on l'imprimera sur le tee-shirt !

Lizzie pince les lèvres pour égaliser son gloss.

– Bon, assez parlé de princesse Rachel. En annonçant la prochaine tournée DB de l'automne, M. Noh me regardait droit dans les yeux.

Tandis que sa voix s'estompe dans le brouhaha général, je relève trop brusquement la tête. La main contre la bouche, je laisse échapper un petit cri étouffé. Une nouvelle tournée. La première depuis sept ans.

DB va lancer un nouveau groupe féminin.

Soudain tout s'éclaire: Mina ne voulait pas seulement décrocher le duo, elle voulait aussi m'évincer. Elle devait être au courant, pour la tournée. Et elle savait que celle qui chanterait avec Jason aurait les meilleures chances d'être lancée avant l'automne et le début de la tournée.

J'entends la porte des toilettes qui s'ouvre, laissant s'engouffrer des rires et des cris du couloir avant de se refermer. Comment vais-je pouvoir retourner m'entraîner? Lizzie a raison: tout le monde ne parlera plus que de ma prestation.

Quoi que les gens disent sur ton compte, l'essentiel, c'est qu'on parle de toi. Les paroles de Jason résonnent de nouveau dans ma tête.

Lentement, je me relève et me dirige vers le miroir du fond. Il me renvoie l'image d'une fille pâle et transpirante, mais déterminée. Oh, non... C'est du vomi, là, sur mon épaule?

Mina pense peut-être avoir obtenu tout ce qu'elle voulait, mais elle se trompe. Je suis là, plus décidée que jamais à faire parler de moi.

Chapitre 5

– Concentre-toi, Rachel !

Je me baisse, couvrant mon visage de ma raquette de tennis pour esquiver la balle jaune fluo qui siffle au-dessus de ma tête. *Ouf! Je l'ai échappé belle.* Je risque un œil au-dessus de la raquette et vois notre nouvelle coach de tennis qui me regarde, les bras croisés. Notre école privée ne croit pas aux profs de gym, elle préfère recruter des athlètes professionnels tels que Adam Rippon pour le patin à glace, Katie Ledecky pour la natation ou Simone Biles pour la gymnastique. Quant à l'instructrice qui présentement me regarde de travers, elle n'est autre que l'enfant prodige canadienne de seize ans qui vient de battre Serena Williams à l'Open d'Australie et qui a récemment fait la couverture de *Sports Illustrated* et de *Vogue*.

– L'idée, c'est d'utiliser ta raquette pour frapper la balle, dit-elle en roulant des yeux. Là, on dirait le bouclier de Captain America qui te servirait d'accessoire pour un défilé de cosplay.

– Désolée, coach.

Je me redresse et ajuste ma jupe de tennis blanche ainsi que ma visière assortie. D'habitude, au lycée, j'ai tellement hâte d'aller m'entraîner chez DB que je compte les minutes qui me séparent du week-end. Sur mon téléphone, j'ai même une appli qui, chaque semaine, calcule le temps qui reste jusqu'au vendredi, quinze heures trente. Mais là, je ne la consulte pas. Le lycée est l'indispensable dérivatif qui m'empêche de revivre en boucle le moment où j'ai vomi sur les chaussures de Jason. Qui plus est, sous les yeux de tous les trainees, entraîneurs et dirigeants de DB.

C'était il y a trois jours, et la brûlure de la honte qui me ravageait de l'intérieur s'est atténuée, devenant comparable à un coup de soleil sur tout le corps. Un coup de soleil certes toujours douloureux et nécessitant des soins urgents, mais tant que je ne serai pas emportée par une balle de tennis récalcitrante, je survivrai.

Je rejoins au pas de course les jumelles Cho, occupées à lancer des balles dans des cônes disposés aux quatre coins du court.

– Rachel, tes yeux sont terriblement cernés ! dit Juhyun en se penchant vers moi pour mieux me dévisager. J'ai un soin décongestionnant à la framboise dans mon casier. Si tu veux, je te le prête.

– Pourquoi, j'ai l'air si amochée que ça ?

– Si tu me disais que tu en étais venue aux mains avec Mina et que tu avais perdu, je ne serais pas étonnée, plaisante Hyeri. (Elle réussit à envoyer une balle dans un cône et lève un poing triomphant.) *Yes !*

Je soupire, étouffant un bâillement.

– Si seulement Mina m'avait juste infligé un œil au beurre noir. Depuis l'incident, je ne dors plus.

– Arrête d'y penser, ajoute Juhyun. À quoi ça mène de ressasser cette audition complètement loupée où tu as vomi sur l'idole de K-pop la plus célèbre et la plus adulée au monde ?

– Seulement sur ses chaussures, je rectifie, sur la défensive.

– Exact. Ce n'est pas si grave, après tout. Des Nike blanches toutes neuves, c'est bien ça ?

Hyeri lâche un soupir et lève les yeux au ciel.

– Reposez en paix, pauvres baskets de Jason Lee. C'est triste, de partir si tôt.

Les jumelles s'esclaffent derrière leur raquette. Je veux riposter, mais une irrépressible envie de bâiller m'en empêche.

– Si je comprends bien, tu as passé toute la nuit à cogiter ? demande Hyeri.

– Pas juste à cogiter...

À l'approche de la coach, j'agite ma raquette d'avant en arrière, feignant de m'exercer aux coups droits et aux revers. Elle approuve d'un hochement de tête et s'éloigne. Je sors alors mon téléphone de la poche de ma jupe et montre aux jumelles une photo postée sur Instagram. On y voit Jason et Mina en train de chanter ensemble.

– ... mais aussi à regarder *ça*. DB a officiellement annoncé leur duo, j'ajoute en grimaçant.

Tandis que leurs voix explosent à travers mon téléphone, ma seule consolation est cet air constipé qu'a Mina sur la vidéo. Après sept ans de cours de chant pris avec elle, je sais ce qu'il signifie : elle peine à atteindre les notes aiguës du refrain. Mais chez DB, ils n'ont apparemment rien remarqué. Comme tous les labels de K-pop, DB applique la tolérance zéro concernant les réseaux sociaux – la même tolérance zéro que pour les relations amoureuses. Aucune photo d'élève ne doit jamais être postée, que ce soit par lui-même ou par un tiers, sous peine d'être exclu ou, si les rumeurs disent vrai, d'être expédié dans une école militaire. S'ils ont malgré tout partagé cette vidéo de Mina, c'est donc qu'ils ont de grands projets pour ce duo. Et pour elle.

Hyeri lit quelques commentaires à voix haute.

« *Daebak*, toute ma vie j'ai attendu que Jason Lee chante en solo. Et cette fille est trooop belle ! »

« Si elle chante avec Jason, c'est qu'elle doit être la meilleure élève de DB, lit Juhyun par-dessus l'épaule de sa sœur. Ils vont tellement bien ensemble. Imaginez les bébés qu'ils auraient. »

Je lui arrache le téléphone des mains et le remets dans ma poche.

– C'est bon, j'ai déjà passé la nuit à éplucher les commentaires, je n'ai pas besoin qu'on me les relise à voix haute.

À l'autre bout du court, coach Sloat donne un coup de sifflet.

– C'est l'heure du match, les filles. On fait un double. Mettez-vous en rangs et attendez votre tour.

– Hey, Juhyun ! J'ai adoré ton tuto d'hier sur la manière d'appliquer de l'eye-liner liquide.

Avec un charmant sourire adressé aux jumelles, Wan Chuncha se glisse derrière Hyeri, m'éjectant de la file d'un coup de raquette dans le genou.

J'ai l'habitude. L'École internationale de Séoul est l'une des écoles privées les plus prestigieuses de Corée. Réservée aux 1 % des 1 % les plus riches du pays, elle accueille des enfants de stars de K-dramas, de membres du gouvernement ou encore des filles comme Somi dont les parents et grands-parents dirigent depuis cinquante ans la Sitisung Corporation. Elle n'arrête pas de faire de la lèche à Juhyun et à Hyeri. Moi, elle m'ignore. Ne possédant pas de fonds de placement et n'étant pas héritière, je ne suis pas digne d'intérêt à ses yeux. Même mon statut de trainee de la K-pop n'entre pas dans son radar. Mais tandis que je bois une gorgée d'eau de ma bouteille, Somi se tourne soudain vers moi.

– Hé, Rachel, j'ai entendu parler du fameux duo.

Je m'étrangle. *Wan Chuncha m'adresse la parole ?* Je jette un œil aux jumelles, qui semblent aussi abasourdies que moi.

– Choo Mina, c'est bien la fille du P-DG de C-Mart ? dit-elle avec une moue moqueuse. On a passé un été en Provence avec eux, quand on était petits. (*Normal, entre gens « riches et talentueux ».*) 2-2 pour nous, 0 pour vous, lâche-t-elle avec un claquement de langue. Pff... et moi qui croyais que DB triait ses élèves sur le volet...

Juhyun s'avance d'un pas, prête à lui balancer sa raquette au visage, mais Goo Kyungmi, une autre camarade de classe, la repousse en s'interposant entre Somi et moi.

– Ne l'écoute pas, Rachel ! s'énerve Kyungmi.

Je la regarde, choquée. Kyungmi est la plus grande fan de Juhyun, elle propose toujours de lui porter ses livres et son plateau à la cantine et laisse régulièrement des petits cadeaux dans son casier. Une fois, elle a même apporté un chiot pour que Juhyun puisse jouer avec lui entre les cours. Comme il a fait ses besoins sur le terrain de golf, le principal lui a demandé de le ramener à la maison. Mais, à moi, c'est la première fois qu'elle m'adresse la parole.

Kyungmi passe son bras autour de mes épaules, sa haute queue-de-cheval à deux doigts de balayer mon visage.

– Tu dois éprouver tellement de sentiments contradictoires à propos de ce duo. Ça va, tu gères ? Si tu as besoin de parler, je suis là, OK ? Tu peux tout me dire de ta vie chez DB, tu sais.

– Euh, merci… Kyungmi… dis-je, essayant de me dégager de son étreinte. Mais ça va, je vais bien.

– T'es sûre ? Si on faisait un selfie toutes les deux ? propose-t-elle en dégainant son téléphone.

– Pas de portables sur le court ! s'écrie coach Sloat en se dirigeant vers nous. (Elle pointe Somi et Kyungmi du doigt.) Vous deux, en place. Vous êtes les prochaines sur les doubles.

Somi traverse le court en ronchonnant, suivie de Kyungmi qui me lance un regard plein de regrets. C'est alors que Sloat s'approche de moi en fronçant les sourcils.

– Désolée, coach, dis-je en me mettant à sautiller comme un pantin. Je m'échauffe pour tout à l'heure !

– Attends. (Après avoir jeté un rapide coup d'œil aux autres élèves, elle se penche vers moi.) C'est vrai que Mina et Jason sortent ensemble ? chuchote-t-elle.

Je la regarde, bouche bée. *Sérieux ?* Si même les célèbres championnes de tennis s'y mettent...

Remarquant ma stupéfaction, elle émet un petit rire et se gratte la nuque.

– Je plaisantais, bien sûr, ajoute-t-elle, s'éclaircissant la voix avant de porter de nouveau son attention sur le court. Excellent service, Kyungmi !

Érigée à la lisière de Hannam-dong, l'École internationale de Séoul se situe de l'autre côté du fleuve Han à Gangnam, l'arrondissement branché de Séoul. Elle est entourée des trois quartiers résidentiels les plus chics de la ville, tous hautement prisés de l'élite pour ses boutiques de design et ses restaurants en vogue, mais aussi parce que Hannam-dong, contrairement au reste de Séoul, bénéficie d'un espace incroyable. C'est sans doute ce qui explique que notre école s'étende sur plus de deux hectares de terrain vierge dans une des villes les plus peuplées du monde. En plus de courts de tennis en terre battue, d'une piscine olympique couverte, d'une piste d'athlétisme et d'un terrain de foot, elle possède deux amphithéâtres – l'un couvert, l'autre en plein air –, une salle de cinéma et une patinoire. Le club d'horticulture a planté des orchidées fuchsia des deux côtés de l'allée qui mène au bâtiment principal et chaque mercredi, la société de pyrotechnie et le club audiovisuel organisent un feu d'artifice valant largement toutes les fêtes du 4 Juillet.

Tandis qu'après les cours, les jumelles et moi nous dirigeons vers les vestiaires, je tombe sur une grande affiche annonçant la Journée des métiers du mois prochain. VOUS RÉFLÉCHISSEZ À VOTRE AVENIR ? MARK ZUCKERBERG ET MEGAN ELLISON VIENDRONT RÉPONDRE À VOS QUESTIONS. Ma mère aimerait sûrement que j'y aille. Si mes parents ont fait tant de sacrifices pour pouvoir nous inscrire dans cette école, c'est en partie pour cette raison. Après la mort d'Halmoni, Umma a hérité d'une somme d'argent qu'elle a presque entièrement investie dans notre scolarité, et non dans la salle de boxe d'Appa. « Pense à toutes les opportunités que cette école peut t'offrir ! » me répondait-elle quand je lui disais que le collège-lycée public en bas de chez nous m'irait parfaitement bien.

Quel sera mon avenir ? Je me demande en prenant une douche chaude. L'audition remonte maintenant à trois jours, et je ne sais toujours pas comment m'y prendre pour me faire remarquer. Je repense à la façon dont, tout à l'heure, Somi et Kyungmi m'ont parlé pour la première fois. *Mais c'était à cause du post de DB sur Instagram. Jamais elles ne posteraient quoi que ce soit sur moi.*

Après la douche, les jumelles et moi sortons des vestiaires. Je tombe nez à nez avec un garçon à petites lunettes rondes cerclées de métal et aux longs cheveux bruns séparés par une raie au milieu. Il nous salue d'un geste de la main, le visage complètement inexpressif.

– Daeho ! s'écrie Hyeri, esquissant un sourire tandis que ses joues rosissent.

– Salut, dit-il en m'ignorant. Alors Hyeri, prête à bosser sur notre projet ?

– Ce n'était pas la peine de venir m'escorter, j'aurais pu te rejoindre directement au labo.

– Ça ne me dérange pas. Et toi Juhyun, ça va ?

– Ça va, merci. (Elle passe un bras sous le mien et me regarde en fronçant les sourcils.) Et si moi, je t'accompagnais au foyer pendant que Hyeri va geeker au labo ? Il paraît qu'avec le beau temps, ils ont ouvert le bar à patbingsu.

Daeho tend l'oreille.

– Tu aimes le patbingsu ? C'est ma spécialité. J'ai créé la recette parfaite, basée sur des proportions scientifiquement prouvées idéales de glace pilée et de haricots rouges. J'ai même inventé ma propre machine à piler la glace.

– Wouah… super, Daeho. J'ignorais que tu avais de tels talents cachés, dit Juhyun. (Je me mords les lèvres pour ne pas éclater de rire tandis que le visage de Daeho s'éclaire d'un sourire radieux.)

Le regard de Hyeri va de Juhyun à Daeho.

– Moi aussi j'aime le patbingsu. Tu m'en feras ? Ta recette a l'air excellente.

Daeho hoche la tête, faisant voleter ses cheveux de chaque côté de son visage.

– Absolument. Je t'en ferai, et tu pourras la partager avec Juhyun.

– Oh… Bonne idée. (Elle nous adresse un signe de la main timide et suit Daeho dans le couloir.) À plus, les filles.

J'agite à mon tour la main pour l'encourager et jette un œil à Juhyun qui vérifie ses sourcils avec l'appareil photo de son portable. Elle n'a visiblement rien capté du triangle amoureux qui vient de se former sous ses yeux. C'est fou qu'une fille aussi intelligente puisse parfois manquer autant de tact.

– Allez viens, dit-elle en fourrant son portable dans son sac de gym et m'entraînant dans le couloir. Le patbingsu attendra.

Je la suis en traînant des pieds. Le soleil filtre à travers les grandes fenêtres en verre et acier chromé. Je n'ai à vrai dire aucune envie d'aller dans ce foyer toujours bondé d'élèves agglutinés devant des écrans géants diffusant les dernières vidéos de K-pop. Et encore moins d'être assaillie de questions sur Jason et Mina.

– Si on allait plutôt se cacher dans la bibliothèque aux vitraux ? je propose à Juhyun.

Située de l'autre côté du campus, cette bibliothèque sombre est ainsi nommée pour ses vitraux reproduisant la première scène de *La Belle et la Bête*. Ils ont été réalisés il y a de cela plusieurs années par un étudiant des beaux-arts dans le cadre d'un projet des seniors.

– Pour pouvoir te morfondre dans un coin ?

– Je n'avais pas spécialement l'intention de me morfondre.

En fait, je comptais m'affaler dans un des fauteuils mous pour regarder des rediffusions de *Vampire Diaries* sur mon ordi.

– Excuse-moi, Rachel, mais ce qu'il te faudrait, c'est vivre une vraie histoire d'amour plutôt que de te projeter dans celle de Klaus et Caroline en guise de thérapie.

Elle me connaît trop bien.

Nous approchons du foyer, d'où me parvient un brouhaha d'étudiants surexcités.

– Passe-la sur le grand écran !

En reconnaissant la voix aiguë de Kyungmi, je me fige. Est-ce qu'ils vont diffuser la photo de Jason et Mina ? Je viens tout juste d'éviter la spirale de la honte Instagram et n'ai vraiment aucune envie qu'on m'y replonge.

– Bon, alors plutôt la bibliothèque...

Mais Juhyun ne me laisse pas finir et me pousse à l'intérieur du foyer. Une foule d'étudiants sont rassemblés face à l'écran plat. Installés dans des fauteuils en cuir, ils se penchent pour mieux regarder... une youtubeuse beauté ! Alors là, je ne m'attendais pas à ça.

Kyungmi se retourne vers Juhyun et moi.

– Chingu-yah ! Venez voir cette nouvelle blogueuse beauté ! C'est une fille de Suwon. Ce qu'elle arrive à faire avec les fards à paupières est complètement incroyable. Je n'ai carrément jamais vu ça !

Juhyun se raidit.

– Combien de vues ? demande-t-elle.

– Presque cinq cent mille en douze heures. Sa vidéo est devenue virale, et elle a déjà presque quatre millions de followers !

– Mais... c'est plus que moi, bredouille Juhyun, incrédule, en se dirigeant vers le bar à patbingsu.

Sur l'écran, la fille commence par étaler sur son visage un fond de teint onctueux aux reflets argentés. Puis elle constelle ses paupières d'une multitude de fleurs de cerisier rose vif accrochées à de minuscules branches surmontées d'une pierre précieuse. Juhyun me remet entre les mains un bol de glace pilée. Déjà à moitié fondue, celle-ci a beau transformer le patbingsu en une soupe de lait condensé et de sirop de fruit, je n'arrive pas à détourner les yeux de l'écran. Cette vidéo est fascinante.

– Tu ne trouves pas ça dingue de voir qu'une fille comme toi et moi puisse devenir célèbre en quelques secondes, en s'amusant avec du maquillage dans sa salle de bains ?

C'est vrai, c'est incroyable l'impact que peut avoir une vidéo. Tandis que les rouages de mon cerveau commencent à se mettre en branle, Juhyun passe un bras autour de mes épaules.

– En fait, ça craint, ici. Finalement, je veux bien aller à la bibli.

J'éclate de rire et dépose un baiser sur sa joue.

– Cette fille n'a pas la moitié de ton talent. En plus, les produits qu'elle utilise ne sont pas bio. Hyeri deviendrait folle en voyant ça !

Juhyun me sourit, visiblement apaisée, tandis que je finis mon bol.

– Délicieux, non ? dit Juhyun. Avoue, c'était pile ce dont t'avais besoin.

– Oh oui, dis-je en souriant, la cuillère dans la bouche. Tu n'as même pas idée...

Chapitre 6

Quand j'ai commencé l'entraînement chez DB, les États-Unis me manquaient terriblement. Les jours de gros cafard, j'allais me réfugier dans le bureau de Yujin et je pleurais sur son canapé. Pendant qu'elle me frottait le dos, je respirais l'odeur rafraîchissante des pots d'eucalyptus posés sur sa bibliothèque et son bureau. Aujourd'hui encore, cette odeur me rappelle autant mon pays que ces cacahuètes grillées et sucrées que l'on trouve à chaque coin de rue à New York.

Akari et moi sommes sur le pas de la porte du bureau de Yujin et la saluons d'un hochement de tête.

– Asseyez-vous, dit-elle, nous invitant à entrer.

Elle ébauche un geste vers les sièges recouverts de cuir blanc devant sa table de travail, puis me dévisage d'un air étonné.

– Qu'as-tu fait avec tes sourcils ?

– Oh… j'ai voulu tester un nouveau style, dis-je avec un sourire timide.

Aujourd'hui, le cours de beauté et de présentation portait sur l'entretien des sourcils. Naturellement fournis et droits, ceux d'Akari correspondent en tout point à cet idéal esthétique que notre professeur appelle des « sourcils de garçon coréen ». Mais les miens nécessitant un chouïa plus de toilettage, j'ai sans doute eu la main un peu lourde avec la pince à épiler. Je passe un doigt sur mon sourcil gauche, espérant avoir réussi à masquer le trou avec mon crayon à maquillage.

Le front plissé, Yujin s'enfonce dans son fauteuil.

– Que puis-je faire pour toi ?

Il y a dans sa voix une froideur inhabituelle qui me met mal à l'aise. J'interroge Akari du regard, qui m'encourage. Après avoir inspiré un grand coup, je me jette à l'eau.

– J'ai une idée de seconde chance pour chanter en duo avec Jason, dis-je en adressant un signe du menton à Akari. (Elle sort son portable et lance la vidéo de la blogueuse beauté.) Tu as vu ça ?

– Évidemment. Le Festival des fleurs de cerisier a eu lieu la semaine dernière et cette vidéo a circulé partout. (Le front de Yujin se plisse un peu plus.) Tu comptes rattraper ton audition de danse grâce à du fard à paupières ? C'est ridicule.

Sa réponse m'arrache une grimace. Je sais bien que les choses ont changé maintenant que je suis si près de l'âge de débuter, mais parfois je regrette le temps où Yujin me laissait simplement pleurer.

– Pas exactement. Mais tu l'as dit toi-même, la vidéo a été vue partout. SKII propose de sponsoriser cette fille, ce qui lui ouvre des opportunités qu'elle n'aurait jamais imaginées. Quand une vidéo devient virale, les gens en parlent, si bien que tous les autres sont *obligés* d'écouter, dis-je en tripotant les manches de mon blouson bomber.

Et moi qui me voyais déjà sortir du bureau de Yujin comme Sandra Bullock, quand, à la tête d'un coup monté, elle déboule du Met, entourée de sa team de filles super badass. J'inspire à nouveau profondément.

– On sait toutes que, vocalement, Mina n'a pas le niveau pour faire ce duo avec Jason. Alors j'ai pensé que si une vidéo de moi en train de chanter pouvait faire le même buzz, les dirigeants de DB seraient obligés de m'accorder une seconde chance.

Yujin reste silencieuse. Akari et moi nous penchons vers elle, pleines d'espoir.

– C'est grotesque.

Mes épaules s'affaissent d'un coup. Adieu mon rêve d'*Ocean' 8*.

– Ton audition n'était pas que décevante, Rachel. C'était un désastre, lâche Yujin. (Je me ratatine sur ma chaise, mais elle n'a pas terminé.) Cela fait sept ans que tu es chez DB, et tu connais les règles. Personne ne t'oblige à être ici. C'est ton choix, ta décision. Comment veux-tu que je te croie capable de chanter en duo avec Jason quand tu n'assures toujours pas en media training ? Et comment espères-tu faire une vidéo virale alors que tu te sens aussi mal à l'aise devant une caméra ?

Je sens une boule monter dans ma gorge. Elle a raison. Bien sûr qu'elle a raison. Une vague de honte me submerge. Comment ai-je pu croire une minute que je réglerais le problème si facilement ? Me mordant la lèvre, j'acquiesce, les yeux rivés sur mes genoux pour ne pas pleurer.

– Regarde-moi quand je te parle, dit Yujin durement. (Je relève aussitôt la tête.) Nous avons tous nourri de si grands espoirs à ton sujet. Rachel, *j'ai* nourri de grands espoirs. Non seulement tu t'es humiliée, mais tu m'as humiliée, moi. En tant que coach principale de DB, c'est aussi ma réputation qui est en jeu ! Ta performance n'était qu'un pâle reflet de ton travail comme du mien. Alors, dis-moi, pour quelle raison est-ce qu'on devrait t'accorder une seconde chance ?

– Je suis tellement désolée, Yujin, dis-je. Je sais que je t'ai déçue, mais je sais aussi que je peux faire mieux. S'il te plaît, tu dois m'accorder une seconde chance parce que... parce que...

Le regard glacial de Yujin me rappelle celui de la caméra. Il est tout aussi dur, aussi vide. Ne trouvant plus les mots, je baisse la tête. Que dire, quand rien ne pourra réparer un tel échec ?

– Parce que quand Rachel et Jason ont chanté ensemble, il s'est passé quelque chose d'inoubliable, intervient Akari. (Tout en pressant ma main, elle regarde Yujin droit dans les yeux.) Je sais que tu as senti ce courant électrique. On l'a tous senti. Ils étaient faits pour chanter ensemble, tu ne peux pas le nier.

Yujin regarde Akari avec la même intensité.

– Et comment comptes-tu contourner le règlement DB concernant les réseaux sociaux ?

– C'est vrai, il nous interdit de poster des trucs, dit Akari avec un sourire malicieux, mais si cette vidéo n'apparaît pas sur la page de Rachel, on ne pourra rien lui reprocher. En quoi serait-ce sa faute, si une vidéo pirate circule et fait le buzz ?

OK, dans ce scénario, je ne suis peut-être pas Sandra Bullock, mais Akari vient de se transformer en Cate Blanchett. Il ne lui manque plus que le tailleur-pantalon en lamé parfaitement ajusté.

Le regard de Yujin se pose de nouveau sur moi. Je m'empresse d'essuyer les larmes qui me montent aux yeux, mais ne réussis qu'à étaler les traits de crayon à sourcils. Je ne ressemble plus à rien. J'étais naïve de penser que Yujin volerait à mon secours comme elle l'a toujours fait. Même mon mentor a ses limites, et de toute évidence, je les ai allègrement dépassées.

Je relève lentement la tête et soutiens son regard qui s'est radouci. Elle soupire.

– C'est vrai, cette performance était assez incroyable, dit-elle.

Mon cœur bondit dans ma poitrine.

– Si tu me laisses une seconde chance, je ne la gâcherai pas. (Je prends une grande inspiration.) C'est toi qui m'as appris à croire en moi. Je sais que je peux y arriver.

Yujin tripote le petit bambou en pot sur son bureau. Puis, attrapant soudain une carte de visite, elle écrit au dos quelque chose en lettres majuscules et la glisse vers moi. C'est une adresse à Itaewon.

Akari et moi levons les yeux vers Yujin ; elle nous regarde avec ce petit sourire espiègle qui la caractérise.

– Retrouvez-moi là-bas demain soir après l'entraînement, dit-elle. Personne ne doit vous suivre, c'est compris ?

Akari pousse un petit cri.

– Ça veut dire que tu vas nous aider ?

– Ça veut dire que cette conversation est terminée, répond Yujin en nous désignant la porte.

Je prends la carte de visite et la glisse dans la poche de mon blouson.

– Rachel, dit encore Yujin quand nous nous apprêtons à partir. (Je me retourne et constate qu'elle me sourit.) Arrange-moi ce sourcil pour demain, s'il te plaît. Cette vidéo va faire le tour du monde, il faut que tu sois au top.

Je m'incline, gonflée d'espoir.

Devant le miroir de ma chambre, j'entortille mes cheveux en un chignon de danseuse pour mettre en valeur le col Claudine de mon chemisier. On dirait une bibliothécaire...

Je défais le chignon et balance le chemisier sur les autres vêtements déjà éliminés qui s'entassent par terre. Et si je m'habillais tout en noir, avec un blouson de cuir et un jean déchiré ? À moins que cette robe longue imprimé léopard et à manches évasées convienne mieux ? J'enfile un short en jean à taille haute, une grande chemise en denim assortie et me contemple dans le miroir. *Non, certainement pas.* Je veux une tenue qui dise « *Tu peux me faire confiance. Tu ne t'es pas trompée en me choisissant* » plutôt que « *Salut, moi c'est Rachel, la Schtroumpfette tombée de l'armoire* ».

Je fouille dans mon placard, à la recherche d'autres tenues possibles. L'intérieur des portes est tapissé de photos, et l'une d'elles me tape dans l'œil : j'ai onze ans et j'assiste avec mes cousins à mon premier norebang lors de vacances en famille à Séoul. J'avais attendu ça tout l'été : les salons privés remplis de micros et de canapés en cuir, la boule à facettes projetant des lumières au néon sur les murs, les tambourins, les buffets à volonté... Jusque-là, je n'avais chanté que dans notre appartement new-yorkais. J'avais tellement hâte de savoir quel effet ça faisait de monter sur une vraie scène, d'avoir l'impression d'être une vraie star de K-pop, comme celles des vidéos que je regardais depuis des années.

C'était le jour où j'ai rencontré Yujin. Je venais juste de chanter *Style* de Taylor Swift. Pendant que tous mes cousins me félicitaient, j'ai entendu quelqu'un applaudir derrière moi. Je me suis retournée et j'ai vu une femme aux cheveux bleu électrique adossée contre la porte ouverte (ma cousine avait oublié de la refermer en revenant des toilettes). Elle m'a demandé mon nom et a ajouté que je lui rappelais une star de K-pop qu'elle avait connue. Puis elle m'a tendu sa carte de visite pour que je la remette à mes parents et qu'ils la rappellent.

Après avoir attrapé dans l'étagère du haut un pantalon large à impression treillis et un pull court à col roulé blanc, je referme l'armoire et déniche mes grandes créoles dorées dans ma boîte à bijoux. Je les passe à mes oreilles, puis rassemble la moitié de mes cheveux en un chignon foutraque. Parfait, me dis-je, enfilant pour finir des sandales en cuir naturel à semelles en bois.

Depuis ce jour, Yujin m'a toujours soutenue. Petite, j'adorais la K-pop, mais elle m'a aidée à faire d'un rêve qui semblait inaccessible une réalité. Elle m'a fait comprendre qu'une foule de gens partageaient ma passion, et que c'était cela qui rendait ce métier si particulier. Une chanteuse de K-pop doit raconter une histoire, elle doit toucher et rencontrer des publics du monde entier. Yujin m'a aussi assuré que dans ce milieu, ma double nationalité était un atout. Grâce à elle, je suis tombée amoureuse de la K-pop une deuxième fois, mais d'une manière complètement différente. Je ne peux pas la décevoir.

– Je suis à peu près sûre qu'on s'est paumées.

Je jette un œil à la carte de visite de Yujin. Cela fait vingt minutes qu'Akari et moi arpentons la même rue d'Itaewon sans trouver l'adresse. À force de nous voir passer et repasser devant ce même restaurant de *dak-galbi*, les gens assis derrière la devanture commencent à nous regarder avec méfiance.

– Essayons de passer par là encore une fois, dit Akari. (Elle réajuste le col de son haut jaune à épaules dénudées ; sa nuque en sueur est parsemée de plaques roses.) Je crois qu'on n'a pas regardé derrière ce salon de thé…

– Si, au moins sept fois. (Chassant une mèche qui me tombe sur les yeux, je zoome sur mon appli Waze.) Je ne comprends pas. Ça devrait être exactement ici.

– Oh mon Dieu ! dit Akari.

– N'en rajoute pas, d'accord ? Je ne sais même pas ce qu'on cherche, au juste !

– Non, ce n'est pas ce que je veux dire !

Akari m'agrippe le bras et m'entraîne derrière une rangée de motos. Elle me désigne de l'autre côté de la rue un barbu à larges épaules et à queue-de-cheval. Sortant d'un petit immeuble marron dont la porte métallique est recouverte de graffitis, il chausse des lunettes de soleil puis enfonce un bonnet en laine sur son crâne.

– C'est Han Minkyu, de *Oh My Dreams*, s'écrie Akari, stupéfaite.

Je la fixe d'un air absent. Ces sept dernières années, je n'ai pas eu le temps de m'intéresser aux K-dramas.

– Mais si ! C'est lui qui a kidnappé Park Dohee après qu'elle a perdu la mémoire en tombant de la moto de son amoureux. Il s'est introduit dans sa chambre d'hôpital en se faisant passer pour son médecin. Tu te rends compte, il lui a fait croire qu'avant l'accident, elle était amoureuse de lui ! On devrait se cacher. Il serait bien capable de nous kidnapper.

– Mais enfin, Akari, c'est son personnage. Je ne pense pas qu'il soit aussi un voleur de mémoire dans la vraie vie.

– Oui, sans doute. (Elle marque une pause et le regarde s'éloigner.) N'empêche. Je ne lui fais pas confiance.

Je jette un œil à l'immeuble. Il n'a rien de spécial, et d'ailleurs je ne l'avais encore jamais remarqué : ses fenêtres aux vitres teintées empêchent de voir à l'intérieur, et la façade aurait besoin d'un bon coup de peinture. Mais peut-être que...

Curieuse, je fais signe à Akari de me suivre.

Je tourne la poignée ; la porte s'ouvre facilement, révélant un petit couloir lambrissé. Nous entrons, et la porte se referme en claquant derrière nous. Akari me regarde, soudain très pâle.

– Tu maintiens ce que tu as dit tout à l'heure, qu'on ne sera pas kidnappées aujourd'hui ?

Je la fais taire et tends l'oreille.

– Tu entends ?

– Le son qui annonce notre mort imminente ? murmure Akari.

– Mais non. C'est de la musique. Tu es prête ?

Akari jette autour d'elle un regard inquiet.

– Non ?

Je la prends par la main et l'entraîne de l'autre côté du rideau qui obstrue le fond du couloir.

Autour de nous, les murs s'animent grâce à des images de jardins évoquant la campagne française. Recouvrant la totalité du plafond, de la glycine rose et mauve pend lourdement d'un lustre d'angle tout de dorures et de verre dépoli. De gens assis sur des banquettes confortables aux couleurs chatoyantes discutent en écoutant un pianiste de jazz. Il joue sur une scène impressionnante qui occupe toute la partie droite de la pièce. Une odeur de croissants chauds et de pétales de rose embaume tout l'espace. À une table, une femme sirote un cappuccino dans une tasse en forme de cygne ; il est si délicat, si réaliste qu'il semble prêt à déployer ses ailes et à s'envoler.

Non mais c'est quoi ce lieu ?

– Rachel ! Akari !

La voix de Yujin me sort de ma rêverie. Elle s'avance vers nous, cheveux roses au vent. Des pendentifs de bronze se balancent à ses oreilles.

– Il était temps que vous arriviez. Bienvenue à Kwangtaek ! dit-elle en passant un bras sur nos épaules.

– Où sommes-nous ? demande Akari. Et, au fait, tu connais Han Minkyu ?

– Oh oui, répond-elle en riant tandis qu'elle nous guide à travers la salle, mais il y a ici quelqu'un qui vous en parlera beaucoup mieux que moi.

Elle s'immobilise devant une femme d'un certain âge dont la tête me dit vaguement quelque chose. Installée sur une banquette d'angle, elle semble sortir tout droit d'un film hollywoodien des années 1940. Ses cheveux poivre et sel sont relevés en un chignon vintage super glamour et un somptueux châle en soie brodée recouvre négligemment ses épaules.

– Rachel, Akari, je vous présente Chung Yuna, ma maman, dit Yujin en se glissant près d'elle sur la banquette.

Chung Yuna, la mère de Yujin ?

– Vous êtes vraiment Chung Yuna ? insiste Akari avant de se tourner vers Yujin. Pourquoi tu nous as jamais dit que ta mère était la toute première star de K-pop ?

Chung Yuna est une véritable légende. Avant elle, la K-pop n'existait même pas. Elle a arrêté le métier il y a quarante ans, mais tout le monde connaît son nom. Lors de leur dernière tournée mondiale, les Electric Flower lui ont carrément rendu un hommage de vingt minutes en reprenant ses plus grands succès.

Je me redresse aussitôt et m'incline à quatre-vingt-dix degrés.

– Ahnyounghasaeyo.

Akari suit mon exemple, et Yuna éclate de rire, nous invitant à nous asseoir à ses côtés.

– C'était il y a si longtemps... Maintenant, je laisse la K-pop à des filles comme vous.

Yujin nous observe avec un sourire amusé.

– Fermez la bouche, vous allez gober les mouches.

Je m'exécute, m'efforçant de retrouver un air posé bien que la tête me tourne.

– Mais où sommes-nous, exactement? je demande en jetant un œil à Akari qui semble toujours aussi ébahie.

– Kwangtaek est un café underground que j'ai ouvert pour les célébrités coréennes, dit Yuna en buvant une gorgée de thé. Un lieu où elles peuvent se détendre un moment, à l'abri des fans et des paparazzis. Ce genre d'endroit m'a toujours manqué quand j'étais dans le métier. Alors il y a quelques années, je me suis lancée. Il a fallu un peu de temps pour trouver l'emplacement idéal, et celui-ci s'est avéré parfait.

– C'est incroyable, dit Akari en ouvrant des yeux encore plus grands. J'avais déjà entendu parler d'un café secret réservé aux stars, mais jamais je n'aurais imaginé qu'il existait en vrai.

Yuna rigole.

– Dis-moi plutôt ce que tu penses de la glycine. Je me demande si on ne devrait pas opter pour un décor plus minimaliste...

Quand Akari et Yuna se mettent à discuter décoration, Yujin se lève et me prend par la main.

– On revient tout de suite, dit-elle tandis qu'Akari lui adresse un signe de la main et que Yuna compare les avantages et inconvénients du velours frappé et de la panne de velours.

En traversant le café, j'essaie de ne pas dévisager tous ces gens célèbres qui m'entourent, mais – j'hallucine – c'est Park Dohee assis là-bas avec Kim Chanwoo ? Dans *Oh My Dreams*, ils sont amants, mais vu les regards énamourés qu'ils échangent au-dessus d'une assiette de macarons pastel, on dirait bien qu'ils sont aussi ensemble dans la vraie vie. Je détourne les yeux – après tout, ils sont ici pour échapper aux regards indiscrets.

– Dis-moi, Yujin, comment se fait-il que tu ne sois pas devenue une star de K-pop, toi aussi ? Ta mère est tellement inspirante !

– Oh, elle m'a inspirée, reconnaît-elle spontanément, mais d'une autre manière. Très jeune, j'ai su que je n'étais pas faite pour la scène. J'ai plutôt eu envie d'utiliser ce qu'elle m'a appris pour guider la nouvelle génération. Des gens comme toi, faits pour être dans la lumière des projecteurs, ajoute-t-elle en me pressant la main.

Le cœur gonflé, j'essaie de réprimer mon émotion. *Dans la lumière des projecteurs*. Je serre sa main en retour.

Elle m'emmène à une table près de la scène. Je m'assieds, trop contente de laisser les plus grandes stars de Corée boire tranquillement leur café pour discuter avec Yujin, comme au bon vieux temps – à ceci près que le gratin de Séoul a remplacé les plantes vertes. Il y a pourtant un truc que je ne saisis toujours pas.

– Yujin, cet endroit est génial, mais… Pourquoi sommes-nous là, au juste ? On ne fait plus la vidéo ?

– Tu verras. Je vais te chercher à boire, je reviens.

Yujin s'approche du comptoir, juste à côté de la scène. Pour calmer le tremblement de mes mains, je commence à gribouiller les coins d'une serviette en papier. Quelle idée Yujin peut-elle bien avoir derrière la tête ? Me faire chanter devant sa mère ? C'est sûr, la vidéo cartonnerait. À moins qu'elle veuille me filmer avec Dohee et Chanwoo ? Je ris toute seule. Pour le coup, les copines de Leah seraient carrément impressionnées. Une fois la serviette remplie de fioritures et de fleurs, je me mets à triturer une cuillère à thé en laissant échapper un soupir. Pourquoi Yujin ne revient-elle pas ?

La cherchant des yeux, je vois soudain Dohee et Chanwoo s'embrasser à leur table. Bingo ! Ils sont ensemble ! Quand elle apprendra ça, Leah sera dans tous ses états. Perdue dans mes pensées, je continue à jouer avec la cuillère à thé. Tout à coup, elle m'échappe des mains et atterrit au milieu de ma figure.

– Aïe !

Je me frotte le nez en m'assurant que personne ne m'a vue. Heureusement que dans ce genre d'endroit, je ne fais pas partie de ceux que l'on dévisage en priorité. Soulagée, je m'adosse à ma chaise.

– Outch… ça a dû faire mal !

Chapitre 7

Jason prend une chaise et s'assied à côté de moi. Les manches de son pull sont retroussées jusqu'aux coudes, et je ne peux m'empêcher d'admirer ses avant-bras bronzés et étonnamment lisses. Puissants, aussi. Je le revois posant son bras autour de ma taille, à la fin de l'audition, alors que je m'apprêtais à déverser toute une nuit de soju et de champagne sur ses chaussures.

Ce seul souvenir me fait rougir.

– Qu'est-ce que tu fais là ? je bredouille, tâchant de retrouver mon sang-froid.

– Il se trouve que tu occupes ma table habituelle. (Il se penche vers moi et me murmure à l'oreille.) Laisse-moi deviner. Tu me harcèles.

Je lâche un petit rire. Même si l'objectif est de décrocher ce duo avec lui, je ne vois pas l'utilité de gonfler davantage l'ego de Jason. Pour ça, il a déjà le moulin à rumeurs de DB.

Il se radosse à sa chaise avec un sourire satisfait.

– Je te rends nerveuse ?

– Pas du tout, dis-je, un poil sur la défensive.

– Ah bon ? Pourtant, tu es toute rouge. (Il pose sa main sur ma joue.) Rouge et douce.

Je repousse vivement sa main.

– Excuse-moi, mais je ne me souviens pas de t'avoir autorisé à me toucher.

Il lève les mains en l'air, résigné.

– Désolé. Je voulais juste m'assurer que tu te sentais bien... Personne n'a envie que tu vomisses chez Chung Yuna, les acteurs de K-drama prendraient la fuite... (D'un geste, il désigne Dohee et Chanwoo à l'autre bout de la pièce.) Chacun sait qu'ils ont l'estomac fragile.

Une serveuse arrive à notre table avec deux cafés fumants. Jason lui décoche son sourire ultrabright et prend les deux tasses.

– Quel timing parfait ! Comment as-tu deviné que c'était exactement ce qu'il me fallait ?

Elle incline la tête avec un rire gêné puis s'en va. Y a-t-il des gens qui échappent à son numéro de charme ?

– Au fait, je te pardonne, me dit-il en versant la moitié du sucrier dans son café. De m'avoir vomi dessus.

Je le regarde, inquiète.

– J'ai dû jeter mes baskets préférées, mais à part ça...

Cette fois, c'est moi qu'il gratifie de son sourire irrésistible. Mon estomac menace de se retourner, mais je n'en laisse rien paraître et lève les yeux au ciel.

– Merci. C'est le truc le plus gênant qui me soit jamais arrivé. Bien contente qu'il y ait au moins une personne que ça fasse rire.

Son visage s'assombrit légèrement ; il serre les dents.

– Je plaisantais, pour les baskets. Je sais combien ces auditions mettent les nerfs à rude épreuve. Je suis passé par là, moi aussi.

Si seulement tout ça n'avait été qu'un problème de nerfs. Cette fois, je sens qu'il est sincère.

– Merci, dis-je en hochant sobrement la tête.

Il sourit et vide le pot de crème dans sa tasse. Puis, le secouant pour récupérer les dernières gouttes, il prend un air navré.

– Tu en voulais ?

– Je préfère le café noir. Toi, tu es plutôt milk-shake, visiblement.

– Disons que j'aime le sucre, répond-il en sirotant cette abomination.

Le silence s'installe ; pas un silence embarrassé, mais pas non plus détendu. Ce projet de vidéo m'obsède. Qu'est-ce qu'elle trafique, Yujin ?

– Bon, Rachel, dit Jason en attrapant une pâtisserie. En dehors du fait que tu sois une icône de la mode pyjamas et une puriste un peu snob en matière de café, quels sont les autres traits de ta personnalité ?

Je cherche désespérément quoi répondre. Je m'entraîne à devenir une star de la K-pop ? Il le sait déjà. Je donnerais n'importe quoi pour débuter ? Il l'a déjà vécu. Je suis venue tourner une vidéo en espérant que tout le monde puisse constater que je chante mieux que Mina, y compris M. Noh et les dirigeants de DB, et qu'ils m'accordent une seconde chance pour chanter avec lui ? Non, ça, je ne peux pas le dire. Heureusement, la serveuse réapparaît et dépose un petit plateau blanc sur notre table. Le visage de Jason s'illumine.

– Tu vas adorer. C'est le dessert le plus célèbre de Yuna.

Il s'empare d'un petit bol posé sur le plateau et commence à verser du chocolat au lait fondu sur la boule de sucre filé remplie de fraises et de fleurs comestibles. Une fois la boule dissoute, son contenu se répand sur les couches de panna cotta et de miettes de pain d'épices. *Waouh.*

– C'est franchement meilleur que le dernier dessert que j'ai mangé, je marmonne, la bouche pleine de chocolat et de fraises. Ma mère avait acheté des gâteaux ; j'en ai pris un, pensant qu'il était aux fruits, mais c'était de la saucisse avec du maïs et un genre de sauce sucrée trop bizarre !

– Un sandwich à la saucisse déguisé en gâteau, résume Jason. C'est ce qu'il y a de pire.

– D'où ça vient, cette manie qu'ont les Coréens de faire des hot-dogs avec n'importe quoi ? je demande en prenant une bouchée de panna cotta crémeuse.

– Pareil avec le fromage. Ils en mettent partout. Dans le ramyun.

– Dans le kimbap.

– Dans le dak-galbi.

– Avec de la saucisse. (Il se marre.) Tu serais cap d'ajouter encore plus de fromage sur ta saucisse au fromage ?

– Bien sûr ! En Corée, tu peux même commander une double saucisse-double fromage.

On éclate de rire et pendant une seconde, j'oublie tout le reste – DB, Mina, les intrigues et l'enjeu de la dernière chance. Jason et moi sommes juste des amis normaux menant des vies normales, et contents de se retrouver autour d'un café et d'un bon dessert. Mais la seconde est écoulée, et je ne ris plus. Je ne sais pas exactement jusqu'où s'étend cette interdiction de sortir avec des garçons, mais je parie que les dirigeants de DB n'apprécieraient pas tellement de voir une élève glousser et manger des pâtisseries en compagnie de leur idole maison. Embarrassée, je détourne les yeux et essuie avec la serviette ma bouche barbouillée de sauce sucrée.

Tout à coup, Jason m'attrape le poignet. Je me fige et vois qu'il fixe mes lèvres. *Oh mon Dieu. Est-ce qu'il veut... Il ne peut pas...*

– C'est quoi, ces dessins sur ta serviette ?

Il me la prend des mains et l'étale sur la table. *Il n'avait pas du tout l'intention de...* Je ravale ma honte.

– Rien, je réponds en essayant de récupérer la serviette qu'il maintient hors de ma portée.

Je renonce en soupirant.

– Ce ne sont que des gribouillis. J'aime bien dessiner des vêtements quand je m'ennuie.

– Des vêtements ?

– Bah oui. J'ai grandi à New York, capitale mondiale de la mode. Je regardais tout le temps comment les gens étaient habillés.

Il ne dit rien, les yeux rivés sur la serviette. Je me sens soudain aussi vulnérable que s'il lisait mon journal intime.

– C'est toi qui as dessiné ça? demande-t-il. J'adore. Vraiment.

Il semble sincère, voire impressionné. À tous les coups, il va me demander de faire son portrait. Et ça, pas question. Je réussis enfin à lui arracher la serviette, que je roule en boule et que je m'empresse de tremper dans son café.

Il reste bouche bée.

– Mais…

– Ce ne sont que des croquis. Et ce café est bien trop sucré. Je te sauve du diabète.

Il repêche avec deux doigts la serviette détrempée.

– Quel dommage, mon café gâché par tes gribouillages. (Il marque une pause.) Tiens, ça rime.

Je lui tends une serviette neuve.

– Tu devrais noter cette phrase, je plaisante. Peut-être qu'un jour DB te laissera écrire tes propres textes de chansons.

Je m'attends à une autre vanne, mais son visage est grave.

– Si tu savais… lâche-t-il avec un air sombre que je ne lui connaissais pas.

Soudain, son assurance et sa belle énergie retombent comme un soufflé et ses épaules s'affaissent tristement.

– Jason? Ça va?

Il s'apprête à me répondre, mais un larsen l'en empêche.

Quatre garçons montent sur scène et se rassemblent autour du piano. L'un d'eux tapote un micro et nous sourit. Je le reconnais. En fait, je les reconnais tous. Ce sont les

Next Boyz, le groupe de Jason, et celui qui tient le micro, c'est Minjun, l'idole que j'ai nourrie de poulet rôti.

– J'appelle Jason Lee et son amie à monter sur scène, dit Minjun d'un ton malicieux. (Sa voix résonne dans toute la salle.) Ici, c'est la règle : pour boire gratis, il faut chanter.

Tout le monde applaudit. Je réalise alors que le piano s'est tu. La main devant la bouche, les gens chuchotent et nous lancent des regards curieux et admiratifs (curieux pour moi et admiratifs pour Jason, cela va sans dire). Exactement comme je regardais Dohee et Chanwoo un peu plus tôt. Au fond de la pièce, j'aperçois Yujin, installée auprès de sa mère et Akari. Elle croise mon regard et me fait un signe de la main.

Jason glisse un bras sur le dossier de ma chaise et sourit, très détendu. Son expression ombrageuse a complètement disparu.

– Ignore-les, Rachel. Minjun veut juste me faire payer le fait que je sois parti plus tôt du norebang, l'autre soir après la fête. Je vais régler nos consos.

Je jette un nouveau coup d'œil à Yujin : le menton pointé vers la scène, elle manipule discrètement son téléphone. Je me tourne alors vers Jason et commence à comprendre. Yujin ne m'a pas seulement fait venir ici pour réaliser une vidéo, mais pour me filmer *avec Jason*. C'est maintenant ou jamais.

Rassemblant tout mon courage, j'attrape la main de Jason. Dans la salle, les chuchotements redoublent. Quand je me lève en lui souriant, il me regarde avec de grands yeux étonnés.

– Allez viens. Puisque tout le monde parle déjà de nous, autant leur donner un vrai sujet de conversation.

Pendant un millième de seconde, j'imagine que peut-être, il ne me suivra pas. Mais il me sourit en retour et se lève.

– Tu sais ce qu'on dit, miss Loup-Garou… dit-il en serrant ma main.

Le cœur battant à tout rompre, je l'entraîne vers la scène tandis que le public exulte et se met à siffler.

Un peu surpris, Minjun me tend un micro tandis que les autres membres de Next Boyz tapent du pied et crient leur enthousiasme.

– On est à fond avec toi, dit-il en m'adressant un signe de la main.

Jason prend un micro et me lance un coup d'œil.

– Prête ?

Je cherche Yujin dans la foule. Elle lève le pouce et dirige son téléphone vers la scène.

Je respire un grand coup. Ça tourne.

– Prête.

– Trois cent vingt-cinq, dit-il en reculant du micro pour que je sois la seule à l'entendre.

Je hausse les sourcils, perplexe, et il baisse la tête en fixant ses chaussures.

– C'est le prix qu'elles m'ont coûté. Trois cent vingt-cinq dollars. La dernière fois, je n'ai rien dit, mais si tu me bousilles aussi celles-là, j'exige d'être intégralement remboursé.

Je ne peux pas m'empêcher de rire dans le micro. Mes épaules commencent à se détendre.

Quand le pianiste plaque les premiers accords d'une ballade bien connue, le public se tait et soupire en reconnaissant un vieux succès de Chung Yuna. C'est une chanson d'amour des années 1980 qui me fait toujours pleurer. Un souvenir me revient : je revois Umma et Appa danser sur cette chanson dans la petite cuisine bleue de notre appartement new-yorkais. Assise sous la table, je les regardais, consciente malgré mon jeune âge qu'ils me montraient ce qu'était l'amour. Mais depuis qu'Appa suit en cachette ses cours de droit et qu'Umma passe tous ses week-ends à préparer son concours pour devenir titulaire, ça fait un moment que je ne les ai plus vus danser.

Jason attaque le premier couplet. Sa voix me fait le même effet que ses bras : à la fois puissante et caressante, elle m'enveloppe de son étreinte chaleureuse.

Je regarde le public et aperçois Yujin pointant son téléphone vers nous. Tandis que je fixe l'objectif de la caméra, la panique me gagne et mille pensées se bousculent dans ma tête, éclipsant la musique. *Qu'est-ce que j'imaginais ? Qu'au moment où je déciderais de faire une vidéo pour qu'elle devienne virale, ma phobie de la caméra se volatiliserait comme par magie ? Quelle idiote ! Je devrais de nouveau vomir sur scène, tiens. Ça, c'est sûr, ça ferait le buzz.*

À côté de moi, Jason arrive au refrain. C'est le moment où je suis censée le rejoindre en doublant sa voix, mais je suis paralysée. Quand j'ouvre la bouche, aucun son n'en sort. Paniquée, je me tourne vers lui. Il attrape ma main et, tout en continuant à chanter seul, il essaie de me faire bouger, mais mes bras restent figés le long de mon corps. Durant le bref interlude musical précédant le deuxième couplet, Jason se place alors derrière moi et pose ses mains sur mes hanches pour me faire tourner. Aussitôt, je retrouve mes vieux réflexes d'entraînement et me mets à tourbillonner sur la scène exiguë. Un sourire me vient aux lèvres. Je me revois faisant tournoyer Leah sur le carrelage de la cuisine et chantant à tue-tête des tubes de K-pop tandis qu'elle poussait des cris de joie. *Je suis à ma place*. Une douce chaleur m'envahit. Je saisis la main de Jason, lui lance un clin d'œil et articule : *encore*. Le public est tout ouïe. Je me concentre alors sur la main de Jason posée sur la mienne et tandis que nos voix et nos doigts s'entremêlent, je retrouve les mêmes sensations que l'autre jour, dans l'auditorium. Nous sommes faits pour chanter ensemble, et dans son regard, je vois qu'il ressent la même chose que moi.

M'arrachant doucement à son étreinte, je traverse la scène pour chanter mon couplet solo. Je revois la Rachel de six ans qui découvrait la K-pop et se sentait pour la première fois fière d'être coréenne. Celle de onze ans qui chantait de tout son cœur à un norebang et qui caressait un rêve impossible. Comme elles seraient heureuses de me voir sur scène en ce moment. De me voir me rapprocher de notre rêve et de partager notre amour de la K-pop avec le monde entier. Quand la voix de Jason se mêle de nouveau à la mienne, plus rien ne peut nous arrêter et l'adrénaline nous fait ressentir le moindre soubresaut, le moindre battement de nos cœurs.

Il me rejoint et s'immobilise à mes côtés, tenant une main près de mon visage, comme s'il me demandait l'autorisation de le toucher. Cette fois, je décide de la lui accorder. Quand nos voix s'élèvent sur le dernier couplet, je presse brièvement ma joue contre sa paume.

À la fin du morceau, je recule lentement sans le quitter des yeux. L'énergie qui nous relie dit ce que je ne peux pas exprimer par les mots : *Chanter avec toi, c'est magique.*

Soudain, un tonnerre d'applaudissements éclate. Toute la salle se lève pour nous acclamer tandis que nous émergeons de ce moment enchanté. Il prend ma main en souriant et nous saluons le public. Yuna se lève de sa banquette et nous rejoint sur scène pour me serrer dans ses bras.

– Absolument merveilleux, dit-elle en prenant mon visage entre ses mains. C'est la meilleure reprise que j'ai entendue depuis des années.

Je baisse la tête.

– Merci Yuna. J'espère que nous lui avons rendu justice.

Tandis qu'elle enlace Jason, je vois Yujin dans la foule qui abaisse son téléphone avec un sourire radieux. Reprenant mon souffle, je reviens à la réalité. La première partie du plan est bouclée.

Cette nuit-là, dans mon lit, je repense au sourire de Jason, à la parfaite harmonie de nos voix mêlées, et je ne peux m'empêcher de me sentir un peu coupable de l'avoir utilisé comme marchepied. Mais, après tout, il a dit lui-même qu'il était déjà passé par là. Il sait à quel point l'entraînement chez DB est rude, et que nous devons tout faire pour réaliser nos rêves.

Malgré tout, la culpabilité me ronge. Pour ne pas y penser, je fais défiler mon compte Finstagram (celui que je partage exclusivement avec les jumelles Choo). On dirait qu'après leur journée d'expérimentations, Hyeri et Daeho se sont offert du tteokbokki. Cool. Je like la photo et ne manquerai pas de charrier Hyeri à propos de sa nouvelle lubie.

On frappe. Umma passe la tête dans l'entrebâillement de la porte.

– Rachel, tu dors déjà ?

– Non, je me repose, dis-je en me redressant contre mon oreiller. La journée a été longue.

Elle pince les lèvres.

– Tu as fait tes devoirs ?

Je pense à la montagne de travail qui m'attend et sur laquelle je ne me suis pas encore penchée.

– Oui, Umma.

Elle balaye la pièce du regard, comme si elle cherchait une raison de râler, et avise le tas de vêtements sur le sol.

– C'est le chaos dans cette chambre ! J'en ai assez que tu comptes sur moi pour la ranger.

Je soupire.

– Je ne te demande pas de le faire, je réponds en me laissant pesamment retomber sur mon lit.

Je ferme les yeux et me réfugie dans un monde imaginaire où elle me demanderait comment s'est passée ma journée chez DB et où je lui raconterais en détail mon duo magique avec Jason. Peut-être même qu'ensuite, on écouterait la chanson originale de Chung Yuna, et j'évoquerais ce souvenir que j'ai d'elle et d'Appa, dansant dans la cuisine. Mais ce n'est pas ce qui se passe, et je l'entends même revenir à la charge.

– Je suis rentré, crie Appa depuis la porte d'entrée.

– Yeobo, viens voir l'état de la chambre de ta fille.

Appa la rejoint. Il a des cernes noirs sous les yeux, et j'ai l'impression qu'il a encore maigri. Les soirées à la salle de boxe et les cours du soir ne semblent pas lui réussir. Je devrais peut-être lui offrir le soin anticernes de Juhyun.

– S'il te plaît, dis quelque chose ! lance Umma.

– Rachel, range ta chambre, articule Appa avec lassitude.

– Promis, Appa. Je le ferai demain.

– Et voilà, la paix est revenue chez la famille Kim, ajoute-t-il avec un sourire triste.

Umma hausse un sourcil inquiet et s'élance à sa suite sans refermer la porte. Je sors alors de mon lit pour la fermer moi-même, mais Leah apparaît, m'inondant d'un flot de paroles.

– Salut, Unni, dit-elle en agitant sa main devant ma figure. Tu ne devineras jamais ce qui s'est passé aujourd'hui dans *Oh My Dreams* ! Park Dohee et Kim Chanwoo ont rompu ! Apparemment, elle avait une liaison secrète avec son frère ! Mais ce n'était pas sa faute, il l'avait hypnotisée pour lui faire croire qu'elle était une trapéziste célibataire et qu'elle vivait avec lui en Australie et...

Je repense à Kwangtaek, mourant d'envie de lui révéler toute la vérité sur son couple télévisé préféré, mais ce n'est pas le moment. Elle ne quitterait plus ma chambre. Je la pousse gentiment vers la porte.

– Reviens plus tard. J'ai besoin de me reposer.

– Mais je n'ai personne d'autre à qui parler...

Je ferme la porte à clé, puis retourne dans mon lit et ferme les yeux. En vain. La culpabilité me tient éveillée comme si je venais d'avaler trois expressos. Je n'arrête pas de penser aux yeux fatigués d'Appa, à l'adorable bouille de Leah. Si seulement je pouvais débuter tout de suite, ils verraient enfin que leurs sacrifices valaient la peine. Qu'ils n'ont pas renoncé à leur travail, à leurs amis et aux États-Unis pour rien. Cela réglerait tout.

Je reçois un message de Yujin. CHECKE TON INSTA.

Les mains tremblantes, j'ouvre l'appli. Une vidéo de Jason et moi apparaît en haut de ma page.

Elle a déjà plus de deux cent mille likes.

Je parcours les pages des fans de K-pop et des instagrameurs que je suis et, partout, je la retrouve. Je ne sais pas comment Yujin s'y est prise pour la diffuser, mais ça a marché.

Et tout le monde se l'arrache.

Je lis les commentaires, n'osant plus respirer.

C'est la nouvelle yeochin de Jason Lee ?

Sa voix est ouf ! Et elle s'accorde si bien à la sienne !

#LoupGarouSecret?

Waouh, quelle chanson ! Elle me tire les larmes !

Où puis-je la télécharger ? Il me la faut comme sonnerie de téléphone.

Je n'arrête pas de recevoir des messages des jumelles Cho et d'Akari (JE NE LE CROIS PAS ! YUJIN EST UNE HÉROÏNE !). J'ai aussi une notification de mon compte Instagram. Un message de coach Sloat. FÉLICITATIONS, RACHEL ! SI TOI ET JASON, VOUS AVEZ ENVIE DE PRENDRE UN COURS PARTICULIER DE TENNIS, C'EST QUAND VOUS VOULEZ !

On tambourine à ma porte.

– Unni ! Ouvre-moi tout de suite, crie Leah. C'est toi ?

Mais je n'arrive pas à répondre.

Je m'allonge dans mon lit et pose le téléphone sur ma poitrine, un sourire jusqu'aux oreilles. En voyant les likes s'accumuler, ma culpabilité se volatilise et je pousse un cri de joie.

J'ai réussi !

C'est ma seconde chance.

Et je ne la laisserai pas passer.

Chapitre 8

Douze paires d'yeux sont braquées sur moi, épiant le moindre de mes gestes. Je réajuste mon blazer et défroisse un petit pli sur mon jean noir super moulant. Chic et pro, ma tenue du jour est celle de la parfaite trainee de K-pop et correspond exactement à l'image que je dois renvoyer aux dirigeants de DB.

Les deux mains calées sous le menton, M. Noh préside à la longue table rectangulaire de la salle de réunion; son visage se reflète sur la surface brillante en acajou. Yujin et moi nous tenons à l'autre extrémité, droites comme des *i*. D'abord coconspiratrice, elle est maintenant mon avocate.

– Cette vidéo a fait le buzz, explique Yujin. Avec plus de trois millions de vues, elle est la plus regardée de la semaine sur Instagram. Les gens adorent entendre Jason et Rachel chanter ensemble. S'ils font un duo, le succès est garanti.

– Attendez, l'interrompt M. Lim, un dirigeant encore plus vieux et plus critique que M. Noh qui la regarde par-dessus ses demi-lunes en métal. Êtes-vous en train de suggérer que nous devrions accorder une seconde chance à Rachel alors qu'elle a vomi sur notre star ? Madame Chung, avec tout le respect que je vous dois, je crois que votre affection pour cette jeune fille vous égare.

Je reste impassible et, comme convenu, laisse parler Yujin.

– Jason a fait l'impasse sur cet incident, dit-elle en désignant son téléphone. Il serait peut-être temps que nous suivions son exemple.

– Comment ça, « il serait temps » ? reprend Mme Shim, incrédule. (Des veines se mettent à gonfler sur son cou maigre et sa bouche se tord en une moue que j'imagine chronique.) Cela ne remonte qu'à quelques jours ; il faudra beaucoup plus de temps pour que Rachel puisse regagner notre confiance, en supposant d'ailleurs que ce soit possible. Cette audition est la pire que j'ai vue depuis que je travaille chez DB.

D'autres dirigeants murmurent leur approbation. Je serre les poings, mais je reste muette. Que l'on parle de moi comme si je n'étais pas dans la pièce est certes détestable, mais pour une trainee de K-pop, prendre la parole sans qu'on la lui accorde n'est pas une option. Même si sa vidéo cartonne.

Quand M. Noh lève la main, tout le monde se tait.

– Je crois que ça suffira pour aujourd'hui. C'est clair, la majorité d'entre vous estime que Rachel n'est pas... prête. (Il paraît presque déçu.) Quelqu'un souhaite ajouter quelque chose ?

Mon sang ne fait qu'un tour. *Quoi ?* Je ne vais quand même pas échouer si près du but. Quand Yujin effleure mon coude, je manque d'exploser, mais elle m'adresse un hochement de tête presque imperceptible. *N'aggrave pas ton cas,* semble-t-elle dire. Mon cœur se serre. Elle a raison. Mieux vaut rester chez DB, quitte à ne pas faire le duo, plutôt que de me retrouver exclue des deux.

Ravalant mes larmes, ma fierté et ce qui me restait d'espoir, je m'apprête à quitter la pièce avec Yujin lorsque quelqu'un se lève.

– Attendez !

L'un des dirigeants – un jeune homme au visage poupon et aux cheveux parfaitement coiffés – brandit son téléphone.

– On ne peut pas clore cette réunion sans avoir regardé la vidéo en question. M. Noh, puis-je brancher mon téléphone au projecteur ?

M. Noh marque une pause et opine sèchement du chef.

– Allez-y, monsieur Han.

M. Han me lance un coup d'œil complice accompagné d'un petit signe de la main. L'espoir renaît dans ma poitrine.

M. Han lance la vidéo. Quelques visages se radoucissent au son des accords familiers de la chanson de Chung Yuna. À ma gauche, Mme Shim laisse échapper un soupir joyeux et sourit, les deux mains sur le cœur, tandis que Jason continue de chanter. Existe-t-il une personne au monde qui n'ait pas un faible pour ce garçon ?

Je retiens mon souffle. Dès que j'entends ma propre voix, je jette un coup d'œil oblique à M. Noh. Son regard est caché par ses lunettes et, comme d'habitude, ses doigts battent la mesure. Je réalise que tous les dirigeants font comme lui ; certains esquissent même un sourire et se mettent à chanter. Sur le dernier refrain, Mme Shim s'essuie les yeux. Je me retiens de sourire. Des larmes ! C'est toujours bon signe.

La chanson s'achève, l'écran redevient noir. Tout le monde applaudit et M. Han siffle. Je reprends espoir, mais n'ose toujours pas respirer. Cette chanson aura-t-elle suffi à les convaincre ?

– Je dois reconnaître que c'est formidable, dit Mme Shim, presque à contrecœur.

– Les gens aiment les voir ensemble, ajoute M. Han, en faisant défiler son fil Instagram. Leur performance fait littéralement exploser les réseaux sociaux.

– C'est sans doute exact, commente M. Lim d'un air bourru. Le talent de Rachel n'a jamais été remis en question. Nous savons tous qu'elle sait chanter, mais a-t-elle les épaules pour devenir professionnelle ? Vous connaissez comme moi ses notes en media training. Elle doit être capable de chanter devant une caméra et de défendre l'image de la famille DB. Pour l'instant, nous n'en sommes pas là.

– C'est vrai, confirme Mme Shim. Si elle accompagne Jason, son image doit être irréprochable. Ce qu'elle nous a montré lors de l'audition ne l'était pas.

– *Pourquoi* devrait-elle se montrer irréprochable ? s'emporte M. Han. Ce duo va faire un carton, le nombre de vues prouve déjà que c'est un choix stratégique. Le public recherche davantage l'authenticité que la perfection aujourd'hui, comme dans cette vidéo. Il veut voir des gens vrais et talentueux qui maîtrisent leur art, mais auxquels il peut s'identifier. C'est précisément ce qu'incarne Rachel. Il suffit de regarder cette vidéo pour constater qu'elle a dépassé sa phobie de la caméra.

Ce dernier commentaire me fait rougir.

Je n'en crois pas mes oreilles. Dans la K-pop, tous les décisionnaires – et particulièrement ceux de DB – sont connus pour leur intransigeance, n'acceptant que des candidats prêts à faire passer les besoins et désirs de la production avant les leurs. Ils privilégient la tradition à l'innovation. La perfection standardisée à l'authenticité. Ce sont les règles immuables de la K-pop. Mais M. Han semble voir les choses autrement et même si je ne sais pas encore quoi en penser, je bois ses paroles.

– Rachel, dit M. Noh.

Je me redresse immédiatement.

– Oui, monsieur Noh.

– Pourquoi devrions-nous t'accorder une seconde chance ?

Mon instinct me crie de regarder Yujin, mais je m'oblige à fixer M. Noh. Je prends une grande inspiration et relève le menton.

– Parce que je peux briller sans limite. Et cette vidéo n'en donne qu'un aperçu. Si vous m'accordez une seconde chance, je travaillerai et brillerai deux fois plus. Avec une troisième chance, je brillerai trois fois plus. Et je sais que personne ne pourra faire mieux que moi.

Tout le monde se tait. M. Noh s'enfonce dans son fauteuil. Je ne lâche pas des yeux ses lunettes à miroir, me tenant bien droite. Il acquiesce avec un petit sourire.

– La réunion est terminée, dit-il.

Les dirigeants ramassent leurs affaires. Je jette un coup d'œil à M. Noh puis à Yujin, qui semblent aussi troublés que moi.

– Une minute ! je m'écrie tandis que M. Noh se dirige vers la porte. (Je sais qu'en m'adressant à lui, je transgresse toutes les règles de bienséance, mais il faut que je sache.) Est-ce que ça signifie que je fais le duo avec Jason ?

Son visage se fend d'un sourire qu'il s'efforce de contrôler. J'en ai la chair de poule.

– Oui, Rachel, tu chanteras avec Jason et… Mina.

Un trio. Je vais chanter avec Jason et Mina.

– Oh, et, Rachel…

Je relève aussitôt la tête.

– Oui, monsieur Noh.

Il me regarde droit dans les yeux. Son regard est dur et inflexible.

– Même si tu devais briller de mille feux, sache que je n'accorde pas de troisième chance.

En rentrant à la maison, j'achète une boîte de donuts en forme de fleurs de cerisier pour Leah ainsi qu'un smoothie fraise-banane, son parfum préféré.

J'ai l'impression d'être dans un rêve dont je ne voudrais jamais me réveiller. Je vais chanter avec Jason. Moi, Rachel Kim, je vais chanter avec Jason Lee ! Le grand sourire qui me vient aux lèvres est à peine atténué par le fait que Mina chantera aussi avec nous. Ce n'était pas ce que j'avais imaginé, mais qu'importe.

Je penserai à ça demain.

– Leah ! je crie en franchissant la porte de l'appartement. Je t'ai rapporté les deux choses que tu préfères : des donuts et des potins !

J'entre dans le salon et m'arrête net. Umma est assise dans le canapé et serre si fort son téléphone que ses phalanges sont blanches. Elle me regarde en fronçant les sourcils. Sa bouche n'est plus qu'un trait mince et dur.

– Umma, dis-je d'un ton hésitant, tu es rentrée plus tôt.

Son expression me glace. Soudain, une pensée me traverse. Il y a un problème avec Appa. Elle a découvert qu'il prenait des cours de droit et elle est furieuse. Je cherche mes mots pour lui expliquer, mais elle parle la première d'une voix complètement blanche.

– Tu peux me dire ce que c'est que ça ?

Je m'avance lentement, tenant toujours dans ma main moite le smoothie de Leah. Umma me montre une vidéo sur son téléphone.

Une vidéo de moi. Mais pas celle où je chante.

C'est moi à la soirée de la Maison des trainees. Mes habits sont tellement imbibés d'alcool et de sueur qu'on voit mon soutien-gorge sous mon débardeur. Je ris bêtement et je danse sur la table, une bouteille de champagne dans une main et un Tupperware dans l'autre.

Umma fronce les sourcils tandis qu'à l'arrière-plan, Lizzie et Eunji crient pour m'encourager à danser – si on peut appeler danser la manière grotesque dont j'agite les bras et les jambes. Et le pire, c'est que je ne me souviens de rien.

Je me revois, après, m'endormant sur le canapé tandis que Mina traverse la pièce, son téléphone pointé sur moi.

J'ai la gorge tellement serrée que je peux à peine parler.

– Umma, où...

– Quelqu'un m'a envoyé ça aujourd'hui, dit-elle calmement, le regard brûlant.

J'avale de nouveau ma salive. J'aurais dû me douter que Mina ne se contenterait pas de me droguer et de saboter mon audition. Je m'apprête à dire quelque chose, mais Umma lève la main.

– Avant d'entendre tes explications, dis-moi une chose. Cette vidéo a-t-elle été tournée à la Maison des trainees ?

Je baisse les yeux, gardant le silence, et acquiesce d'un hochement de tête.

– Ne t'ai-je pas, oui ou non, interdit d'y mettre les pieds ?

– Oui, tu me l'as interdit, je murmure d'une voix rauque.

– Donc, non seulement tu m'as menti en disant que tu irais travailler, mais en plus, tu t'es rendue dans un endroit où je t'avais explicitement demandé de ne pas aller. Tout ça pour ensuite faire un strip-tease, soûle, devant tous ces bons à rien de la K-pop.

Je lève sur elle des yeux pleins de larmes.

– Umma, ce n'est pas ce que tu crois.

– Pourquoi tu pleures ? demande-t-elle en élevant la voix. (Je me recroqueville. Jamais je ne l'ai vue aussi pleine de rage.) Tu ne mérites pas de pleurer. Les larmes sont réservées à ceux qui ont des regrets. Tu ne regrettes rien.

– Si ! Je suis désolée d'avoir menti. Et aussi que tu aies tout découvert de cette manière. Jamais je n'aurais imaginé...

– Que va dire ton père quand il verra ça ? Il aura le cœur brisé, ajoute-t-elle en secouant la tête. Je savais que le monde de la K-pop aurait une mauvaise influence sur toi. Il t'a empoisonnée.

– Non, j'insiste, pleurant cette fois à chaudes larmes. (J'essaie désespérément de les essuyer, mais elles n'arrêtent plus de couler.) Umma, laisse-moi t'expliquer.

– Comment ma propre fille a-t-elle pu si mal tourner ? Comment peux-tu encore te regarder dans la glace, Rachel ? Tu es devenue folle !

Dans ce tsunami de culpabilité et de regrets, je sens soudain monter la colère. Pourquoi ne veut-elle même pas me laisser m'expliquer ? En tant que mère, elle est censée me soutenir, non ?

– Si, pour une fois, tu t'étais montrée plus solidaire, peut-être que je n'aurais pas été obligée de mentir ! On est venus vivre ici pour que je puisse m'entraîner, mais depuis sept ans, tu continues de faire comme si la K-pop n'était qu'un hobby pour moi. Si j'ai agi dans ton dos, c'est à cause de toi. À cause de tes règles absurdes. Il fallait absolument que je mette toutes les chances de mon côté pour que les dirigeants me remarquent. Et j'ai réussi, figure-toi. La plupart des parents seraient fiers d'apprendre que leur fille va chanter en duo avec Jason Lee sur son prochain single.

Je m'arrête brusquement, hors d'haleine.

Son visage prend soudain une expression étonnée.

– Tu as décroché le duo ?

– Oui, même si ce n'est plus un duo, dis-je en essayant de me calmer.

– Eh bien… félicitations, Rachel. Je sais à quel point ça te tenait à cœur. (Elle se raidit.) Mais cela n'excuse en rien ce que tu as fait pour l'obtenir. Cette industrie est toxique.

– Elle n'est pas *toxique*, Umma. Elle est compétitive. Elle n'accepte des candidats que ce qu'ils ont de meilleur.

Umma émet un petit rire incrédule.

– Ce qu'ils ont de meilleur ? reprend-elle en brandissant son téléphone. Ça, c'est ce que tu as de meilleur ? Te donner en spectacle, ivre morte, devant tous tes camarades ?

Je ne trouve rien à redire. J'aimerais lui parler de Mina, lui expliquer pourquoi j'étais ivre, mais cela ne ferait que la conforter dans l'idée qu'elle a raison. Or elle se trompe. Du moins, sur cette soirée.

Le regard d'Umma est impitoyable et sa voix tranchante.

– Tout ça a assez duré.

Sur ce, elle me tourne le dos. Je la regarde sortir du salon, n'en croyant pas mes yeux. Elle va vraiment m'obliger à tout arrêter de cette manière ?

Je me précipite pour la suivre à la cuisine.

– Comment ça ? Tu as entendu ce que je t'ai dit ? Je vais chanter avec *Jason Lee*, juste avant la nouvelle tournée DB, à l'automne. Umma, c'est comme ça que les Electric Flower ont débuté. Tout ce pour quoi j'ai travaillé si dur ces sept dernières années va enfin se réaliser. Ils vont me lancer !

À présent, je la supplie et je sens ma colère se diluer lentement dans ma voix. Je voudrais tant qu'elle me voie, qu'elle croie en moi – et peut-être voudrais-je aussi être moi-même absolument convaincue de ce que j'avance.

– *S'il te plaît*, Umma. Je suis si près du but.

Sans un mot, elle sort un oignon du frigo et commence à l'émincer. Les émanations du bulbe se mêlent à ma panique grandissante et font jaillir mes larmes. Quand Umma se tourne vers moi, je ne peux retenir mes sanglots. Sa posture reste autoritaire, mais ses yeux ne lancent plus d'éclairs. Elle paraît presque triste.

– Rachel, il y a encore beaucoup de choses que tu ne comprends pas. C'est normal, tu n'as que dix-huit ans. Tu es ma fille, et je veux que tu essaies de comprendre. Chante avec Jason, tu verras bien où ça te mène. (Elle lève un doigt et ajoute d'un ton sans appel :) Mais s'ils ne t'ont pas lancée pour la prochaine tournée, tu quittes DB. Fin de la discussion.

Abandonnant son oignon sur le comptoir de la cuisine, elle va dans sa chambre et claque la porte derrière elle. Je m'écroule sur une chaise, laissant les donuts et le smoothie en plan sur la table. Comment est-ce possible de se sentir si euphorique pour tomber tête la première au fond du trou quelques heures plus tard ? me dis-je en laissant échapper un dernier sanglot. Cette chanson avec Jason et Mina n'est plus une simple étape vers mes débuts. C'est ma dernière chance. Si je la rate... je pourrai dire adieu à mon rêve.

Chapitre 9

Ceux qui prétendent que l'exercice physique libère des endorphines n'ont clairement jamais été formés à la K-pop.

– Fais une pause, Unni. Tu as l'air crevée… Tu risques d'attraper des rides précoces sur le front.

Leah est assise sur mon lit, jambes croisées, et grignote des chips au beurre de miel. Visiblement, au moins une des deux sœurs Kim a contracté cette manie coréenne de remplacer les encas sucrés par des encas salés.

Je la regarde dans le miroir puis me penche pour y examiner mon propre reflet.

– Quelles rides ? je demande en passant la main sur mon front.

– Celles que tu chopes quand tu es stressée et qu'on dirait que tu es constipée depuis trois jours, dit-elle en lançant une chips en l'air pour la rattraper avec la bouche. En gros, c'est la tête que tu as depuis que tu t'entraînes pour le trio avec Mina.

Elle agite le paquet de chips sous mon nez, mais l'odeur me fait grimacer. Elle n'a pas tort. Depuis mon entrevue avec M. Noh la semaine dernière, le rythme est encore plus infernal qu'auparavant, m'obligeant à enchaîner pesées, media training et exercices de cardio. Debout à quatre heures pour être chez DB à l'aube, je m'entraîne toute la journée, tombe dans mon lit vers minuit et recommence le lendemain. Cet emploi du temps ne s'applique toujours qu'aux week-ends, et je ne suis pas près de pouvoir le renégocier avec Umma. Nos rapports sont assez tendus comme ça. Depuis son ultimatum, on s'est à peine adressé la parole. Mais le compte à rebours avant la prochaine tournée DB et le lancement du nouveau groupe de filles est lancé, et je n'ai jamais le temps de souffler. Pas une seconde.

Heureusement, durant la semaine, Leah est là pour me discipliner. Elle est aussi stricte que les coachs de chez DB.

– Recommence, Rachel ! dit-elle en appuyant sur la touche «*play*» de son téléphone.

Mes muscles me font hurler de douleur. Pour la centième fois de la soirée, je reprends le même enchaînement de danse, ne m'arrêtant que pour revoir la vidéo de mes répétitions avec Mina. Il y a ce foutu mouvement dans le deuxième couplet que je rate chaque fois, et les critiques de l'entraîneur tournent en boucle dans ma tête :

Rachel, tu ne débuteras jamais si tu n'arrives pas à faire ce mouvement correctement !

Rachel, quand tu danses, tu es la honte de DB !

Rachel, tu as la grâce d'un éléphant !

Rachel !

Je m'entraîne si tard que Leah s'endort sur mon lit, des miettes de chips collées au menton. Moi-même je commence à avoir les paupières lourdes. J'étends sur elle une couverture et m'empare du sachet de chips vide pour le jeter. Il en reste une. J'ai tellement faim...

Non. Je ne peux pas. DB nous pèse presque tous les jours et, demain, Mina et moi allons recevoir nos tenues pour le clip.

Quand Yujin m'a annoncé qu'il y aurait un clip, j'ai été prise de panique. Les critiques incessantes des entraîneurs me font l'effet d'un essaim d'abeilles bourdonnant dans ma tête et je sais que le jour du tournage, les dirigeants examineront à la loupe mon aisance face à la caméra. Mais juste après, Yujin a adouci le choc par une bonne nouvelle, à savoir qu'on porterait tous des tenues personnalisées. Cela signifie probablement qu'une journée entière sera consacrée aux essayages. Pour l'instant, je dois juste m'assurer que les dirigeants n'aient pas la moindre remarque à faire sur ma silhouette.

Avec un soupir, je jette le sachet de chips à la poubelle, et appuie une fois de plus sur la touche «play» du téléphone de Leah.

– Ai-yah, t'as vu ce gros bide ! On dirait une vache. Retire ça immédiatement.

Ce corset pourpre à paillettes m'empêche de respirer. Il me comprime tellement que même le fait de rentrer le ventre pour qu'il ne craque pas me fait mal.

– Dommage, dit Grace, la styliste, en le dégrafant tandis que son équipe m'aide à m'extirper d'une jupe en cuir bleu lavande, prolongée à l'arrière d'une énorme traîne en tulle. (Un vrai cauchemar !) J'espérais que le concept « sirène » fonctionne. Essayons autre chose.

Ouf.

Après m'avoir fait enfiler une robe à carreaux orange et à manches ballon, elle recule d'un pas, grimace et fait signe de passer à la tenue suivante.

J'essaie une veste en cuir blanc assortie d'un short à taille haute en peau de serpent.

Puis une combi jaune d'or rehaussée d'épaulettes qui remontent presque jusqu'aux oreilles.

Puis une autre combi, cette fois à fleurs, avec une grosse ceinture et des manches en dentelle qui grattent.

Être une poupée Barbie s'avère beaucoup moins rigolo que je ne l'imaginais. À peine ai-je enfilé une tenue que, moins de dix secondes plus tard, Grace m'en fait essayer une autre. Ligotée dans une robe de latex rose et la mine pincée, Mina subit le même supplice. On s'affaire à lui remonter toutes sortes de fermetures Éclair. Mon Dieu, on dirait un chewing-gum. S'ils n'avaient pas la possibilité de m'imposer le même accoutrement, je pourrais presque trouver ça drôle.

– C'est rare qu'une personne reste aussi transparente, quelle que soit la couleur qu'elle porte, dit Mina en me toisant. J'ai failli ne pas te voir, tellement tu te fonds dans le décor.

Une assistante de Grace me regarde en haussant les sourcils. Je surprends son sourire en coin, mais je ne me démonte pas. Il ne faut surtout pas, sachant que Mina ne reculera devant rien pour m'empêcher de réussir.

– T'inquiète, les gens importants me voient, eux. Sinon, ils n'auraient pas décrété que tu étais incapable de chanter seule avec Jason, dis-je tranquillement.

Quelques ricanements fusent ; furieuse, Mina s'apprête à riposter, mais Grace ne lui en laisse pas le temps. Elle décroche du portant une robe noire à franges.

– Essayons le look garçonne, dit-elle.

Tandis que j'enfile la robe, elle pose sur mes cheveux un serre-tête incrusté de perles, puis tourne autour de moi en réajustant ma frange.

– Pas mal. Pas mal du tout. (Elle claque des doigts à l'intention d'un des assistants.) On la garde en présélection. Et maintenant, passons aux chaussures.

C'est alors que Heejin, l'une de nos entraîneuses, fait irruption dans la pièce, tenant dans une main un iPad et dans l'autre, une bouteille de thé d'orge.

– Rachel, Mina, venez vous peser, dit-elle d'un ton brusque. Dépêchez-vous, je n'ai pas que ça à faire.

L'équipe des costumes me débarrasse de la robe pour que je puisse être pesée en soutien-gorge et en culotte. Je me dirige vers la balance, où m'attend Heejin. Mina m'emboîte le pas.

– Après vous, princesse Rachel, dit Mina avec un mouvement de bras théâtral.

Je l'ignore et monte sur le pèse-personne. Heejin s'accroupit pour mieux lire les chiffres, son crayon prêt à les rapporter sur l'iPad.

Le chiffre apparaît, affichant… six kilos de plus que la semaine dernière !

Ce n'est pas possible !

Bouche bée, je bredouille :

– Je… C'est… La balance doit être déréglée.

– Enfin, Rachel ! s'exclame Heejin d'un air incrédule. Je vais devoir signaler une telle prise de poids à M. Noh. En aucun cas tu ne pourras faire le trio. Comment as-tu fait pour prendre six kilos en une semaine ?

Mina ricane dans mon dos. Je me retourne juste à temps pour la voir retirer son pied de l'arrière de la balance.

Évidemment. Encore un nouveau cap dans la mesquinerie. Je m'avance vers elle, folle de rage.

– Ta tentative est pathétique, Mina, je murmure.

– Je ne vois pas de quoi tu parles, répond-elle d'une voix douce, mais le regard empli de haine.

– Je n'ai plus qu'à raconter à Yujin ce que tu viens de faire, et tu seras renvoyée de DB pour toujours.

Mina sourit avec indulgence.

– Tu veux dire qu'il te suffit d'avouer à Yujin que princesse Rachel, sa protégée à la conduite irréprochable, s'est soûlée à la soirée de la Maison des trainees ?

– Je ne me suis pas soûlée, Mina, tu m'as *droguée* ! Toi et tes copines avez fait ça pour que je…

– Quelle terrible histoire, me coupe Mina. Bon courage à toi pour trouver des preuves.

Elle me fixe avec un petit sourire méprisant et, comme je ne réponds pas, s'éloigne.

J'ai envie de la rattraper, mais à quoi bon ? Elle a raison. Je ne pourrai jamais le prouver et, même si je le pouvais, cela ne mènerait à rien. Je serais obligée d'avouer que j'étais à une fête et que j'ai bu. On me retirerait le droit de chanter avec Jason, et si jamais la vidéo sortait, je serais probablement aussi renvoyée de DB.

Alors je serre les dents et retourne voir Heejin.

– S'il te plaît, laisse-moi recommencer. Il doit y avoir une erreur.

– D'accord, mais dépêche-toi, répond-elle, irritée.

Je remonte sur la balance en m'assurant que cette fois, Mina n'est pas derrière moi. Le chiffre qui s'affiche à l'écran est le même que celui de la semaine dernière. Je pousse un soupir de soulagement et Heejin hoche la tête d'un air satisfait.

– OK, Mina, à ton tour, dit-elle en inscrivant mon poids sur son iPad.

Mina monte sur la balance et retient son souffle. Quand le chiffre s'affiche, son visage se décompose.

Heejin pince les lèvres.

– Cinq cents grammes de plus que la semaine dernière, déclare-t-elle d'un ton cinglant. Serait-ce également une erreur, Mina ?

Mina fixe ses orteils.

– Je… je suis désolée.

– Je veux savoir, insiste Heejin à voix basse. Dis-moi tout ce que tu as mangé depuis la dernière pesée.

Un interrogatoire sur la nourriture. Si Mina n'était pas Mina, je la plaindrais.

– Une salade grecque, les smoothies que tu nous as recommandés et... de la pizza, avoue-t-elle d'une toute petite voix.

– Combien de parts ?

– Trois.

J'émets un sifflement, comme pour dire : « Houlà, trois parts de pizza ! » Mina me lance un regard noir, réveillant en moi une pointe de culpabilité, mais très vite, je me souviens de tout ce qu'elle a entrepris pour me gâcher la vie.

Heejin secoue la tête.

– Aucun self-control, c'est lamentable, crie-t-elle. Si tu ne veux pas faire partie du trio, dis-le, autant abandonner tout de suite. Tu veux arrêter, c'est ça ? C'est ce que ton comportement laisse croire.

Mina garde les yeux rivés au sol.

– Non, je suis désolée. Je n'ai pas du tout envie d'arrêter. (Elle se mord la lèvre.) Je ferai mieux la semaine prochaine.

– J'espère bien, sinon je devrai expliquer à ton père que tu as pris trop de poids pour devenir une star de K-pop. Si tu ne veux pas le décevoir, tu ferais mieux d'arrêter de te gaver.

À l'évocation de son père, Mina devient grise. Après s'être tellement vantée de ses liens d'amitié avec M. Noh, des réceptions et des dîners qu'il donnait pour les élèves et les dirigeants de DB qu'elle connaît tous très bien, on dirait soudain que ces relations ne lui font plus plaisir.

Mina se redresse, rejetant les épaules en arrière.

– Pas la peine. Je ne prendrai plus de poids, promis.

Heejin note quelques mots sur son iPad puis jette un œil aux jambes de Mina.

– Par ailleurs, si le régime ne suffit pas, il faudra envisager la chirurgie esthétique pour affiner ces jambes trop épaisses. Tout ton poids se loge dans tes mollets.

Waouh. La prochaine fois, je m'inspirerai des méthodes de Heejin pour lui clouer le bec. Tandis que Heejin éteint son iPad et quitte prestement la pièce, Mina descend de la balance.

– C'était marrant, non ? lui dis-je avec un grand sourire.

Pour toute réponse, elle me fusille du regard et va récupérer ses vêtements en me bousculant au passage.

L'après-midi, je suis trop contente de retrouver mon jogging Adidas préféré pour l'entraînement de danse. Depuis la pesée, Mina m'ignore, ce qui me va très bien. Si on pouvait d'ailleurs éviter de se parler dans les prochains mois, ce serait parfait…

Dans le couloir, j'entends quelqu'un chanter. La voix m'est familière.

– Recommence ! Tu ne contrôles toujours pas assez les aigus.

Au détour du couloir, Mina et moi apercevons Akari en train de faire la chaise, appuyée contre le mur d'une salle de chant. Le front trempé de sueur, elle reprend le couplet.

– Ton diaphragme ! aboie la coach qui se tient face à elle, les bras croisés.

Les jambes tremblantes, elle continue de chanter, mais sa voix lâche sur la note aiguë. La coach lui assène alors un coup de poing dans le ventre. Akari grimace, mais n'arrête pas de chanter.

La position de la chaise est la punition la plus dure que les entraîneurs peuvent infliger. Elle consiste à chanter dos au mur, les genoux pliés à quatre-vingt-dix degrés. Les coups dans le ventre sont censés renforcer le diaphragme. En réalité, ils sont juste douloureux.

Seconde après seconde, Akari devient un peu plus rouge. J'ai mal pour elle.

La coach la frappe de nouveau, cette fois plus fort.

– Tu es faible. Si tu n'arrives pas à faire ça, comment comptes-tu réussir le reste ? Recommence !

Me tournant vers Mina, je constate... qu'elle a disparu. Je jette un coup d'œil à ma montre.

Mince. Le cours de danse a commencé.

J'entre dans la salle, me faisant aussi discrète que possible, mais dès que Mina me voit, elle lève les yeux sur l'horloge murale.

– Tu as trois minutes de retard. (Elle se tourne vers les profs et secoue la tête.) Elle n'a manifestement pas compris que votre temps était précieux.

– Ça suffit, Mina, la rabroue Yujin. Maintenant que vous êtes là toutes les deux, attaquons la choré.

J'incline la tête pour m'excuser auprès de tous les entraîneurs. Trois dirigeants sont assis au fond de la salle, une tablette à la main.

J'ai intérêt à mémoriser les enchaînements.

Mina et moi prenons nos marques au centre de la pièce. La musique démarre pile au moment où Yujin met la caméra en marche. Mina m'adresse un petit sourire satisfait et, soudain, la lumière rouge de l'enregistrement me fait l'effet d'un moustique envahissant mon cerveau. Il se produit alors une chose inattendue : je revois Akari, essayant désespérément d'atteindre les notes aiguës dans le couloir. Le bourdonnement s'atténue à mesure que je me concentre sur son visage pour oublier cette caméra à moins de deux mètres de moi.

La chanson que nous chanterons avec Jason s'intitule *Chaleur d'été*. De l'énergie et du plaisir à l'état pur. C'est un morceau enlevé et accrocheur qui évoque la jeunesse, l'insouciance et l'été.

Je parviens à chanter le premier couplet en enchaînant les pas compliqués, puis Mina et moi glissons sur le refrain. Mais en arrivant sur le deuxième couplet, je commence à me crisper. Leah a beau m'avoir fait répéter toute la semaine, je ne me sens toujours pas capable d'enquiller les mouvements.

Allez, Rachel.

Le premier enchaînement passe, mais en abordant le deuxième, mon corps m'ordonne de tourner dans un sens et ma tête, dans l'autre. Résultat, je me retrouve à contretemps tandis que Mina a l'air de s'en sortir parfaitement. Je suis obligée d'admettre qu'elle réussit tout l'enchaînement. Je l'observe à la dérobée, émerveillée par ses jambes qui la font virevolter d'un bout à l'autre de la salle, et je réalise alors que j'ai complètement raté ce deuxième enchaînement.

Bordel. Je me recale assez vite, mais la température de mon corps monte en flèche et dans ma tête, ce sont maintenant mille moustiques qui bourdonnent. Je ne sais plus où diriger mon regard. Vers Yujin ? La caméra ? Les dirigeants ?

Je lutte jusqu'à la fin du dernier couplet, soulagée quand la musique s'arrête.

Une seconde plus tard, la porte s'ouvre en grand sur Jason qui déboule, tout sourire, un sac Loteria dans une main et un burger au poulet entamé dans l'autre. Le regard de Mme Shim s'illumine ; elle lui répond par un petit signe et les deux autres dirigeants bondissent sur leurs pieds pour lui serrer la main. Typique. Jason se pointe en retard à un entraînement, avec rien moins qu'un burger au poulet, et tous les dirigeants se bavent dessus.

– Parfait, on va vous écouter pour décider de la distribution des couplets entre les deux filles, dit Yujin. Vous allez d'abord chanter la chanson en entier chacune votre tour. Mina, on commence par toi.

Tandis que l'intro démarre et que Mina se met à chanter, je m'assieds sur une chaise, encore en nage. Même sans micro, je ne serais pas étonnée qu'on l'entende sur le toit. Jason s'installe à côté de moi, son sac Loteria à la main.

– Tu veux une frite ? murmure-t-il.

Je ne réponds pas et tente de me concentrer sur le chant de Mina.

– Plus d'émotion, Mina, s'exclame Mme Shim. Techniquement, c'est bien, mais je ne ressens rien.

Jason approche le sac de mon visage.

– Promis, ce ne sont pas des saucisses au fromage. Vas-y, tu peux en prendre.

Je continue à l'ignorer, mais ne peux m'empêcher d'esquisser un sourire que je réprime aussitôt. Trop tard, il sourit à son tour.

Maudite soit ma bouche traîtresse.

– C'est trop cool qu'on puisse chanter cette chanson ensemble, dit-il.

– Oui, je réponds sans quitter Mina des yeux.

– Mina, on dirait que tu viens d'apprendre la mort de ton chien ! C'est tout ce que ça te fait, de devenir une idole DB ? Souris ! crie un autre dirigeant.

À chaque commentaire, je peux voir sa nuque se contracter un peu plus.

– Tu sais pourquoi je suis si emballé ?

Jason se penche si près que je peux sentir son haleine de frite. Pas si désagréable, en fait. Je ne me rappelle même plus quand j'en ai mangé la dernière fois.

Comme je ne réponds pas, il attend et me regarde avec des yeux de cocker. Je laisse échapper un soupir.

– OK, je me rends. Pourquoi tu es si…

– Rachel ! siffle une voix indignée. (Une coach me foudroie du regard en posant un index sur ses lèvres.) Sois attentive, ne serait-ce que par politesse.

Je rougis. À l'autre bout de la salle, Yujin presse une main sur son front d'un air mortifié. Je m'écarte de Jason et me concentre de nouveau sur la chanson. Intérieurement, je fulmine. Jason me parle, et c'est moi qu'on rappelle à l'ordre.

Il se penche vers moi et chuchote de nouveau :

– Tu n'as pas entendu ma réponse. (Je l'ignore et regarde droit devant moi. C'est bon, j'ai assez d'ennuis comme ça.) Je te jure qu'elle va te plaire, ajoute-t-il en posant sa tête sur mon épaule. Tu ne veux vraiment pas l'entendre ?

Trop c'est trop. Je me tourne vers lui, prête à l'envoyer bouler, mais la proximité de son visage me prend de court. Nous sommes quasiment nez à nez, et ses yeux sont rivés aux miens.

– Hum… J'ai toujours cru que tes yeux étaient marron, dit-il si bas que moi seule peux l'entendre, mais si on les regarde de plus près, ils sont pailletés d'or. Je parie que la plupart des gens ne s'en rendent pas compte. Dommage. Ils sont magnifiques. Je ne suis pas mécontent de faire partie des rares privilégiés qui le savent.

Je le regarde, bouche bée. Mina arrive à la fin de la chanson, et Jason jette un coup d'œil à l'horloge.

– Désolé, dit-il en s'adressant à toute la salle. J'ai rendez-vous avec M. Noh pour… parler business. Ça m'embête de m'éclipser si tôt, mais quand M. Noh vous appelle…

Il lance à chacun un regard entendu, auquel entraîneurs et dirigeants répondent par un petit rire. Puis il m'adresse un dernier sourire radieux, et quitte la pièce en faisant claquer la porte derrière lui.

Chapitre 10

Jason et moi sommes de nouveau dans la salle de répète, mais cette fois, seuls. Il a apporté un énorme sachet de frites que nous mangeons en riant, assis contre le grand miroir. Il se tourne vers moi et plonge son regard dans le mien. « J'ai toujours cru que tes yeux étaient marron, mais si on les regarde de plus près, ils sont paillettés d'or. Je ne suis pas mécontent de faire partie des rares... »

– HÉ HO RACHEL ! RÉVEILLE-TOI !

Hein, quoi ?

J'ouvre les yeux, et vois ceux de Juhyun et Hyeri qui me regardent d'en haut.

– Ça va, Rachel ? s'inquiète Kyungmi, dont le visage surgit entre celui des jumelles. Cette balle de tennis t'a mise complètement K.-O. !

Je suis en cours ?

Je pose précautionneusement les mains sur la terre battue et j'entends une sorte de *bip* dans ma tête.

Mon cerveau est-il définitivement endommagé ?

Je me retourne et vois coach Sloat s'emparer du téléphone de Kyungmi.

– Dégage, Kyungmi. Tu vas me faire cinq fois le tour du terrain en courant. (Elle examine la bosse que j'ai au front et claque la langue.) Sois plus attentive sur le court, Rachel. Tu devrais aller voir l'infirmière.

– Je peux l'emmener ! propose Kyungmi, dont la silhouette, au loin, est toujours aussi floue.

– Qu'est-ce que je t'ai dit ? Tu cours, et que ça saute ! crie la coach.

Juhyun se tient près de moi.

– C'est bon, on va l'emmener.

Hyeri passe un bras autour de mes épaules et je les suis toutes les deux à l'extérieur du court.

– Merci, les filles, dis-je tandis qu'elles me guident dans les vestiaires.

Je croise mon reflet dans l'un des miroirs. *Pff.* J'ai le regard vitreux et mon front est écarlate. Pourvu que je ne me retrouve pas avec une ecchymose, Mina serait trop heureuse de me voir arriver avec un front violet.

– Est-ce que vous réalisez que je viens d'avoir une absence ? dis-je en secouant lentement la tête.

Juhyun et Hyeri échangent un regard gêné.

– En fait… ça fait une semaine que tu es à l'ouest, répond Hyeri.

– Lundi, en cours de botanique, tu chantais en taillant ton bonsaï, et tu étais tellement concentrée à essayer de te souvenir des paroles que tu l'as ratiboisé, ajoute Juhyun.

– Et en répétant ta choré à la cafète, tu as bousculé Daeho qui a lâché son mandu ramyun. Il a senti les raviolis au porc toute la journée.

Hyeri sourit, puis redevient grave et me regarde d'un air préoccupé.

– Ou en cours de théâtre, quand...

– Ça va, j'ai compris, dis-je. J'avais trop de choses dans la tête, ces derniers jours. L'entraînement, tout ça...

Et Jason, me dis-je en repensant à ce rêve que je viens de faire.

– Heureusement, on aura bientôt un jour de congé. Tu vas pouvoir te reposer et peaufiner ta technique de taille de bonsaïs, se moque Hyeri, mais je l'entends à peine.

Un jour de congé. Jamais Umma ne m'autorisera à m'entraîner en semaine, même s'il n'y a pas école. Mais cette fois, ça me va. Ce jour est exactement ce dont j'ai besoin. Pas d'école, pas d'entraînement, pas d'engagements. J'ai hâte de passer une journée entière à la maison à ne rien faire du tout.

– Unni, réveille-toi !

Je sens un doigt effleurer ma joue.

Une semaine a passé, et l'école est officiellement fermée, enfin ! J'ai de grands projets : après une bonne grasse matinée, j'irai manger du poulet frit avec Juhyun et Hyeri et ensuite, je terminerai peut-être la journée devant *My Only Love Song* sur Netflix.

De nouveau, on tapote mon visage.

J'entrouvre un œil en grognant.

Leah se tient devant moi. Elle porte une jupe écossaise et un grand pull blanc cassé ressemblant étrangement à celui que je me suis acheté le mois dernier. Elle grimpe dans mon lit et s'assied à califourchon sur moi.

– Pitié, Leah, je n'ai pas envie de parler. Laisse-moi dormir, je marmonne en refermant les yeux.

– Unni, réveille-toi s'il te plaît. C'est super important !

– Leah, rien n'est plus important que de faire la grasse mat un jour de congé. Je me réveillerai éventuellement dans trois heures, si tu m'apportes le petit dèj au lit.

Je souris sans même ouvrir les yeux et me tourne de l'autre côté pour m'assoupir aussitôt.

– OK, Unni, on se parle plus tard.

Je sens Leah descendre de mon lit, mais quelque chose dans le ton de sa voix m'empêche de me rendormir.

J'ouvre les yeux et me redresse sur mes coudes.

– Bon, qu'est-ce qu'il y a de si important ?

S'il te plaît, dis-moi que c'est un marathon de Her Private Life...

– Eh bien... J'ai gagné un concours. Pour aller quelque part. Avec toi.

– Ah bon ?

– J'aurais voulu te le dire plus tôt, mais tu étais tellement occupée, entre l'entraînement, l'école et...

Elle marque une pause, et une pointe de culpabilité s'insinue dans mon cœur. J'ouvre grand les yeux et lui offre mon sourire le plus niais.

– Je vois. Mais aujourd'hui, c'est la journée des sœurs Kim, on va pouvoir faire tout ce qui te plaît ! Où est-ce que tu m'emmènes ?

– J'ai participé à un concours pour aller à une séance de dédicaces des Next Boyz réservée à leur fan-club et j'ai GAGNÉ ! Tu te rends compte ? On va à leur séance de dédicaces ! Aujourd'hui !

Pétrifiée, je la dévisage, attendant qu'elle me dise que c'est une blague, mais elle bondit hors du lit et se met à pousser de petits cris et à danser dans la chambre. Oh non. C'est sérieux. Bien sûr que c'est sérieux. Aurais-je oublié que Leah est la future Mme Jason Lee ?

– Non. Pas question. On n'y va pas.

Leah cesse de tournoyer.

– Mais pourquoi ? Tu as dit qu'on ferait tout ce que je voudrais !

Je secoue la tête.

– Tout, sauf ça. Leah, réfléchis. Je ne peux quand même pas aller à une séance de dédicaces des Next Boyz !

– Pourquoi pas ?

Pour un million de raisons, la première étant que je ne suis pas si sûre d'avoir envie de voir Jason en dehors des répètes. Dès qu'il est près de moi, je ressens un truc étrange dans le ventre, et plus je le verrai, plus cette sensation pourrait revenir – voire m'envahir. Je ne veux pas prendre ce risque alors que je suis sur le point de me lancer. Jason occupe bien plus de ma bande passante que je ne veux l'admettre. D'ailleurs, je ferais mieux de l'en effacer. Je ne peux rien avouer de tout ça à Leah. Je me sens déjà assez coupable vis-à-vis d'elle. Pas question que je la déçoive encore en lui volant l'élu de son cœur.

– C'est gênant, dis-je finalement. Je suis censée être sa partenaire de chant, pas sa groupie.

– Oui, j'y ai déjà pensé, concède Leah d'un ton solennel. Ce que je ne t'ai pas précisé, c'est que cette séance aura lieu à Style Dome.

Oh!

Style Dome est une boutique de vêtements où l'on n'entre que sur invitation. Elle a ouvert l'an dernier, et la liste d'attente est déjà de douze mois. Même Kang Jina a dû patienter deux semaines avant d'obtenir un rendez-vous. Les vêtements sont un mélange de haute couture et de vintage pour toutes les bourses et pour tous les styles. À la seule pensée de mettre un pied dans ce magasin, une envie folle me reprend de griffonner des dessins sur une serviette en papier.

– Mais si tu refuses, je donne nos places à quelqu'un d'autre... dit Leah en s'approchant de nouveau de mon lit avec un sourire malicieux.

– N'y pense même pas, espèce de démon! je m'exclame en l'attirant pour la chatouiller. Bon... je veux bien t'accompagner, mais sache que c'est seulement parce que je suis la sœur la plus sympa du monde.

Leah pousse des cris de joie et me saute au cou.

– Oui, oui, oui, c'est toi la meilleure! Je n'arrive pas à croire que je vais rencontrer Jason!

Et moi, je n'arrive pas à croire que je vais aller chez Style Dome!

Trois heures plus tard, notre excitation est retombée comme un soufflé.

Ce matin, en quittant l'appartement, il faisait encore nuit – ce que je n'avais pas anticipé quand Leah m'a réveillée à quatre heures du matin. Mais selon elle, même en possession d'une invitation officielle, il faut se lever à l'aube pour être parmi les premiers à se rendre à une séance de dédicaces.

Quand nous arrivons chez Style Dome, une poignée de gens font déjà la queue. Nous nous glissons parmi eux, mais Leah est si fatiguée qu'elle n'arrête pas de piquer du nez, faisant chaque fois tomber l'affiche qu'elle a réalisée elle-même. Ornée de ruban adhésif rose à paillettes et de légendes manuscrites, elle retrace en photos le parcours de Jason depuis ses débuts sur YouTube à Toronto jusqu'à sa consécration.

– Donne-moi ça, je vais la porter, dis-je en lui prenant l'affiche des mains.

– Merci, Unni, répond-elle, les paupières lourdes et réprimant un bâillement.

Derrière nous, la file s'allonge. Je jette un coup d'œil à ma montre. Encore une heure avant le début de la séance de dédicaces.

– Je vais nous chercher quelque chose à boire, dis-je en désignant le café d'en face. Je reviens, OK ?

Elle acquiesce, les yeux mi-clos.

L'affiche à la main, je traverse la rue en courant et entre dans le café en jetant un rapide coup d'œil autour de moi.

Je n'ai aucune envie de voir apparaître Goo Kyungmi et qu'elle me prenne en photo avec un poster de fan de Jason Lee.

La voie est libre. Seuls, quelques lève-tôt boivent un café et une employée passe la serpillière. Je demande un café glacé pour moi et un milk-shake à la fraise pour Leah. Tout à coup, un type avec un sweat à capuche me bouscule et me fait glisser sur le sol tout juste lessivé. Essayant de me rattraper au comptoir, je laisse échapper le poster.

– Pas trop mal? demande une voix derrière moi.

Ce n'est pas n'importe quelle voix. Je tourne la tête. Jason me regarde en surplomb.

– Rachel? dit-il, interloqué, en abaissant sa capuche.

– Hé...

Je souris, essayant discrètement de repousser le poster avec mon pied, mais Jason est plus rapide.

– Attends, je t'aide, ajoute-t-il en se baissant pour le ramasser.

Quand il le retourne, un grand sourire illumine son visage.

– C'est pour moi? dit-il, ravi. Réalisé par la célèbre Rachel Kim en personne?

Je n'arrive pas à croire qu'il m'arrive une chose pareille.

Je lui arrache l'affiche des mains, et remarque qu'elle est un peu déchirée.

– Je... ce n'est pas... je bafouille. C'est ma sœur. Et elle est ici, avec moi. Enfin, c'est moi qui suis avec elle. Je ne serais pas là si elle n'avait pas voulu venir. Comme aujourd'hui je n'ai pas cours, j'ai promis de l'accompagner. *Mais tais-toi, Rachel.* Donc, voilà. Tu comprends ? Je te réexplique, pour que ce soit bien clair : le poster appartient à ma petite sœur. Je suis venue pour lui faire plaisir, mais là il est déchiré et elle va être tellement...

– Commande dix-sept ! annonce la serveuse qui me sauve la mise.

Tournant le dos à Jason, je prends les boissons et coince le poster sous mon bras.

Jason sourit.

– Bon, je file. On se voit pour la dédicace.

Il me fait un signe de la main et sort du café.

Me dirigeant vers la file d'attente, j'aperçois Leah entourée d'un groupe de filles. Je m'approche et la trouve bras croisés et sur le point de fondre en larmes.

– Si ta sœur est la meilleure élève de DB, comme tu le prétends toujours, pourquoi as-tu besoin de venir à une séance de dédicaces pour rencontrer Jason Lee ?

Les filles se mettent à glousser, et Leah devient toute rouge.

– En fait, ta sœur doit être la pire de la promo. C'est sûrement pour ça qu'ils la tiennent éloignée des idoles comme Jason.

Arrivée à leur hauteur, je regarde attentivement l'une des filles. Ce visage en forme de cœur me dit quelque chose. Ce sont les filles que j'ai croisées à l'appartement.

Prenant les boissons dans une main, je m'avance pour pousser Leah avant de me tourner vers Bouche-en-cœur en souriant.

– La queue avance, les filles. Vous feriez mieux de regagner votre place.

Elle me lance un regard furieux et s'éloigne. Tout à coup, elle se retourne avec un sourire mielleux.

– Au fait, Leah, merci de nous avoir parlé de cette séance de dédicaces. Dommage qu'aucune d'entre nous n'ait eu envie de t'y accompagner. Si j'avais su que tu n'avais personne d'autre à inviter que ta sœur, je me serais peut-être dévouée.

Rejetant la tête en arrière, elle éclate de rire et rejoint ses copines en courant.

Le visage de Leah est baigné de larmes.

– Leah… dis-je d'un ton hésitant, mais sans un regard pour moi, elle s'engouffre dans la porte à double battant de Style Dome.

Je la suis avec l'impression d'avoir les épaules lestées d'un sac à dos rempli de briques. À New York, Leah était trop jeune pour avoir une vie sociale, mais notre déménagement en Corée lui a rendu les choses encore plus difficiles. Si au collège, tout le monde sait qui est Leah, c'est uniquement parce que chacun sait qui je suis moi : l'élève de chez DB dont on parle, la future star de K-pop. C'est précisément pour cette raison que les snobs de l'école ne veulent pas la fréquenter. Pour eux, la notoriété liée à la K-pop, ou la notoriété quelle qu'elle soit, c'est un truc de nouveaux riches. Quant aux autres, ils utilisent ma sœur pour se tenir au courant des derniers ragots de la K-pop ou pour colporter des théories conspirationnistes à mon sujet.

Je me laisse machinalement entraîner à l'intérieur de Style Dome. Mais quand je lève les yeux, l'altercation entre Leah et les pestes de sa classe me sort immédiatement de l'esprit. Au centre du magasin, un imposant ascenseur en verre et en bambou dessert sept étages jusqu'à un immense puits de lumière. Chaque étage est d'une couleur différente, allant du blanc pour le rez-de-chaussée jusqu'au noir pour le septième. Autour de nous, des centaines de portants de vêtements s'alignent dans un dégradé de nuances crème, perle ou ivoire. L'un d'eux est d'un blanc fluo si aveuglant que je peux à peine le regarder.

J'ai envie de me précipiter sur tous.

Je suis si distraite que je ne réalise pas que nous sommes en tête de queue. Près de l'ascenseur, une table et des chaises en Plexiglas ornés de pompons blanc cassé sont installées pour les dédicaces.

Quand Minjun m'aperçoit, il sourit et tape sur l'épaule de Jason.

– Tu ne nous as pas dit que ta chérie serait là.

Jason sourit à son tour et m'adresse un signe de la main.

– Bonjour à tous, fans fidèles. Ravi de vous voir ici.

À côté de moi, je sens Leah vibrer de tout son corps ; elle n'arrête pas de me donner de violents coups de coude dans les côtes. Visiblement, les pestes sont oubliées.

– Unni, vite, donne-moi l'affiche ! dit-elle en saisissant mon bras.

La tête basse, je lui tends l'affiche déchirée.

– Je suis désolée, Leah, mais je l'ai accidentellement abîmée.

– Elle sort de la poche de sa jupe un rouleau de ruban washi adhésif.

– T'inquiète, Unni. J'ai tout prévu.

Elle rafistole son affiche à la vitesse de la lumière et s'empresse de l'étaler sur la table devant Jason.

– Jason *oppa*, c'est pour toi. Je voulais te montrer tout le chemin que tu as parcouru depuis l'époque YouTube, et comment tu as su captiver la planète avec tes chansons et ta coupe de cheveux trop stylée. (Elle joint les mains sous son menton, rayonnante.) Je suis ta plus grande fan !

Jason examine attentivement chaque détail de l'affiche.

– J'adore ! dit-il, impressionné. Et tu as même ajouté un sticker des Toronto Raptors ! Il faut que je m'immortalise avec.

Il sort son téléphone pour prendre un selfie avec l'affiche, puis il fait signe à Leah.

– Un autre avec nous deux ?

Elle sursaute et pointe du doigt sa propre poitrine.

– Un selfie ? Avec moi ?

Se précipitant à côté de Jason, elle forme un cœur avec ses doigts. Un peu en retrait, j'observe la scène avec émotion. Depuis que je répète cette chanson avec Jason, j'ai un peu négligé Leah. Elle a l'air si heureuse. Rien que pour ça, je ne regrette pas cette expédition.

Évidemment, si je pouvais aussi en profiter pour jeter un œil à tous ces vêtements, ce serait encore mieux.

Je m'apprête à m'éclipser quand Leah se tourne vers moi.

– Unni, je peux emprunter ton téléphone ? J'ai oublié le mien, et je voudrais faire des photos, moi aussi.

Je lui tends mon smartphone et ils prennent encore quelques selfies. Leah se met à poser en faisant toutes sortes de mimiques. (*Surprise ! Moue de diva ! Groupie !*) Je suis mortifiée, mais Jason se plie à tous ses caprices et semble même amusé. Tout à coup, il se tourne vers moi.

– Viens. On en fait une tous les trois.

– Avec moi ? Oh, non. Non merci, dis-je en secouant la tête et en reculant d'un pas. Aujourd'hui, c'est Leah qui est à l'honneur.

– Oh, si ! J'adorerais une photo de nous trois ! supplie Leah.

– Tu vois, dit Jason. Leah voudrait une photo avec toi et aujourd'hui, elle a tous les droits.

Elle acquiesce d'un air grave.

– Il a raison. C'est le jour de Leah et Leah, c'est moi.

Elle s'élance vers moi, m'attrape par le bras et m'entraîne entre Jason et elle. Jason me rend mon téléphone et en profite pour faire un selfie. Leah est aux anges, cette fois, ses mains forment deux cœurs. Je m'efforce de sourire, mais le fait d'être si près de Jason accélère mon rythme cardiaque. Exactement ce que je voulais éviter.

Son bras repose sur le mien. Je le regarde à la dérobée et constate qu'il me fixe. Je me sens mal.

Mon cœur est sur le point de se décrocher. Du coin de l'œil, j'aperçois le sourire moqueur de Minjun et je me détourne aussitôt.

– C'est bon, assez de selfies, dis-je un peu trop fort.

– Je te les enverrai, reprend Jason. Donne-moi ton numéro. Après tout, on travaille ensemble.

Il marque un point. Levant les yeux au ciel, je déverrouille mon téléphone.

Dans la file d'attente, une fille aux cheveux verts élève la voix.

– Dites, vous n'êtes pas les seules à être venues voir Jason.

– C'est vrai, nous aussi on veut le rencontrer ! renchérit une fan vêtue d'un tee-shirt noir à l'effigie des Next Boyz.

Son amie, qui porte le même tee-shirt en blanc, me dévisage.

– Attends, c'est Rachel Kim... la fille de la vidéo ? C'est elle qui chantait avec Jason !

– Mais oui ! dit la fille au tee-shirt noir. Rachel, j'adore ta voix !

Flattée, je rougis de ce premier hommage public.

– Merci...

– Je peux te prendre en photo avec Jason ? demande la fille au tee-shirt blanc.

– Moi aussi, j'en veux une ! s'écrie la fille aux cheveux verts.

– Rachel ! Rachel ! On t'aime ! scande soudain la foule.

Bientôt, mon prénom résonne de tous les côtés. Avec un sourire crispé, je recule encore d'un pas derrière la table et entoure les épaules de Leah de mon bras.

– C'est vrai que c'est la meuf de Jason ?

– Tu n'es pas assez belle pour sortir avec lui !

Waouh. Ce qui était si cool pendant deux secondes dérape à toute vitesse. Se bousculant vers la table, les fans tendent les mains pour nous toucher. Jason se lève d'un bond.

– On se calme, OK ? Reculez !

Ses paroles se perdent dans le chaos. Une fille arrache l'affiche des mains de Leah.

– Hé, je crie en essayant de la récupérer.

Peine perdue. Les gens surgissent de partout.

En deux temps trois mouvements, l'équipe de sécurité intervient et nous entoure, Leah et moi, pour nous guider à travers la foule. Je regarde Jason. Le visage fermé, il semble bouleversé, malgré toutes ces filles qui hurlent son nom, et il finit par gagner la sortie du magasin.

Un peu plus tard, Leah et moi marchons vers le métro.

– C'était fou ! dit-elle, surexcitée. Je n'arrive pas à croire qu'une fille ait volé mon poster de Jason Lee.

– Tu n'es pas trop triste ?

– Pas du tout, c'était génial ! On a déclenché une émeute !

Ça, on peut le dire. Ils étaient déchaînés.

– Viens, on rentre, dis-je en la prenant par la main.

Plus tard dans la soirée, je suis dans mon lit, essayant en vain de réviser mon cours de botanique en vue d'un voyage scolaire à l'île Jeju – seuls ceux dont les notes seront supérieures à 18/20 pourront y aller –, quand je reçois un message.

Jason.

Une partie de moi a envie d'effacer le message, mais ma main semble avoir son propre cerveau ; un sourire béat aux lèvres, je me surprends en train de faire défiler les selfies qu'il vient de m'envoyer. Il y en a plein de lui et Leah, et toute une série de nous trois.

Pour le prochain poster de Leah. J.

Je souris intérieurement, pressée de montrer les photos à ma sœur demain matin.

Encore un message.

Oh et...

Une autre photo apparaît. Je retiens mon souffle. Nos deux visages remplissent tout l'écran. Il a dû faire ce selfie au moment où on se regardait. Ses lèvres sont étirées en un sourire radieux et les miennes, grandes ouvertes par la surprise de voir ses yeux posés sur moi. Mon doigt reste en suspens au-dessus de la touche « supprimer ». Je sais que je ne devrais pas garder cette photo – à quoi bon ? Quelqu'un pourrait la voir et penser qu'il y a quelque chose entre nous, ce qui n'est *absolument* pas le cas. Inutile de prendre un tel risque. Un dernier message apparaît.

Celle-ci est juste pour toi. Bonne nuit, miss Loup-Garou.

Chapitre 11

Pas de côté, déhanché, glissé et... Non. Déhanché, glissé, pas à droite... ou à gauche ?

Tout en soufflant sur une mèche qui me tombe sur les yeux, je me lance un regard noir dans le miroir de la salle d'entraînement. Cet enchaînement est l'un des plus faciles de la choré, alors pourquoi ai-je autant de mal ?

Le vendredi après-midi, tout le monde peut venir répéter sans réserver de créneau. En général, je sors trop tard du lycée pour en profiter mais comme aujourd'hui, le chauffeur des jumelles les emmenait faire du shopping à Gangnam après les cours, il m'a déposée en chemin. La salle d'entraînement est bondée. Mina cancane au fond avec Eunji et Lizzie. J'entends leurs rires sonores. Je détourne la tête. Aujourd'hui, j'ai décidé de ne parler à personne et de peaufiner cet enchaînement.

Je reprends du début en surveillant mon reflet dans la glace, mais je ne vois que le regard mauvais de Jaehyun, notre coach de danse.

«C'est catastrophique! avait-il hurlé lors de la dernière répétition. Comment peux-tu massacrer un enchaînement si facile? Franchement, je ne comprends pas ce que Yujin te trouve. Recommence!»

J'étais restée stoïque, refusant d'ajouter ce commentaire à la symphonie de critiques acerbes qui résonne en permanence dans ma tête et reprenant du début en y investissant toute mon énergie. Presque aussitôt, il avait de nouveau arrêté la musique.

«Non. Tu es déjà à côté de la plaque. Tu réfléchis trop avant chaque mouvement. Encore.»

J'ai inspiré un grand coup et me suis efforcée de ne pas grincer des dents, mais ma frustration ne lui a pas échappé.

– Écoute, si c'est trop difficile, rentre chez toi, dit-il en coupant la musique puis en fonçant droit sur moi. Tu crois qu'en faisant cette tête, tu deviendras une meilleure danseuse? Il va falloir te bouger. Si tu n'es pas fichue de réussir cet enchaînement, tu n'iras nulle part.

Je n'arrive pas à oublier ses insultes. C'est comme si un carrousel tournait sans arrêt dans ma tête. Plus ça m'obsède, plus je me plante, et plus je me plante, plus ça m'obsède. Je m'écroule sur le sol, furieuse. Mina m'observe aussi, mais, bizarrement, son regard n'est pas méprisant comme d'habitude. Elle semble plutôt embêtée, voire… désolée?

Je cache mon visage derrière mes mains. Si même Mina a pitié de moi, c'est que je dois vraiment avoir l'air pathétique. On dirait presque qu'elle s'apprête à venir me voir.

C'est à ce moment-là que M. Han entre dans la pièce. Tous les élèves le regardent et se mettent immédiatement à chuchoter entre eux.

« Qu'est-ce qu'un dirigeant vient faire en salle de répète à une heure d'entraînement libre ? »

« Je parie que M. Noh l'a envoyé faire le sale boulot. »

« Tu crois qu'il a l'intention de virer quelqu'un ? »

« Sumin a l'air négligée ces jours-ci... »

Lizzie se redresse, elle enroule une mèche de cheveux autour de son doigt et le fixe en battant des cils. Je ne peux pas le lui reprocher. Comparé aux autres dirigeants, M. Han est une sorte de Chris Hemsworth coréen. Si je ne l'avais pas vu de mes propres yeux, jamais je ne l'aurais imaginé entouré de vieux types ridés et en costard.

Ignorant le fait que la moitié de l'assistance est en train de parler de lui et que l'autre le dévisage avec envie, il traverse la salle et s'arrête à ma hauteur. Je me fige. Est-ce vraiment pour moi qu'il s'est déplacé ? Les murmures cessent aussitôt. Tous nous regardent et ne font même plus semblant de ne pas écouter.

– Salut, Rachel.

Il se penche en avant et ajoute à voix basse :

– Ta mère te demande au téléphone dans le Bureau.

– Tout va bien ?

– Tout va bien. Elle veut juste savoir si tu seras à la maison pour le dîner.

Des rires fusent.

Je ne sais plus si j'ai envie de quitter cette salle pour ne jamais y revenir ou de me précipiter au Bureau pour détruire leur téléphone. Comme nous ne sommes pas autorisés à avoir notre téléphone au centre d'entraînement, c'est le seul endroit où nos parents peuvent nous joindre.

Heureusement, ça n'arrive jamais. Cela reviendrait à admettre devant tout DB que vos parents vous traitent comme un enfant. Le fait que j'habite encore chez eux et que j'aille en cours quand, ici, tous ceux de mon âge sont internes et s'entraînent à plein temps suffit pour que Mina et ses sbires me torturent à longueur de temps.

Tandis que je suis M. Han en évitant de croiser le regard des autres, j'entends Eunji chuchoter :

– Trop chou. Sa mère veut sans doute savoir si elle est allée sur le pot ce matin.

Avant de sortir, M. Han s'arrête une seconde pour sourire à Mina, qui lui sourit en retour. Lizzie lui lance un regard perplexe.

– C'est un ami de mon père, il est venu dîner à la maison la semaine dernière, explique Mina tandis que nous franchissons la porte.

– Merci d'être venu me chercher, monsieur Han, dis-je en lui emboîtant le pas dans le couloir. J'espère que je ne vous ai pas interrompu dans vos activités.

– Pas du tout, Rachel, répond-il. J'étais justement au Bureau quand ta mère a appelé, alors j'en ai profité pour te rendre une petite visite. Ne t'inquiète pas, je comprends, ajoute-il en désignant la salle d'entraînement du menton. J'ai une mère, moi aussi. Elle m'appelle cinq fois par jour. Je n'arrête pas de lui dire de m'envoyer des SMS, mais elle prétend que les touches de son téléphone sont trop petites.

Nous échangeons un sourire, et je regarde sa montre. Elle a l'air vintage : le cuir du bracelet est usé mais lisse, et le cadran carré en or est patiné juste ce qu'il faut.

– J'adore votre montre, monsieur Han.

– Merci. Elle appartenait à mon grand-père. Il me l'a donnée quand j'ai pris sa place au conseil d'administration de DB. (Il tourne son poignet vers moi.) Tu vois ces rubis autour du cadran ? Il les a fait incruster pour symboliser notre héritage familial. « La famille Han est unique », disait-il toujours ; ça ne l'empêchait pas d'être un grand fan de foot, ajoute-t-il en éclatant de rire.

Je m'esclaffe à mon tour. Si seulement tous les dirigeants pouvaient être comme lui…

– Tu te sens prête pour la répétition générale de dimanche prochain ? demande-t-il tandis que nous poursuivons notre chemin. Tous les élèves, entraîneurs et dirigeants seront présents pour évaluer tes progrès.

Le visage furieux de Jaehyun me revient en mémoire.

– Pas tout à fait, j'avoue.

À ce stade, je me demande sincèrement si je serai prête un jour. Un frisson de terreur me parcourt.

– Continue de t'entraîner. Tu vas y arriver.

Je lui adresse un pauvre sourire, espérant de tout mon cœur qu'il dise vrai.

Le lendemain matin, je me prépare psychologiquement à la répétition de danse avec Mina. La perspective de revoir Jaehyun ne m'enchante pas, mais si je veux maîtriser cette choré, il faudra bien l'affronter tôt ou tard.

Juste avant le début de la répète, je me tiens devant la porte et j'hésite à entrer. Mais en passant la tête dans l'entrebâillement, je constate que la salle est déserte, hormis Mina qui fait ses étirements devant le miroir. Elle se tourne vers moi, les mains sur les hanches.

– C'est pas trop tôt. Viens, on s'y met.

Je laisse tomber mon sac sur le sol et fronce les sourcils.

– Où sont Jaehyun et les autres coachs ?

– Ils se font masser ou barbotent dans un Jacuzzi au jimjilbang super sélect du bout de la rue. (En voyant ma mine stupéfaite, elle ébauche un geste méprisant.) Je voulais qu'on puisse répéter toutes les deux, alors j'ai demandé à mon père de leur faire ce cadeau pour les « remercier de leur soutien envers sa petite fille ». Ils ne se sont pas fait prier.

– Pourquoi ? dis-je, sans même essayer de cacher ma méfiance. Je ne comprends pas.

Mina soupire.

– Écoute, ne rends pas les choses encore plus difficiles qu'elles ne le sont. Toi, tu galères sur deux ou trois enchaînements de la choré, et moi, j'ai du mal sur quelques passages de la chanson. D'où cette idée.

Elle traverse la pièce et se plante face à moi. Je garde une main sur la poignée de porte, au cas où elle me ferait encore un sale coup, mais le ton de sa voix est sincère, et même un peu fébrile.

– Pourquoi on n'échangerait pas certaines de nos parties ? Si tu chantes le couplet sur lequel je rame, et que je me charge de l'enchaînement qui te fait flipper, tout le monde est gagnant.

– Nous deux, peut-être, mais les coachs et les dirigeants seront furieux qu'on aille à l'encontre de leurs choix. C'est bon, Mina, tu ne me piégeras plus. Tu m'as *droguée* et tu as envoyé *une vidéo* de ce désastre à ma mère ! Je ne pourrai jamais le prouver, mais ne me dis pas que tu me crois assez naïve pour faire une chose pareille. Tu serais capable de raconter aux dirigeants que c'est moi qui t'ai droguée et forcée à danser ma partie. Laisse-moi tranquille. C'est tout ce que je te demande.

– OK, c'est vrai. Tout ça, je l'ai fait et je ne vais pas m'en excuser…

Je souffle un grand coup.

– Waouh, le choc.

– Je te jure que cette fois, je n'ai pas l'intention de te piéger. Évidemment qu'ils commenceront par être furieux, mais en voyant notre répétition, ils seront bien obligés d'admettre que c'était la meilleure solution. On a bossé tellement dur, pourquoi se priver de ce petit changement qui nous valoriserait toutes les deux ?

Elle marque un point.

– S'il te plaît, dit Mina en joignant les mains. Tu ne veux pas au moins essayer ?

J'hésite. Pour la première fois, je remarque à quel point elle a l'air épuisée. Ses yeux habituellement brillants sont bouffis et cernés de noir et elle n'arrête pas de se masser les épaules, visiblement aussi douloureuses que les miennes. Elle paraît déterminée, mais au bout du rouleau. Comme moi. Je sais bien que je ne suis pas la seule à endurer cet emploi du temps de folie. Tout ce que j'ai subi, elle l'a subi aussi.

– OK, dis-je lentement. Essayons juste une fois. Après, on verra.

Les épaules de Mina se détendent d'un coup.

– Super. Commençons par les enchaînements qui te posent problème. Je t'ai bien observée, et je crois savoir pourquoi tu n'y arrives pas...

Il fut un temps où j'adorais le dimanche. Je pouvais faire la grasse matinée et passer la journée devant des dessins animés avec Leah. Mais ce dimanche-là arrive trop tôt. Entre mes devoirs et les heures sup de répétitions avec Mina, je suis épuisée alors que la répétition en tenue de scène aura lieu cet après-midi. Épuisée et angoissée, même si les petits changements de choré sont vraiment... concluants. C'est déjà ça. Reste à savoir si les dirigeants vont les apprécier ou s'ils vont nous massacrer.

Des coulisses, je jette un œil à l'auditorium où élèves, coachs et dirigeants attendent notre performance. M. Noh, en costume rayé et mocassins noirs reluisants, est en grande discussion avec son voisin M. Choo. Sa ressemblance avec Mina saute aux yeux. Ils ont le même front large et les mêmes traits anguleux.

– T'es prête ?

Mina surgit à mes côtés. Elle porte une robe rose fluo cintrée par un corset argent et autour du cou, un ruban noir avec l'inscription «été» en lettres de diamant. Je porte le même, incrusté du mot «chaleur».

Je hoche la tête, faisant résonner les talons de mes bottines en daim blanc, mais ma bouche devient sèche. Même s'il n'y a pas de caméras, cette salle remplie d'élèves et de dirigeants DB me terrifie presque autant. Tout à coup, une voix derrière moi prononce joyeusement mon prénom.

– Rachel !

Je me retourne. Akari vient à ma rencontre, un sourire jusqu'aux oreilles.

– Ça y est, tu vas enfin récolter le fruit de tous tes efforts ! Et ce n'est qu'un début. Je suis si fière de toi !

Mina s'interpose.

– Excusez-moi d'interrompre vos retrouvailles, mais Rachel doit y aller, là. Au cas où tu ne serais pas au courant, il y a ici des gens qui ont un avenir de K-pop star à assurer, dit-elle à Akari avec un petit sourire ironique. (Puis elle lui tourne le dos et me regarde droit dans les yeux.) Jason s'apprête à lancer le coup d'envoi, ajoute-t-elle avant de se diriger vers son point d'entrée, à droite de la scène.

Bouche bée, Akari la regarde s'éloigner d'un air furieux. Il me semble que je n'ai plus parlé ni vu Akari depuis des semaines et je n'ai qu'une envie, c'est de rester là avec elle et de dire du mal de Mina, mais j'entends déjà les premières notes de la chanson.

– Je dois y aller ! lui dis-je avec un sourire désolé avant de me précipiter vers mon point d'entrée.

Je me retourne pour lui jeter un rapide coup d'œil, et vois son sourire s'atténuer un peu tandis qu'elle se fraie un chemin parmi le public.

Chassant cette vision de mon esprit, je me dis que j'aurai tout le temps de retrouver mon amie plus tard. Soudain les lumières baissent, et alors que je cherche Jason des yeux sur la scène, j'ai déjà complètement oublié Akari. Le silence règne dans la salle, et je me bats contre l'envie de me mordre la lèvre. Ce n'est pas le moment de ruiner mon maquillage. D'un seul coup, les projecteurs s'allument et la musique retentit.

Jason déboule sur scène en tournoyant et attaque le premier couplet. Avec son costume rayé et son chapeau, il est tellement chou que je dois fermer les yeux pour rester concentrée. Le public bat la mesure en frappant dans ses mains. En entendant Jason chanter cette mélodie entraînante, aussi à l'aise que s'il était dans sa salle de bains, je me sens revivre. D'un coup, mon trac disparaît, remplacé par une décharge électrique qui se diffuse dans mes veines. Je n'ai plus qu'une hâte, c'est d'aller chanter avec lui. Plus que quelques secondes...

Juste avant le deuxième couplet, les lumières s'éteignent dans la salle et Mina et moi entrons sur scène. L'espace d'un instant, le public est complètement silencieux. Je sens tous les regards braqués sur moi. Je les entends penser que je n'ai rien à faire là. Ça me paralyse. Mais quand je me retrouve sous les projecteurs et que le public se met à hurler, à taper du pied et à siffler, je souris. Je vais y arriver. Je croise le regard de Yujin qui me fait un signe de la main. Espérons qu'après cette performance, elle voudra encore m'adresser la parole…

Dès le début du couplet, je m'avance vers Jason en dansant et en chantant la partie qui, au départ, devait être celle de Mina. Je peux quasiment sentir les coachs et les dirigeants se figer dans leur fauteuil, essayant de comprendre ce qui se passe et murmurant entre eux.

« Mais enfin, qu'est-ce que c'est que ça ? »

« Monsieur Noh, avez-vous approuvé cette nouvelle version ? »

Quand Mina me rejoint quelques vers plus tard, nous nous lançons dans le fameux enchaînement qui m'a tant stressée toutes ces dernières semaines, puis je recule pour la laisser s'avancer au centre de la scène avec Jason ; tous les deux exécutent cette séquence sans effort. Toujours sur le second couplet, Mina et moi échangeons nos places. À pleins poumons, j'attaque le passage qui à l'origine devait être le sien, ma voix se mêlant à celle de Jason dans une harmonie parfaite et, là encore, sans aucun effort.

Au moment du refrain, nous nous regardons tous les trois en souriant. L'énergie qui se dégage sur scène semble irradier et foudroyer le public. Quelque part dans la foule, j'entends Akari nous acclamer. Même les coachs semblent ravis, quelques-uns chantent et battent la mesure en tapant du pied. Mais au premier rang, je vois le visage furieux de M. Noh, aussi écarlate que mon rouge à lèvres.

Je déglutis. Malgré nos étincelles, je sens qu'un orage nous attend, après.

À la fin de la chanson, c'est un tonnerre d'applaudissements. Yujin me regarde en secouant la tête, mais elle sourit. M. Noh, lui, se lève et se dirige vers les coulisses, suivi des dirigeants.

Après avoir salué le public, Jason, Mina et moi courons dans les loges.

Gonflée d'adrénaline, je hurle ma joie. Jason crie aussi et nous prend, Mina et moi, par le cou.

– Bravo les filles, vous avez tout déchiré ! dit-il en nous serrant contre lui. Dites donc, vous auriez pu me prévenir du léger changement que vous avez fait, ajoute-t-il avec un petit sourire en coin.

– Désolée, plaisante Mina, on ne voulait pas que tu caftes.

Sentir le bras de Jason posé sur moi me fait rougir ; je me dégage de son étreinte.

– Vous aussi, vous étiez géniaux, dis-je. L'un comme l'autre, vous étiez si...

– Lamentable... Aucun respect de l'autorité.

M. Noh s'avance vers nous à grandes enjambées, suivi de M. Choo et des dirigeants. Tous paraissent fous de rage. Il s'apprête à nous passer un savon, mais avant même qu'il puisse ouvrir la bouche, M. Han surgit, bras grands ouverts, et nous enlace, Mina et moi.

– Votre performance était incroyable ! Je savais qu'en vous réunissant tous les trois, on faisait le bon choix. Vous êtes les étoiles montantes les plus prometteuses de la

Corée du Sud, avec l'inégalable Jason Lee, bien sûr. (Il nous serre la main à tour de rôle puis se tourne vers les dirigeants.) Une alchimie époustouflante, vous ne trouvez pas?

– C'était… intéressant, admet Mme Shim d'un ton hésitant, les yeux rivés sur M. Noh.

– Je constate surtout que ces deux filles, en échangeant leurs parties, n'ont pas suivi nos instructions, nous accuse M. Lim. Je ne vois pas ce qu'il y a là de louable.

– Rien, en effet, si elles avaient raté leur performance, mais cela l'a au contraire améliorée ! s'exclame M. Han. C'est ce que j'appelle innover ! Vive la nouvelle génération de K-pop !

Des murmures s'élèvent parmi quelques dirigeants, mais la plupart d'entre eux ne quittent pas M. Han des yeux. Je regarde M. Noh en retenant mon souffle. Ses yeux lancent toujours des éclairs. Il nous dévisage en silence, visiblement partagé entre l'envie de nous passer un savon et l'incapacité de donner tort à M. Han.

Finalement, il se tourne vers Mina et moi.

– Continuez à vous entraîner. Je ne veux pas vous revoir chanter avant que ce soit parfait, lâche-t-il avant de tourner les talons, entraînant les autres dirigeants à sa suite.

M. Han nous regarde en levant un pouce victorieux avant de leur emboîter le pas.

Je laisse échapper un soupir de soulagement, n'en revenant toujours pas qu'on s'en soit si bien tirés.

– Mesdames, c'est toujours un plaisir, dit Jason avec un grand sourire. On se retrouve plus tard? J'ai oublié de parler d'un truc à M. Noh.

Il nous salue de la main et s'en va. Pendant une seconde, l'odeur de menthe et d'érable qui se diffuse dans son sillage s'insinue dans mon cerveau. Mais je me ressaisis, réalisant soudain que Mina me parle.

– Excuse-moi, tu disais ?

Elle hausse les épaules.

– Que Jason est courageux d'affronter M. Noh maintenant. Je n'aimerais pas être à sa place.

– C'est sûr, dis-je, pressée de changer de sujet. En attendant, allons nous changer et manger du patbingsu pour fêter ça.

– Je ne suis pas sûre de pouvoir me le permettre.

– Allez, on l'a bien mérité. On vient de brûler au moins dix mille calories sur scène !

– Vas-y, répond Mina, les yeux rivés sur les rideaux. Je te rejoins.

Suivant son regard, je vois M. Choo, les bras croisés. Un peu mal à l'aise, je m'incline devant lui et me dirige rapidement vers les loges. Une fois seule, je laisse échapper un petit cri.

Cette chanson représentait un enjeu énorme.

Pour la première fois depuis très longtemps, j'ai le sentiment d'être enfin sur le bon chemin.

Le cœur boosté par l'adrénaline, je troque ma jupe à carreaux noirs et blancs contre mon bomber vert préféré et mon slim noir. Puis je me dirige de nouveau vers l'auditorium, bien décidée à emmener Mina manger une glace pour célébrer notre victoire. Après tout, c'est elle qui a eu l'idée d'échanger les rôles. Je ris en pensant qu'il y a encore deux jours, fêter quoi que ce soit avec elle aurait été pour moi un cauchemar. Serait-ce le début d'une nouvelle ère?

J'attache mes cheveux en une queue-de-cheval et retourne la chercher dans les loges. Une voix me parvient du côté le plus éloigné de la scène.

– ... honteux. Comment oses-tu manquer à ce point de respect envers les dirigeants et les coachs?

Pétrifiée, je reste cachée derrière un grand haut-parleur. À quelques mètres, M. Choo crie sur Mina.

– À ton avis, quelle image est-ce que ça renvoie de moi? Si tu me refais ça encore une fois, je ne veux plus te revoir à la maison, ni même ailleurs.

Mina baisse la tête sans rien dire. Je ne l'ai encore jamais vue sous ce jour-là. Je m'attends à ce qu'elle riposte ou à voir s'allumer cette lueur diabolique dans ses yeux, mais elle encaisse en courbant l'échine.

– Je ne sais pas ce que j'ai fait pour mériter une fille aussi indigne, dit M. Choo. Si tu me déçois encore une fois, il n'y aura pas de seconde chance. Je ne te considérerai plus comme ma fille. Compris?

– Oui, Appa, répond calmement Mina.

M. Choo secoue la tête et s'en va, tandis que Mina reste là, clouée sur place et tremblant de tous ses membres.

Je sors de ma cachette.

– Mina? je demande timidement.

Elle se crispe aussitôt et se retourne; ses yeux ne sont plus que des fentes.

– Je ne sais pas ce que tu as entendu, mais ne va pas t'imaginer que ça te rende meilleure que moi, fulmine-t-elle, les yeux pleins de larmes de colère. Et je n'ai pas besoin de ta pitié.

– Je veux juste m'assurer que tu...

– Ça ne te regarde pas !

S'essuyant les yeux, elle passe devant moi en me bousculant et se dirige vers les loges. Puis elle se retourne, le regard plein de haine.

– Et arrête de te comporter comme si on était amies. Ce n'est pas parce qu'on a chanté une chanson ensemble, que je me suis rapprochée de toi, et je n'irai pas non plus manger du patbingsu. Il serait temps de grandir, princesse Rachel. On n'est pas dans un Disney.

Après m'avoir craché ces dernières paroles à la figure, elle quitte la scène tandis que je reste là à regarder s'écrouler ma nouvelle ère.

Chapitre 12

– Accrochez-vous, ça va secouer !

Tandis que nous fonçons sur une route de montagne poussiéreuse de l'île Jeju, je manque de me cogner contre le plafond de la Jeep. Le chemin sauvage et vallonné est aussi chaotique que ma vie ces derniers temps.

Après la séance de dédicaces des Next Boyz et la répétition générale de dimanche, j'étais trop épuisée pour reprendre l'entraînement. Mais j'ai continué à étudier tard le soir, ce qui m'a valu d'être sélectionnée pour l'expédition botanique. Voilà donc comment Juhyun, Hyeri, Daeho et moi avons été expédiés sur cette magnifique île de Jeju...

Manifestement, au péril de notre vie.

– Vous avez raison, c'est... cahoteux, dis-je au chauffeur assis à côté de moi tandis qu'à l'arrière, les autres se cramponnent aux poignées.

Le chauffeur éclate de rire.

– Vous n'avez encore rien vu. Attention, c'est parti !

Finalement, en comparaison de ce trajet, ma vie ressemble davantage à un tour de manège pour enfants. Quand la Jeep dévale la pente, je me mets à hurler, comme les jumelles, complètement hystériques. Daeho, lui, a l'air sur le point de vomir.

La voiture bifurque brutalement vers la gauche, éjectant Juhyun de son siège pour la faire atterrir sur les genoux de Daeho. Dans le rétroviseur, je vois Hyeri se décomposer et Daeho pâlir. Juhyun, elle, semble beaucoup s'amuser.

– C'est de la folie ! s'écrie-t-elle.

– Tu l'as dit, approuve Daeho, rouge jusqu'aux oreilles.

Hyeri se penche vers le chauffeur.

– Ahjussi, vous ne pourriez pas ralentir un peu ?

– Pas d'inquiétude, je suis un pilote, répond-il joyeusement. Là, regardez à gauche. Des chevaux !

Je croise le regard de Hyeri et lui adresse un sourire compatissant. Mon téléphone vibre dans ma poche.

Alors, tu kiffes la vie insulaire ?

Jason ajoute une émoticône de Ryan, représenté dans Kakao[1] par un lion sans crinière assis dans un transat et affublé de lunettes de soleil en forme de cœur. Je souris. Il se trouve que je porte exactement les mêmes au sommet de mon crâne.

Je prends une photo des chevaux sauvages. Ils remuent la queue et paissent dans l'herbe haute d'une prairie parsemée de fleurs sauvages.

---

1. Application sud-coréenne permettant d'échanger des messages et de passer des appels gratuitement.

Je me suis fait de nouveaux amis.

Je suis jaloux. Tes potes ont l'air beaucoup plus cool que les miens.

Il m'envoie une photo de Minjun faisant le signe de la paix tout en engloutissant un hamburger. Ça me fait rire. Depuis qu'on a échangé nos numéros, Jason et moi nous écrivons souvent. Je me dis que je devrais arrêter ça. Que je devrais garder mes distances. Ne pas créer le nouveau scandale qui justifiera mon renvoi et qui servira d'exemple pour dissuader les nouveaux élèves de tomber amoureux. Et surtout, je ne devrais pas répondre à Jason en lui renvoyant cet émoji en forme pêche...

Mais bon, quand on dispose d'une émoticône aussi appropriée, on ne peut pas faire autrement que de l'envoyer. Et puis textoter n'est pas draguer. C'est parfaitement innocent.

Je souris tandis que la Jeep continue de nous bringuebaler.

C'est marrant, j'ai voyagé dans le monde entier, mais n'ai jamais mis les pieds à Jeju.

Quoi ? Tu n'as jamais mangé de hallabong ? C'est pourtant magique.

Si, mais pas sur l'île où elles poussent. Ce n'est pas pareil, j'imagine.

Exact. Elles sont bien meilleures ici.

Tu es en train d'en manger une, là ? Si oui, je veux tous les détails. Genre, comment tu l'épluches et comment tu la savoures : quartier par quartier. OK ?

Pas de hallabong pour l'instant, mais on doit rencontrer des haenyos, tu sais, ces femmes qui plongent en apnée.

Presque aussi cool que de manger une orange !

Je réponds :

Presque.

Comme on pouvait s'y attendre, les parents d'élèves de l'École internationale de Séoul ont exigé qu'on soit logés dans le meilleur hôtel de l'île. Et c'est en effet, de très loin, le meilleur que j'aie jamais connu, avec cinq piscines d'eau de mer et un jardin tropical sur le toit, sans compter les barbecues sur sa plage privée avec cabines et chaises longues où déguster avec classe un gogi bien saignant. À l'intérieur de l'établissement, mes amis ne tiennent pas en place, impatients de tester l'arcade PlayStation et les pâtisseries maison. Mais ce que j'attends, moi, c'est de rencontrer les *haenyos*.

Il n'en reste plus beaucoup, de ces plongeuses légendaires appelées « les sirènes de Jeju ». Chaque jour, elles plongent tout au fond de l'océan et en rapportent des ormeaux, des palourdes ou des algues. Aujourd'hui, nous devons rencontrer trois d'entre elles. Tandis qu'elles franchissent le seuil de l'hôtel, j'observe attentivement leurs cheveux grisonnants et leurs visages ridés. Bien qu'elles aient entre soixante-dix et quatre-vingts ans, toutes irradient une force particulière. Quand elles commencent à parler, je bois leurs paroles.

La première nous regarde en ouvrant grand les mains.

– C'est un métier difficile, dit-elle d'une voix portant jusqu'au fond de la salle, mais il nous permet de soutenir nos familles, de gagner notre vie et de perpétuer la tradition. En tant que dernière génération d'haenyos, nous nous sentons très fières.

– Quand on plonge dans l'eau glacée et que l'épuisement nous guette, on se rappelle qu'on est fortes, explique la deuxième. Courageuses et fortes. Ce métier, on l'exerce depuis toujours et on continuera jusqu'au bout.

La troisième relève le menton. Bien que plus petite et voûtée, elle dégage une autorité naturelle qui transparaît dans chacune de ses paroles.

– En tant que femmes coréennes, nous devons absolument nous rappeler notre propre force. Qui, sinon nous-mêmes, nous dira cela ? Personne. Il ne tient qu'à nous d'être indépendantes, d'affirmer de quoi nous sommes capables et d'y investir toute notre énergie.

Des larmes me montent aux yeux. Je les essuie du revers de la main et garde ces précieux conseils dans mon cœur.

ALORS, LES HAENYOS T'ONT REFILÉ QUELQUES PERLES DE SAGESSE ? « PERLES. » TU PIGES LE DOUBLE SENS ?

Je souris avant de marquer une pause, un pouce en suspens au-dessus de mon téléphone. Jusqu'ici, la plupart de nos échanges étaient légers et je ne sais pas très bien comment exprimer des pensées plus profondes. D'ailleurs, je ne suis pas sûre d'en avoir envie. C'est une chose que de s'envoyer des émoticônes et de plaisanter, c'en est une autre de lui raconter cette rencontre et de se mettre à nu. Ce message des haenyos, c'est comme si je devais l'entendre à ce moment précis de ma vie.

J'éteins mon téléphone sans répondre à Jason et je me tourne vers Hyeri. Assise dans son transat, elle observe les couples qui, autour de nous, profitent de leur lune de miel.

– Ils semblent tous si heureux, soupire-t-elle. Tu crois qu'un jour, Juhyun et Daeho viendront passer leur lune de miel ici ?

– Arrête, dis-je en lui tapotant l'épaule, tu sais très bien que Juhyun n'a pas ce genre de sentiment pour lui.

– Mais Daeho, si, et irrésistible comme il est, elle ne tardera pas à tomber amoureuse. À ses yeux, je ne suis qu'un fantôme.

– Un fantôme avec des compétences de programmation informatique de premier ordre ! j'ajoute en lui pinçant délicatement la joue.

Je repense à Daeho, avec ses cheveux en bataille et ses pantalons froissés. Il a toujours un pointeur laser dans la poche, et s'en sert dès le petit déjeuner pour nous faire des cours sur les fleurs.

« Tu vois cette fleur, là-bas ? a-t-il demandé en le pointant tel un sabre à l'autre bout du jardin de l'hôtel. C'est un rhododendron. Il symbolise officiellement Jeju. Joli, hein ? »

Pas vraiment ce que j'appellerais un garçon irrésistible. D'ailleurs, Juhyun a à peine levé les yeux de son téléphone et s'est aussitôt replongée dans les statistiques YouTube de la vidéo spéciale maquillage de vacances qu'elle a postée la veille.

– Très franchement, je poursuis avec diplomatie, je ne crois pas qu'il soit le genre de Juhyun.

– Qui n'est pas mon genre ? demande Juhyun en s'avançant vers nous.

Avec son débardeur, son pantalon corsaire et sa longue queue-de-cheval, elle est magnifique. Elle seule est capable d'être stylée avec un corsaire. Si je portais ça, j'aurais juste l'air d'avoir cinquante ans.

– Kim Chanwoo de *Oh my Dreams*, je réponds. Pas ton genre, on est bien d'accord ?

– Ah non, beaucoup trop prince charmant, confirme Juhyun en retroussant le nez. Je vous cherchais partout. Je meurs de faim ! Allons au buffet !

Le buffet de l'hôtel s'étend sur toute la longueur de la salle à manger. Nous le prenons d'assaut, emplissant nos assiettes de saumon frais, d'asperges, de bok choy sauté et de riz sauvage aux marrons. Repérant dans un coin un bar à bibimbap, je décide de garder un peu de place pour en goûter. Nous nous installons à une table à côté d'un couple. Avisant leur bouteille de vin, Juhyun émet un discret sifflement.

– Comme c'est romantique !

– Oh oui, approuve Hyeri en regardant le jeune couple avec envie.

Le tableau est en effet idyllique. Tous les deux sont en tee-shirt et sweat-shirt, et je devine que sous ses grosses lunettes de soleil Chanel, la jeune femme ne porte pas de maquillage. Même ssaengul, sans maquillage, sa peau est impeccable. Je suis assez impressionnée par cette élégance décontractée que recherchent tant de célébrités.

Réalisant soudain que je la dévisage, je détourne la tête mais elle n'a rien remarqué, sans doute parce qu'elle se dispute avec l'homme assis en face d'elle. Tout compte fait, ce n'est peut-être pas si romantique.

– Pourquoi est-ce que tu remets toujours ce sujet sur le tapis ? dit-elle en contenant mal sa rage.

– Parce que tu l'évites ! Quand allons-nous enfin discuter de notre avenir ?

Lui porte un tee-shirt gris foncé et a le crâne rasé. Bizarrement, ce look qui pourrait sembler intimidant lui donne au contraire un air doux. Du moins, l'arrière de son crâne a l'air doux, puisque c'est tout ce que je peux voir de lui.

Le ton monte, et Juhyun et Hyeri les regardent avec inquiétude. Tout à coup, Juhyun sursaute et plaque une main contre sa bouche.

– Jetez un œil discret à ses ongles, murmure-t-elle. Vous voyez ces spirales en forme de coquillage ? C'est un motif de Samm !

Face à notre perplexité, Juhyun soupire.

– Sérieux, les filles ? Samm ? La créatrice de nail-art la plus connue de Séoul ? Elle est si célèbre que seules les plus grandes stars obtiennent un rendez-vous ! Je reconnaîtrais son style entre mille.

Hyeri se penche en avant pour mieux voir les ongles, mais Juhyun lui donne un coup de coude.

– J'ai dit *discrètement* !

Les échanges deviennent de plus en plus houleux entre les deux amoureux.

– Il faut qu'on en parle, répète le garçon. Ça fait sept ans que ça dure. Tu arrives en fin de contrat, c'est le moment de renégocier. Tu n'es pas obligée de continuer à travailler autant, dans ce stress permanent. Il est temps d'exiger de meilleures conditions, tu les mérites. S'il te plaît ! Ils te traitent trop mal. Comment se fait-il que tu ne puisses même pas l'envisager ?

– Tu sais bien que nos contrats ne fonctionnent pas comme ça. La K-pop est le seul domaine dans lequel j'aie des compétences, et je ne peux pas risquer d'être virée. Sans compter qu'il y a aussi les fans. Je ne peux pas les laisser tomber.

Je tends l'oreille. Elle a prononcé le mot K-pop ?

– Tu fais passer tes fans avant toi-même ? dit le garçon en secouant la tête.

– Ne fais pas comme si c'était si simple, répond-elle, excédée. Je ne peux pas quitter les Electric Flower. Comment peux-tu me demander une chose pareille ? Je m'attendais à un peu plus de compréhension de ta part.

Les Electric Flower ?

Bon sang, c'est Kang Jina, la chanteuse principale du groupe. Pas étonnant que ce look à la fois chic et négligé de célébrité lui aille si bien : *c'est* une célébrité ! La voix du garçon aussi me semble familière, mais je n'arrive pas à l'identifier. C'est peut-être son manager, il lui prend la main et entremêle ses doigts aux siens... Serait-ce... son amoureux ?

Kang Jina aurait un copain ?

Je repense à l'interview des Electric Flower que Leah et moi avons écoutée il y a quelques mois. Pour appuyer leur interdiction d'entretenir des relations amoureuses, les dirigeants de DB ne cessent de nous répéter leurs arguments: on est trop occupées pour ça; pas question de nous marier avant de pouvoir consacrer notre vie à notre mari. Et comme nous toutes, qu'on soit élèves ou stars, Jina a suivi la ligne. Je ferme les yeux pour essayer de me rappeler sa réponse exacte.

« Avez-vous le sentiment qu'il vous manque quelque chose? » avait demandé le journaliste.

« Pas du tout, avait répondu Jina. J'adore être célibataire! Les seules personnes dont j'aie vraiment besoin, ce sont mes sœurs des Electric Flower. Avec elles, je ne me sens jamais seule. »

Jina laisse tomber sa serviette sur son assiette à présent vide et recule sa chaise.

– J'ai besoin de prendre l'air.

J'entends Crâne rasé dire qu'il doit d'abord payer la note en se levant.

Jina reste un moment assise et le regarde s'éloigner, puis se lève à son tour. En passant à côté de nous, elle lance un regard vers notre table et écarquille les yeux. Elle se plante devant moi et me dévisage.

– Hé. Rachel Kim?

Hyeri la fixe, bouche bée. Un morceau de bok choy tombe de la fourchette de Juhyun.

– Euh… oui, c'est moi. Salut.

Elle soulève ses lunettes de soleil et m'adresse un signe de la main.

– Je suis Kang Jina.

Et bim.

– J'ai vu ta fameuse vidéo. Géniale, ta choré. (Elle pose sa main sur la mienne.) J'aurais aimé voir la tête de tous les dirigeants quand ils ont compris qu'elle faisait le buzz.

– C'était épique, mais terrifiant. (Je commence à me détendre.) S'il te plaît, raconte-moi comment tu as survécu après toutes ces années chez DB.

Jina se penche vers moi. Elle plante son regard dans le mien et murmure :

– Tu veux un conseil ?

Je me penche à mon tour, et Juhyun et Hyeri suivent inconsciemment mon exemple. Tandis que Crâne rasé s'éloigne, Jina jette un rapide coup d'œil vers lui.

– Ne tombe jamais amoureuse.

Est-ce qu'il y a marqué « je n'arrête pas de penser à Jason Lee » sur mon front ?

– Pourquoi tu me dis ça ?

– Crois-moi. Quand on devient une idole, on ne peut pas se le permettre. Non seulement c'est difficile à vivre, mais c'est aussi dangereux. M. Choo a embobiné M. Noh, et ni l'un ni l'autre ne miseront sur une star féminine qui ne soit pas absolument parfaite. Et célibataire.

M. Choo ? Le père de Mina ? Qu'est-ce qu'il a à voir avec ça ?

Mais avant que je puisse lui poser une autre question, Crâne rasé s'approche et pose la main sur l'épaule de Jina.

– Dépêche-toi, *jagiya*. Ton avion va bientôt décoller.

Elle lui sourit.

– J'arrive, dit-elle en m'adressant un petit signe.

Elle disparaît derrière ses lunettes de soleil, et sort du restaurant.

Juhyun et Hyeri ont l'air aussi ahuries que si elles avaient passé toute une journée en plein soleil.

– Je n'arrive pas à le croire ! dit Hyeri.

Juhyun laisse échapper un soupir.

– Kang Jina ? Moi, je n'arrive pas à croire qu'on vient de rencontrer Song Gyumin !

– Song Gyumin, le chanteur de Ten Stars ? Celui qui enregistre un crossover de K-pop et de pop américaine avec Ariana Grande ?

– Rachel, dit Juhyun en secouant la tête. Tu n'as pas vu le gars avec qui était Jina ?

Un peu plus tard, je ne me suis toujours pas remise de ces rencontres improbables. Les autres jouent au volley sur la plage devant le coucher de soleil. Allongée dans un transat à rayures non loin d'eux, j'ai un œil sur Hyeri et Daeho qui sautent dans les vagues, et l'autre sur mon téléphone.

J'attends toujours ta dégustation de hallabong en direct...

Je l'ai engloutie trop vite, désolée ! Je n'en ai mangé qu'une. Bon, disons trois. OK, quatre. J'en ai mangé quatre.

Waouh. Va falloir te trouver un autre surnom. Je ne t'appellerai plus miss Loup-Garou, mais plutôt Ogresse Hallabong.

Je repense aux paroles de Jina. Est-ce si dangereux pour une star de K-pop de tomber amoureuse ? À l'entendre, on se croirait dans un de ces films que regarde Leah...

Et d'ailleurs, si c'est vraiment dangereux, que fait-elle ici, en vacances avec son copain ? Lequel serait lui aussi une star internationale de K-pop ? Pff. Je n'y comprends plus rien.

Mon téléphone se met à vibrer et me sort de mes pensées.

Toujours là, Ogresse Hallabong ?

Toujours là. Je réfléchis. Il s'est passé des trucs fous aujourd'hui.

Hmm. Tu sais ce qu'il te faudrait ? Une journée rien que pour toi.

Une journée rien que pour moi ?

Ouep ! Une journée pour te ressourcer et arrêter de penser à tous les trucs auxquels tu penses. Allez quoi, tu viens des États-Unis ! Tout le monde fait ça, là-bas.

Je ris.

T'as raison, c'est exactement ce qu'il me faut.

Quelques minutes s'écoulent avant qu'un nouveau message apparaisse.

Et si on s'offrait une journée comme ça, juste toi et moi ?

Il veut qu'on s'offre une journée rien que pour nous, c'est bien ça ?

Il ajoute deux émoticônes : Ryan et une pêche se roulant dans l'herbe avec insouciance. Je me mords la lèvre, consciente que je devrais refuser, que je suis déjà allée beaucoup trop loin. Et maintenant, les paroles de Jina n'arrêtent pas de tourner dans ma tête. *Non seulement c'est difficile à vivre, mais c'est aussi dangereux*. Je commence à écrire «Désolée, je ne pense pas que…» mais il m'a déjà envoyé un autre message.

Et bien sûr, on embarque Leah.

Je marque une pause. Leah? Si elle apprend que je lui ai refusé cette opportunité de passer toute une journée avec Jason, elle ne me le pardonnera jamais. Je la revois, cherchant désespérément quelqu'un pour l'accompagner à cette séance de dédicaces. Chaque fois qu'elle m'a demandé de passer du temps avec elle, je lui ai claqué la porte au nez, arguant que j'avais besoin de dormir ou de m'entraîner. Mais là, j'ai enfin l'occasion de lui faire un cadeau. Un cadeau qui pour elle légitimerait tout mon entraînement. Et puis, si Leah venait avec nous, je n'aurais plus à m'inquiéter de ce qui pourrait se produire entre Jason et moi. Je me consacrerais à elle, pas à lui. Je finis par me convaincre. Je réponds «oui» et appuie sur la touche «envoi» avant de changer d'avis.

– Tiens, madame Vidéo virale! (Juhyun s'assied à côté de moi et me tend une noix de coco avec une paille.) Ce voyage ne va pas durer éternellement. Tu ne veux pas venir avec nous?

Après m'avoir retiré le téléphone des mains, elle me lève de ma chaise longue. J'aspire une gorgée de jus de coco et la suis sur la plage. Elle a raison. Ce séjour touche à sa fin, et j'ai bien l'intention de profiter des vagues de Jeju et de mes amis.

Chapitre 13

– Unni, tiens-moi ! Ça commence à secouer !

– Leah, on n'a pas quitté le tarmac…

– Ah oui, c'est moi qui bouge…

Dans son siège moelleux, Leah arrête de gigoter mais ses yeux continuent de scruter chaque recoin du jet privé qui doit nous permettre de rejoindre Jason. Il n'a rien dévoilé du programme de cette journée rien que pour nous, hormis qu'un chauffeur viendrait nous chercher à huit heures. Nous voilà donc à bord de cet avion où des hôtesses aux petits soins nous apportent de l'eau pétillante, des couvertures et des plateaux de charcuterie, de fruits frais et de brie. Leah fourre un raisin dans sa bouche.

– Cette journée est la plus cool de ma vie !

Je ris, malgré mon estomac noué. Je me sens très chanceuse de bénéficier de ce luxe incroyable, mais plus nous gagnons en altitude, plus je suis nerveuse à l'idée de passer une journée entière avec Jason. Ces derniers jours, j'ai essayé de me convaincre que j'avais surtout accepté son invitation pour faire plaisir à Leah, mais ces papillons dans le ventre m'empêchent de me mentir.

Quelques heures plus tard, la voix du pilote nous parvient.

– Chères passagères, nous allons atterrir dans une vingtaine de minutes. Je vous remercie d'avoir voyagé avec nous et vous souhaite la bienvenue à Tokyo, où il fait grand soleil.

À peine sorties de l'avion, j'aperçois Jason. Ses lunettes de soleil et son tee-shirt noir lui donnent un air décontracté. Leah se précipite dans ses bras.

– Jason, je n'arrive pas à le croire !

Il rit et l'étreint en retour.

Je m'approche plus lentement.

– On est vraiment à Tokyo ?

Il nous ouvre la portière d'une voiture.

– Devine. Allez, montez !

On s'entasse à l'arrière, et le chauffeur quitte rapidement l'aéroport pour rejoindre l'autoroute. Leah baisse la vitre et passe la tête à l'extérieur. Nous filons devant de hauts immeubles surmontés d'inscriptions en néon puis traversons des quartiers résidentiels aux petites maisons toutes identiques. Incroyable. On est à Tokyo.

Je veux envoyer un message à Akari pour le lui dire, mais Jason me retire le téléphone des mains.

– Ah non, aujourd'hui, on oublie le portable.

Je le laisse faire, non sans une pointe de culpabilité. Entre l'entraînement et le voyage à Jeju, Akari et moi n'avons toujours pas eu le temps de nous retrouver.

Je décide de faire des photos mentales de tout ce que je verrai et de les ajouter à la longue liste de choses que je lui raconterai à mon retour.

– Alors, monsieur l'organisateur, quel est le programme ?

– Pour commencer, on va déjeuner !

La voiture s'immobilise, et Jason descend le premier pour nous tenir la portière.

– Vous êtes déjà venues au Japon ?

Nous faisons non de la tête.

– Alors vous allez adorer ! Bienvenue à Harajuku.

Je reste sans voix. Des enseignes de magasins bariolées jusqu'aux barbes à papa arc-en-ciel que les passants mangent dans la rue, ce quartier est une véritable explosion de couleurs. Sans parler des vêtements ! Avec ma robe bain de soleil jaune, je me sens soudain terriblement quelconque au milieu de ces jupes en tulle rose, ces chaussettes rétro et ces robes entièrement recouvertes de pin's. Je tombe en arrêt devant une fille aux cheveux violets et en blouson Teddy avec un sac à main en forme de bouteille de Coca-Cola.

C'est sûr, j'adore cette ville.

Jason prend Leah par la main et l'entraîne à l'intérieur d'un restaurant. Une serveuse aux longs cils scintillants et coiffée d'une perruque vert pomme nous accueille avec un grand sourire.

– Bienvenue au Kawaii Monster Café !

Elle nous emmène dans une pièce aux murs rayés rose et jaune. Partout autour de nous, il y a des macarons géants en plastique, des chandeliers aux couleurs acidulées et des petites lampes en fausse fourrure bleue et violette.

Leah me presse la main.

– Unni, on est au paradis.

Faisant défiler le menu sur l'écran tactile, nous commandons beaucoup trop de plats : des pâtes arc-en-ciel, du poulet au chocolat, des sandwichs accompagnés de dips multicolores, des boissons à paillettes comestibles et un incroyable parfait surmonté d'une tranche de gâteau roulé et d'un cône de glace à l'envers. Je regarde Jason en riant. S'il engloutit tout ça, c'est sûr, il va se transformer en chapelier fou d'*Alice au pays des merveilles*.

– J'ai l'impression de manger une licorne, dit Leah en plongeant sa cuillère dans chaque plat. Est-ce que c'est mal ?

– T'inquiète. Ce que tu manges n'est pas de la licorne, mais ce sont probablement des licornes qui l'ont préparé, la rassure Jason.

Ça me touche de le voir si attentionné envers elle. Je connais peu de garçons de mon âge qui seraient prêts à passer une journée entière avec une fille de treize ans.

À peine Leah a-t-elle fini un sandwich qu'elle en entame un autre.

– Doucement, lui dis-je en lui donnant un coup de coude, tu vas avoir mal au ventre.

Reposant sagement son sandwich, elle se rabat sur des frites roses.

Il y a un instant, l'excitation de découvrir Harajuku a complètement dissipé ma nervosité. Mais maintenant que je suis assise à côté de Jason, nos coudes à quelques centimètres l'un de l'autre, je ressens de nouveau cette sorte de frissons qui vous envahissent quand le sang se remet à circuler dans un membre engourdi, ou qu'on ne peut s'empêcher de faire quelque chose en sachant qu'il faudrait s'abstenir.

– Alors? demande Jason. (Comme je tarde à répondre, il fait semblant d'être déçu.) J'ai passé un temps fou à dégoter un endroit unique. Ne me dis pas qu'il y avait le même à New York!

Je le taquine pour masquer ma voix tremblante.

– Si, exactement le même. J'y allais tous les week-ends. Des frites multicolores, j'en ai mangé toute mon enfance.

– Et tu sais ce que ça a fait de toi? il chuchote en se penchant vers moi d'un air conspirateur.

– Une licorne?

– Je dirais plutôt un lutin.

J'éclate de rire. Je me prends trop la tête. OK, DB contrôle ma vie. Mais si ses dirigeants nous surprenaient, Jason et moi, en train de regarder ma petite sœur s'empiffrer de trucs qui ressemblent à du caca de licorne, même eux ne pourraient rien nous reprocher. Après tout, cette parenthèse n'est qu'une simple journée avec Jason. Même si j'apprécie sa compagnie et que je le trouve craquant quand il picore des macaronis au fromage...

Rachel! Ressaisis-toi.

– Et maintenant, on va où? s'enquiert Leah.

– Vous avez déjà joué à Mario Kart? demande-t-il.

Leah et moi échangeons un regard perplexe.

– Oui, pourquoi ? dis-je. Tu nous emmènes dans une arcade ?

– Pas exactement, répond-il.

Un quart d'heure plus tard, nous nous apprêtons à monter dans un bolide pour une course de Mario Kart *IRL* dans les rues de la ville. Jason a même prévu des couvre-chefs : l'un a la forme de la tête de Yoshi, l'autre, celle du champignon géant de Toad et le troisième est la perruque blonde surmontée d'une couronne de Princesse Peach.

– Votre Altesse, dit-il en posant la perruque sur le crâne de Leah avant de s'incliner devant elle.

Leah rigole et s'empresse d'aller inspecter les karts tandis que j'arrache la tête de Yoshi des mains de Jason.

– Hé ! s'écrie-t-il en essayant de la récupérer.

– Désolée, mais ce look de champignon me plaît trop, dis-je.

Il enfile le chapeau de Toad en soupirant et surprend son reflet dans un miroir.

– En fait, ça me va bien ! conclut-il, tournant la tête d'un côté puis de l'autre.

– C'est dingue, même Toad ne peut pas entamer ton ego, dis-je en lui administrant une petite tape sur la tête.

– Voyons si les sœurs Kim arrivent à me rattraper ! s'exclame-t-il en écrasant le pied sur la pédale de son kart.

Une fois dans notre bolide, j'attache Leah à l'avant et m'installe à l'arrière. Mais tandis que je m'apprête à poursuivre Jason, elle se frotte le ventre et me regarde en grimaçant.

– Unni, je ne me sens pas très bien.

– Ah? dis-je, un peu inquiète, et débouclant ma ceinture de sécurité pour me pencher vers elle. Tu veux qu'on s'arrête et...

Mais avant que je puisse achever ma proposition, les joues de Leah se gonflent et – oh mon Dieu, je connais trop cet air-là! – un jet de vomi arc-en-ciel se déverse sur ma robe.

Son teint est vert pâle; je la fais rapidement sortir du kart pour l'asseoir sur le trottoir, ignorant les restes à peine digérés de macaronis au fromage et de frites qui me collent à la peau. Un passant nous lance un regard plein de compassion, et j'imagine qu'à nous deux, on doit faire la paire: une fille coiffée d'un chapeau de Yoshi avec une perruque blonde dans les bras, leurs vêtements recouverts de vomi. Quel spectacle.

– Ça va? demande Jason en garant son kart à côté du mien. Quand je me suis retourné, vous aviez disparu!

Son regard va de moi à ma robe puis à Leah, évaluant la situation. Pendant une seconde, je me demande s'il va évoquer la fois où je lui ai moi-même vomi dessus, mais non, il retire juste son chapeau et pose un bras sur l'épaule de Leah tout en lui frottant le dos.

– Ça va, dit-elle, pressant ses mains sur son visage écarlate et se penchant vers moi. Est-ce que Jason m'a vu vomir? chuchote-t-elle à travers ses doigts, mortifiée.

– T'inquiète, ça m'est arrivé, à moi aussi.

– Allez Leah, dit Jason en l'aidant avec douceur à se relever.

Pour la centième fois de la journée, ma gorge se serre. Jason me sourit avant de poser de nouveau sur Leah un regard bienveillant et protecteur que jusque-là je n'avais croisé que dans des séries de K-drama.

– Pour votre vol retour, j'ai demandé qu'on diffuse le dernier film de The Rock.

Je crois qu'il va me falloir une journée rien que pour moi pour me remettre de cette journée rien que pour nous.

Une heure plus tard, nous sommes de nouveau dans l'avion et portons toutes les deux un pyjama Mickey acheté à un vendeur de rue. Emmitouflée dans une couverture, Leah sirote du thé au gingembre et regarde The Rock se frayer un chemin dans Manhattan.

Tout à coup, elle retire son casque et se tourne vers nous d'un air gêné.

– Je suis désolée d'avoir gâché le tour de kart, Jason. Et encore plus désolée que tu m'aies vue vomir.

Il lui ébouriffe les cheveux en souriant.

– T'en fais pas, *dongsaeng*. Les oppas, ça sert à ça, non ?

Leah se pelotonne de nouveau dans son plaid, et je consulte le menu de films.

– Oh, *Kiki la petite sorcière* ! J'adore les dessins animés Ghibli. À New York, ma meilleure amie et moi, on les regardait avec un bol de bretzels au chocolat, dis-je en souriant, soudain nostalgique.

Jason sourit à son tour.

– Moi aussi, je les adore. Avec mes copains, on se disputait pour savoir si *Le Voyage de Chihiro* était meilleur que *Le Château ambulant*.

– *Le Château*, sans hésiter ! dis-je en riant.

– C'est vrai, Calcifer, il est trop fort.

J'essaie d'imaginer le Jason d'avant la K-pop, quand il filmait des reprises de chansons sur YouTube et regardait des dessins animés avec ses amis le vendredi soir.

– Tu aimerais revenir en arrière ? je demande.

Il penche la tête.

– D'un côté, oui. Tu sais, je suis né à Toronto, et même si ça fait un certain temps que je vis en Corée, je ne me sentirai jamais complètement chez moi ici. Je ne suis pas un vrai Coréen, je suis un Coréen canadien. (Il marque une pause et me regarde, comme s'il hésitait à poursuivre. Je l'encourage par un grand sourire.) Et le fait que je sois à moitié blanc, ça compte aussi.

J'acquiesce d'un air entendu, alors il continue, parlant cette fois plus vite, comme s'il éprouvait le besoin d'exprimer des pensées qu'il gardait pour lui depuis très longtemps.

– Je me sens tout le temps écartelé. Trop blanc pour être asiatique, et trop asiatique pour être blanc. C'est comme si je trompais les gens des deux côtés en essayant de les convaincre que je suis des leurs alors que je ne sais pas d'où je suis vraiment. (Il rit en passant la main sur sa nuque.) Désolé si ce que je raconte n'a ni queue ni tête.

– Oh si. Même si je ne suis pas à moitié blanche, je ressens la même chose en tant que Coréenne-Américaine.

Parfois, j'ai l'impression que les Coréens ne m'acceptent pas parce que je viens des États-Unis, mais les Américains ne me considèrent pas non plus comme l'une des leurs à cause de mes origines coréennes. C'est bizarre, cette sensation d'exister quelque part entre ces deux pays.

Je crois que je n'ai encore jamais formulé ces sentiments à voix haute. D'abord, je suis un peu gênée, mais Jason me regarde en hochant lentement la tête, comme s'il me comprenait parfaitement et qu'il éprouvait la même chose.

– Je ne regrette pas d'être venu en Corée ni de m'être lancé dans la K-pop, dit-il. Mais j'aurais bien aimé aller en colo au moins une fois.

– Moi, je regrette les excursions en voiture, dis-je.

– Et le cinéma en plein air, les soirs d'été.

– Et les grands rassemblements.

– Et les petits boulots.

– Et le bal de fin d'année, au lycée.

– Oh, oui, le bal ! s'exclame-t-il en riant. Pourquoi est-ce que ça n'existe pas en Corée ?

– C'est vrai. Aux États-Unis, tout le monde aime sortir. Tiens, passe-moi ton téléphone.

Il s'exécute, et je fais défiler les invitations de bal de fin d'année sur Instagram. C'est une chose qui obsède Leah, et je ne compte plus les soirées passées à regarder des vidéos de gens se donnant rendez-vous à des flash mobs, dans des vestiaires ornés de ballons gonflables, ou à des courses au trésor ultrasophistiquées.

– Regarde, c'est ma préférée.

Je lui montre la photo d'un donut en forme de boîte aux lettres portant l'inscription: «On va au bal?»

– Un grand classique. Forcément, dans une boîte de donuts ordinaire, on ne s'attend pas à trouver autre chose que des donuts. Chaque fois, je me fais avoir.

– T'es sérieuse? s'exclame Jason en éclatant de rire. Parmi toutes ces vidéos romantiques ou sophistiquées, tu préfères celle de la boîte de donuts?

– Et alors? Simple et géniale. En plus, si la personne décline l'invitation, tu peux te consoler en gardant la boîte de donuts.

Il sourit et secoue la tête.

– Ma mère aurait adoré ça. Elle aurait sûrement fait appel aux services d'une agence événementielle et aurait tourné elle-même la vidéo.

Mon cœur se serre. Chacun sait que Jason a perdu sa mère quand il avait douze ans. À côté de moi, Leah ronfle dans son siège. Je repousse une mèche qui recouvre son visage. Douze ans, c'est presque son âge. J'éprouve subitement le besoin de prendre la main de Jason, mais je résiste.

– Elle serait fière de toi, aujourd'hui. J'en suis sûre, dis-je.

Il se tourne vers moi avec un sourire triste.

– Tu sais, je pense que ma mère t'aurait appréciée.

Je cherche quoi lui répondre.

– Pourquoi tu me dis ça?

C'est un moment fragile et tendre, différent de tous ceux que nous avons partagés jusque-là. Je me creuse la tête pour trouver un sujet de conversation moins grave, mais comme rien ne me vient, je retiens mon souffle pour ne pas rompre la magie de cet instant.

– Tu te souviens, quand on était dans la salle de répétition et que je t'ai dit à quel point j'étais heureux de chanter avec toi ? Juste après, je t'ai demandé si tu voulais savoir pourquoi.

Je me contente d'acquiescer. Mon cœur se met à battre très vite sans que mon cerveau puisse analyser ce qui se passe. Je ne voudrais rien dire que je puisse regretter demain.

– Avec toi, je peux être moi-même, poursuit-il en posant sa main sur la mienne. Que l'on chante ou que l'on se parle comme en ce moment. (La chaleur de sa paume irradie dans tout mon corps. Il caresse doucement mon poignet de son pouce.) Je n'ai pas besoin de jouer un rôle... Ta présence me fait du bien.

Ma vue se brouille. *Je n'ai pas besoin de jouer un rôle.* Cette phrase s'insinue en moi et soudain, je réalise à quel point je pourrais en dire autant. À quel point je suis tout le temps en train de jouer un rôle. Avec les jumelles, Leah, Yujin, mes parents et tous les dirigeants de chez DB. Constamment, je dois m'efforcer d'être talentueuse, parfaite, irréprochable. D'être attentionnée envers ma sœur et gentille avec mes parents. Mais aujourd'hui, avec Jason, pour la première fois depuis des mois, j'étais juste moi. Rachel Kim. Et ça me fait un bien fou.

J'aimerais pouvoir le lui dire, mais quelque chose m'en empêche. Ce serait m'engager pour un aller sans retour.

Un chemin qui mettrait en péril tous mes efforts de ces sept dernières années. Ma vie chez DB et au sein de ma famille n'est peut-être pas idéale – surtout en ce moment –, mais c'est ma vie. Et je ne peux pas tourner le dos à tout ça. Je ne peux ni ignorer les sacrifices que mes parents et Leah ont faits pour moi, ni renoncer à mes propres rêves. Pas maintenant.

– Ta mère m'aurait peut-être appréciée, mais ton père ? dis-je d'un ton enjoué pour revenir sur le terrain de la plaisanterie. J'espère pouvoir faire suffisamment bonne impression pour séduire toute la famille.

Il rit, mais son visage se crispe.

– Mon père est un peu plus difficile à conquérir, mais si quelqu'un devait y parvenir, c'est bien toi, dit-il en s'adoucissant. Écoute, il faut que je te dise quelque chose. Je crois que… (Marquant une pause, il secoue la tête et réajuste le col de sa chemise.) Je crois… enfin, est-ce que tu…

Soudain, Leah se réveille. Elle bâille et s'étire en jetant les bras en travers de mes genoux.

– On est arrivées, Unni ?

– Pas encore, dis-je, soulagée de cette interruption. (Quelle que soit la question que Jason allait me poser, je sais que je ne suis pas prête à lui répondre.) Tu peux te rendormir.

Elle s'assoupit de nouveau.

– On ferait mieux de se reposer, nous aussi. La journée a été longue.

– Oui, dit-il avec un demi-sourire. Repose-toi bien.

Dans ses yeux, je vois passer de la déception et un autre sentiment que je n'arrive pas à déchiffrer. Je lui tourne le dos, espérant secrètement qu'il saisisse ma main et me pose sa question. Mais il ne dit plus rien jusqu'à la fin du voyage.

Chapitre 14

« Kakao ! »

Mon portable me signale un message de Leah me souhaitant bonne chance, suivi d'une flopée d'émoticônes de drapeaux agités.

Je lui renvoie un selfie de moi dans les loges, les cheveux brillants de laque. Autour de moi, stylistes, costumières et coachs s'affairent pour le concert d'été de DB avec les Electric Flower. À cette occasion, Mina, Jason et moi allons aussi tourner le clip de notre chanson. Malgré la chaleur, j'en ai la chair de poule. Quand Yujin m'a annoncé cette nouvelle, je n'ai pas tout de suite réalisé qu'il s'agissait d'une captation en live. Une seule prise, aucune possibilité de me rattraper. Si je me plante, cette vidéo restera en ligne à tout jamais. Mais il n'est pas question que je me plante.

N'empêche qu'un petit coup de chance ne serait pas de refus.

La coiffeuse me sourit dans le miroir.

– C'est presque fini, déclare-t-elle en fixant une couronne de fleurs sur ma tête. Pas trop le trac?

– Non. Enfin, si. Un peu?

– Tu vas assurer. Après tout, tu chantes avec Jason Lee! Tu as tellement de chance.

– Je sais. Dis, tu veux bien ajouter ça à ma coiffure? dis-je en lui tendant un chouchou rouge vif que j'ai ôté de mon poignet. C'est un porte-bonheur.

Je me sens un peu ridicule de lui demander ça, mais ma requête semble l'amuser.

– OK, je pense que je peux l'utiliser pour ton chignon.

Ce chouchou, Juhyun et Hyeri me l'ont offert la semaine dernière, alors qu'on déambulait dans Myeong-dong, un quartier aux innombrables boutiques et fourmillant de marchands de nourriture ambulants. Juhyun s'était mis en tête de trouver l'accessoire parfait pour faire basculer le nombre de ses followers à plus de trois millions.

«Je n'en reviens toujours pas que Jason vous ait fait venir à Tokyo en jet, Leah et toi, s'était exclamée Juhyun. Question drague, c'est la grande classe.

– Ce n'était pas pour me draguer mais pour me changer les idées, avais-je rectifié en piquant un fard.

– Combien de temps allez-vous en rester au stade sseom ta, s'était énervée Hyeri en léchouillant un cône de crème glacée vert et blanc long comme son bras. C'est évident qu'entre vous, il se passe un truc chimique.

– Ce n'est pas ce que tu crois», avais-je insisté, consciente pourtant de ne pas lui dire toute la vérité.

Depuis Tokyo, je n'arrête pas de penser à Jason. Ça m'a déjà valu de massacrer quatre bonsaïs et, au tennis, dans les doubles, je suis tellement préoccupée que je reste plantée là pendant que Juhyun court après les balles sans en rater une. À vrai dire, même quand je pense à Jason, ce n'est pas à lui, mais à Kang Jina que je pense, et plus particulièrement à ce qu'elle m'a dit à Jeju. *Avoir un petit ami n'est pas seulement difficile à vivre, c'est aussi dangereux.* En attendant, personne n'a jamais pu prouver que Suzy Choi avait été renvoyée parce qu'elle avait un copain. En fait, la semaine dernière, une trainee de première année dont la mère travaille au service administratif de DB a juré que Suzy s'était fait virer à cause de sa chirurgie des paupières ratée. Je pense aussi à Song Gyumin. Si c'était si dangereux d'avoir un petit ami, comment se fait-il que lui et Jina se donnent la main en public? Le problème n'est pas tant de savoir si je dois croire Kang Jina ou non, mais que je ne sais plus quoi penser. D'ailleurs, même si je le savais, ça ne clarifierait pas pour autant mes sentiments pour Jason. Et quand bien même mes sentiments pour Jason seraient clairs, je ne saurais pas plus quoi faire. Mais en quoi le fait d'être amie avec un beau gosse qui adore Leah et prétend se sentir bien avec moi serait-il dangereux? En même temps, je ne peux pas compromettre toute ma carrière pour un garçon...

Bref, je suis perdue.

«Je ne devrais même pas penser à tout ça, avais-je répliqué aux jumelles en entrant avec elles dans une boutique.

Le tournage du clip a lieu ce week-end et j'en suis malade d'angoisse. Vous savez combien de caméras seront braquées sur moi ? »

Juhyun avait alors choisi un chouchou rouge sur un des présentoirs.

« Tiens. Hyeri et moi, on t'offre ce porte-bonheur. »

Tandis qu'elle l'enfilait à mon poignet, Hyeri sortait son porte-monnaie pour payer en me disant :

« Tu as intérêt à le porter sur scène ! »

Je contemple le chouchou dans mes cheveux. Parfaitement assorti à mon rouge à lèvres, il apporte une touche de couleur à ma tenue – un pantalon à carreaux et un débardeur noir. Je suis une sorte de croisement entre la K-pop et la Reine de cœur.

Je fais un autre selfie, tête penchée pour qu'on voie le chouchou, et l'envoie aux jumelles et à Akari, à qui j'écris :

Prête à monter sur scène grâce à ce porte-bonheur offert par les jumelles. Joli, non ?

Tous les trainees sont censés assister au concert, mais je n'ai toujours pas revu Akari. En fait, je ne l'ai pas revue depuis mon retour de Tokyo. Ça me semble bizarre d'avoir laissé passer tant de jours sans lui parler, et encore plus qu'elle ne sache toujours rien de mon premier séjour au Japon.

La réponse d'Akari se fait attendre. Je me mords la lèvre. Peut-être qu'elle m'en veut de l'avoir laissée tomber ces derniers temps. Il faudra que je me rattrape, d'une manière ou d'une autre.

– Rachel, un paquet vient d'arriver pour toi.

M. Han vient vers moi et me tend une boîte en carton rose entourée d'un ruban scintillant.

– Quelqu'un l'a fait livrer dans les loges, ajoute-t-il avec un sourire plein de sous-entendus.

Un paquet ? Pour moi ?

Je dénoue le ruban et ouvre la boîte. À l'intérieur sont disposés des donuts en forme de lettres, recouverts d'un glaçage rose, et disant : « Bonne chance ». Le dernier est en forme de cœur.

J'éclate de rire. Jason. L'invitation au bal. Je n'en reviens pas qu'il s'en soit souvenu.

– C'est de qui ?

Je referme le couvercle au moment où Mina tourne la tête vers moi.

– Aucune idée.

Elle fronce les sourcils tandis que des trainees et quelques dirigeants me lancent eux aussi des regards interrogateurs. Jaehyun, notre coach de danse, s'approche pour voir ce qu'il y a dans la boîte.

– Trop chou ! Je rêve ou c'est… un cœur ?

Pour la millième fois depuis ces dernières semaines, les paroles de Kang Jina me reviennent à l'esprit. Malgré toutes les pensées contradictoires qui m'habitent, une boule d'angoisse se forme dans mon ventre. Dans quelques instants, je vais chanter sur scène avec Jason. Je vais tourner une vidéo avec la star de K-pop la plus connue de toute la Corée. Ce n'est surtout pas le moment de laisser le doute s'immiscer dans l'esprit des coachs – ni de personne chez DB. Pas maintenant, pas si près du but.

Oh non. Je réponds quoi ?

– C'est moi, dit soudain une voix enjouée. (Je me retourne et vois Akari entrer dans la pièce.) Un petit cadeau pour porter chance à ma meilleure amie.

Aussitôt, dirigeants et coachs se détendent. Mina tourne les talons. Je lance à Akari un regard reconnaissant et me précipite vers elle pour la serrer dans mes bras.

– Chingu, je suis tellement contente de te voir ! Tu m'as manqué !

– Toi aussi ! J'ai l'impression que ça fait une éternité, dit-elle en me serrant à son tour avant de reculer d'un pas avec un petit sourire en coin.

Désignant la boîte du menton, elle chuchote :

– C'est de qui ?

– Je ne sais pas trop, je bredouille, déstabilisée.

Je ne suis toujours pas prête à parler ouvertement de Jason. Pas avant d'avoir dénoué ce nœud d'émotions qui ne fait que se resserrer chaque fois que je pense à lui.

– Je vois, dit-elle.

Un léger malaise s'installe entre nous. Elle laisse retomber ses bras le long du corps et se touche le coude en détournant les yeux. Puis elle me regarde de nouveau et sourit.

– Regarde, il y a une carte, dit-elle en désignant la boîte. Peut-être qu'elle permettra d'élucider le mystère.

Elle s'apprête à s'en emparer, mais je la saisis avant elle et ouvre l'enveloppe avec des doigts tremblants. Il n'y a pas de signature, juste un message très bref: *Rejoins-moi dans les coulisses.*

Il veut me voir. Tout de suite. Mon cœur fait un bond dans ma poitrine. Moi aussi, je veux le voir.

– Je suis désolée, Akari, je dois aller vérifier où est Leah, dis-je avec un sourire navré.

Le sien disparaît aussitôt, et je m'élance hors des loges avec une pointe de culpabilité. Un couac de plus qu'il va falloir rattraper.

Tandis que je traverse les coulisses en courant, les Electric Flower commencent leur concert. Écartant discrètement le rideau, j'aperçois le public qui agite des bâtons lumineux. Leah est au premier rang, elle chante tout en filmant avec son téléphone. Au centre de la scène, je vois aussi Kang Jina, impeccable dans sa combinaison bleu métallique. Je chasse ses paroles de mon esprit.

Puis je vois Jason.

Observant le concert depuis un coin reculé des coulisses, il est vêtu d'un costume, de baskets noires et d'un sweat gris clair parfaitement ajusté. Dès que je m'approche de lui, il tourne la tête, comme s'il avait senti ma présence. Il sourit, mais son visage exprime une nervosité que je ne lui connaissais pas.

– Salut.

– Salut, répond-il, entrechoquant ses poings et baissant les yeux avant de les relever vers moi. Mon cadeau t'a plu?

Son inquiétude me fait fondre. Je voudrais lui crier *Oui!* mais ne parviens qu'à hocher la tête.

– Beaucoup.

Son visage s'illumine.

– Cool.

Après avoir pris une grande inspiration, il s'avance et effleure ma main. Comme je ne la retire pas, il entremêle ses doigts aux miens et nos paumes se pressent l'une contre l'autre.

– Écoute, je ne veux pas te mettre la pression si tu n'es pas prête à en parler. Je veux dire, de nous. Dans l'avion, j'ai eu l'impression que tu savais ce que j'allais te dire mais que tu ne voulais pas l'entendre.

Au contact de sa peau, je peux presque sentir tous mes soucis s'évaporer. J'ai tellement envie de le choisir, lui, et, l'espace d'un instant, je me dis que c'est possible puisque dans ma tête, les nœuds se défont. Mais au lieu de me rendre le choix plus facile, cela soulève d'autres problèmes et je suis comme paralysée. Je jette un œil vers la scène, vers Kang Jina et les Electric Flower, le public, Leah puis de nouveau Jason. Cela fait sept ans que je me bats pour devenir une star de K-pop. Sept ans que je ne rêve que de ça.

Et si ce n'était plus suffisant ? Et si cela ne justifiait plus les heures interminables d'entraînement et de sacrifices, les cernes de fatigue d'Appa, la lassitude dans la voix d'Umma et cette expression de tristesse sur le visage de Leah ? Et si, désormais, j'attendais plus de la vie que de pouvoir chanter sur scène ?

– Tu as raison. Dans l'avion, je n'étais pas prête, mais maintenant je le suis, dis-je d'une voix rauque. (Tandis qu'il presse ma main, son regard s'allume d'un espoir fou.) J'ai envie de tenter ma chance avec toi.

Et pourtant, je recule tandis que les Electric Flower attaquent *Starlight River*, leur tube de l'année. Je suis peut-être prête à m'embarquer dans une histoire avec Jason, mais certainement pas à l'afficher publiquement.

– Seulement... pas ici... pas avec tous ces gens autour de nous.

Faisant un pas vers moi, il est maintenant si proche que je peux sentir sa poitrine se soulever et retomber sous son souffle saccadé.

– De quoi tu as peur ?

Soudain, toutes les lumières s'éteignent et une immense toile noire descend du plafond, plongeant la salle dans la nuit. Puis des étoiles LED apparaissent, constellant la couverture tandis que les Electric Flower poursuivent leur chanson. Les spectateurs poussent des « oh ! » d'émerveillement en agitant leurs bâtons qui zèbrent l'obscurité de rais de lumière mouvants.

Jason ne me lâche pas des yeux. Hormis le reflet des étoiles qui éclaire faiblement ses pommettes, nous sommes dans le noir complet. Quand il prend mon visage dans sa main, je ferme les yeux et me blottis contre lui.

Je sens ses lèvres se presser doucement contre les miennes, et tandis que sa main se déplace vers ma nuque, une chaleur monte dans mon ventre et envahit tout mon corps.

Chanter avec lui m'avait paru magique, mais ça, c'est indescriptible.

Ses mains glissent le long de ma taille et m'attirent contre lui. Le souffle court, je l'enlace à mon tour. Ses lèvres entrouvrent alors les miennes, et son parfum d'érable et de menthe me va droit au cœur.

Quand les Electric Flower terminent leur set, j'entends à peine les cris et les applaudissements du public. La voûte étoilée se relève, et les lumières se rallument. Je m'arrache à l'étreinte de Jason pile au moment où elle nous inonde. Il semble aussi ébloui que moi.

– Ça va être à nous, je murmure.

– Je sais.

– Ah, vous voilà !

Mina s'élance vers nous d'un pas rapide, faisant cliqueter ses talons aiguilles sur les planches.

Je me dépêche d'aller la rejoindre, m'efforçant de me concentrer, mais je suis encore toute chamboulée.

Ce baiser. Je ne réalise toujours pas que je viens d'embrasser Jason.

La voix du présentateur résonne dans tout le stade.

– Et voici maintenant la première de *Summer Heat*, le dernier single de Jason Lee, Rachel Kim et Choo Mina. Applaudissez-les bien fort !

Au premier rang, j'entends Leah nous acclamer avec les autres spectateurs. Mina entre en scène d'un pas nonchalant, savourant l'adoration du public. Je m'apprête à la suivre quand une main se pose sur la mienne. Quand je me retourne, Jason me sourit et presse mes doigts.

Je réponds rapidement à son étreinte avant de dégager ma main.

Quand nous avançons tous les deux sous les projecteurs, je suis prête à affronter des milliers de caméras.

Chapitre 15

Pour la plupart des familles de Séoul, l'été est la saison du pédalo sur le fleuve Han, du feu d'artifice sur la plage de Haeundae à Busan ou encore du défilé des lanternes pour l'anniversaire du Bouddha. Dans ma famille à moi, l'été est la saison du naengmyeon.

Nous sommes tous les quatre attablés devant un bol de nouilles froides agrémentées de fines tranches de poire, de concombre, de bœuf et d'un demi-œuf dur – sauf le mien, qui ne contient pas de concombre. Comme d'habitude, Umma appelle le serveur d'un coup de sonnette et lui demande des tranches de poire supplémentaires pour Leah. Et comme d'habitude, Appa me refile les copeaux de glace qui flottent dans son bouillon : il déteste alors que moi, j'adore la sensation du froid dans ma bouche.

– Rachel, tu es rayonnante en ce moment, me dit-il, plein de joie.

– Normal. Elle a trop assuré la semaine dernière, dit Leah avant d'engloutir bruyamment une énorme cuillerée de nouilles. C'était le meilleur moment de tout le concert ! Et je ne dis pas ça parce que nous sommes sœurs. Unni est une bête de scène.

– Merci Leah.

Umma reste silencieuse. Depuis que Mina lui a envoyé la vidéo où j'apparais ivre à la soirée de la Maison des trainees, elle ne m'a quasiment pas adressé la parole. La gorge serrée, je nous revois, après le concert. Leah, surexcitée, a déclaré qu'on avait réussi un sans-faute et que le public était resté debout, applaudissant du début à la fin. Umma, elle, s'est contentée de dire :

« Je suppose que DB ne va plus tarder à annoncer la prochaine tournée. »

Tandis que je m'efforce d'avaler un bout d'œuf, mon portable se met à vibrer. Je le consulte discrètement sous la table.

Pas trop fatiguée d'avoir trotté toute la journée dans ma tête ?

Le message est suivi d'un cœur en explosion. Je me mords la lèvre inférieure. Ce n'est pas un scoop, Jason est le roi des formules à l'eau de rose. Des SMS de ce genre, il m'en envoie trois fois par jour et j'avoue que j'adore ça.

Appa fronce les sourcils.

– Qu'est-ce qui se passe ? On dirait que tu viens de gagner au loto.

– Non, non, ce n'est rien.

Il a raison. Je souris tellement que j'en ai mal aux joues. Je range mon téléphone et essaie de fixer de nouveau mon attention sur ma famille. Cela fait longtemps qu'Appa n'est pas rentré dîner avec nous. Ses yeux sont cernés comme ceux d'un panda et je vois bien qu'Umma se fait du souci pour lui. Elle le regarde manger en plissant le front, comme si elle redoutait qu'il se volatilise au milieu du repas.

Malgré la fatigue et le stress, mes parents écoutent patiemment Leah, laquelle est devenue championne dans l'art de suivre une conversation tout en likant des photos sur Insta et en s'informant des derniers potins sur ses blogs de K-pop favoris. C'est aussi impressionnant qu'inquiétant.

Pendant qu'elle nous rebat les oreilles à propos de l'amnésie de Kim Chanwoo dans *Oh My Dreams*, je repense à notre escapade de l'autre jour, quand, après l'entraînement, Jason et moi, nous sommes retrouvés dans une salle de cinéma qu'il avait louée pour la soirée. (Ce qu'il y a de super dans la culture coréenne, c'est qu'elle permet assez facilement d'entretenir des relations secrètes : un peu partout, il y a des salles de cinéma ou de karaoké privées et, dans la plupart des restaurants, on peut aussi privatiser des salles.) On pouvait choisir le film qu'on voulait. Jason a d'abord suggéré *Dernier train pour Busan*, mais n'appréciant pas tellement les films de zombies, je l'ai convaincu d'opter pour *Un monde pour nous*. Ce film sorti bien avant ma naissance est l'un des préférés d'Umma, on le regardait souvent ensemble à New York. Je l'ai vu au moins trente fois – trente et une, avec Jason –, et quand John Cusack tient son ghetto-blaster sous la fenêtre d'Ione Skye, je suis toujours aussi bouleversée.

« Tu voudrais que je te joue une sérénade, moi aussi ? a demandé Jason en déposant un baiser sur mon nez tandis que je me tenais blottie contre lui sur le fauteuil.

– Tu en serais capable ? Je veux dire, tenir un ghetto-blaster sans bouger d'un poil, c'est super difficile. Les concours de danse K-pop, à côté, c'est de la rigolade.

– Tu doutes de mes talents de chanteur de sérénade ? a-t-il protesté sur le même ton pince-sans-rire. Rachel Kim, tu m'as piqué au vif. Viens, je te fais une démonstration dans la rue. »

J'ai d'abord éclaté de rire. Mais il était déjà debout et me poussait vers la porte.

« Jason, arrête ! On ne peut pas s'afficher ensemble. À ton avis, pourquoi est-ce que j'ai insisté pour qu'on se voie ici ? Tu sais très bien que chez DB, ils sont intraitables sur la question des relations amoureuses.

– Ils disent ça pour nous faire peur et nous inciter à rester dans les clous. Fais-moi confiance, a-t-il ajouté. On ne craint rien. »

Une partie de moi avait envie de le croire, de passer outre la mise en garde de Kang Jina, mais j'avais sept ans de media training, de cours de danse et d'interminables séances de wall-sit derrière moi. Le simple fait d'être là avec Jason était déjà risqué, je ne pouvais pas me permettre de tenter le diable.

« Jason, je ne sais pas dans quel monde tu vis, mais je ne crois vraiment pas que DB…

– Rachel, m'a-t-il coupée en m'adressant l'un de ses sourires irrésistibles, je n'ai aucune intention de bouger.

Pourquoi irais-je ailleurs quand je peux être ici, tout seul avec toi ? »

Il m'a de nouveau attirée sur le fauteuil en cuir et s'est penché vers moi pour m'embrasser…

– Unni, hé ho ? Tu as entendu ce que je viens de dire ?

– Hein ?

Je sursaute, de retour au restaurant de naengmyeon. Leah me regarde avec de grands yeux, aussi pâle que si elle venait de voir un fantôme.

– Je t'ai demandé si tu étais au courant de ça ? reprend-elle en me montrant son téléphone. Kang Jina quitte les Electric Flower !

Je reprends aussitôt mes esprits.

– Quoi ?

Lui arrachant le portable des mains, je parcours les différents articles que Leah a ouverts. Tous les gros titres disent la même chose :

KANG JINA DIT ADIEU À ELECTRIC FLOWER. KANG JINA QUITTE DB. NOUVEAUX PROJETS POUR LA REINE DES DIVAS KANG JINA

Leah récupère son téléphone et s'éclaircit la voix.

– Écoute ça, dit-elle, s'apprêtant à citer l'un des articles. « Kang Jina a fait le choix difficile de ne pas renouveler le contrat qui la liait depuis sept ans au légendaire groupe féminin de K-pop Electric Flower. Sept ans, c'est en effet la durée légale maximale des contrats en vigueur dans l'industrie du spectacle coréenne. Si les autres membres du groupe ont toutes resigné pour trois ans, Jina, elle, a déclaré abandonner définitivement la K-pop. "Le luxe, la mode, les biens matériels, tout cela lui montait à la tête, rapporte l'une de ses proches qui tient à rester anonyme. Elle ne se reconnaissait plus et prétendait que la K-pop avait fait d'elle un monstre." »

– Tu peux croire une chose pareille ? s'écrie Leah en reposant son portable. Que vont devenir les Electric Flower sans Jina ?

Je secoue la tête. Cette nouvelle me laisse sans voix. Lors de notre première rencontre à Jeju, elle ne m'avait pas du tout donné l'impression d'être une idole ayant perdu les pédales. Je l'avais même trouvée normale. Mais qu'est-ce que j'en sais ? Peut-être qu'après avoir sifflé une bouteille, elle est allée en acheter cinquante autres.

Pendant que Leah continue de s'informer sur Kang Jina et les Electric Flower, un goût amer me vient en bouche. Et ce n'est pas le naengmyeon.

Hello miss Loup-Garou, si je me souviens bien, c'est le début de ta pause, là. Vrai ou faux ?

Adossée contre mon casier, je lui réponds aussitôt. Jason a mémorisé mon emploi du temps de manière à pouvoir m'appeler durant les pauses. Ses coups de fil me donnent bien plus d'énergie que ces petits chiots que l'école avait fait venir l'an dernier, en période d'examens, pour nous détendre entre deux épreuves.

Vrai. FaceTime ?

Oui. Mais pas ce genre de FaceTime.

Mon portable se remet à vibrer. Je m'attends à une explication de Jason, mais c'est Hyeri.

Tu peux me rejoindre à la roseraie ?

Inquiète de la retrouver en larmes à cause de Daeho, je traverse en courant le terrain de foot, cherchant Hyeri des yeux tandis que je m'approche du jardin désert qui marque la limite de la propriété de l'école. Mon téléphone vibre encore. Cette fois, c'est Jason.

Retourne-toi.

Je m'exécute et je l'aperçois sous la charmille de rosiers. Il brandit son smartphone en l'air en le tenant à deux mains et à l'horizontale, comme s'il s'agissait d'un ghetto-blaster.

Je m'élance vers lui.

– Qu'est-ce que tu fais là ?

– C'est l'heure de la sérénade, répond-il en appuyant sur la touche « play ».

Dès les premières mesures de *In Your Eyes*, il se transforme en John Cusack, et moi en Ione Skye. C'est officiellement le plus beau moment de mon existence.

– Alors, je te fais rêver ? il demande.

Je ris tandis que dans ma poitrine, mon cœur loupe quelques battements. Quand la sonnerie annonçant le prochain cours retentit, je réalise que Jason et moi sommes complètement à découvert. N'importe qui pourrait nous voir. Une sueur froide me parcourt l'échine. J'attrape sa main et l'oblige à se baisser derrière les rosiers.

– Jason ! Tu es fou ! On pourrait nous surprendre, dis-je en murmurant avec force.

– Ne t'inquiète pas, Hyeri monte la garde. Elle expliquera aux visiteurs que le jardin est fermé pour cause de rassemblement privé.

Je lève les yeux au ciel.

– D'accord, mais ça n'empêchera pas les gens de nous voir de plus loin, ou même des fenêtres du deuxième et du troisième étage. Viens, suis-moi, dis-je en le relevant.

Je le guide à l'intérieur du lycée en vérifiant chaque couloir avant de m'y engager. Comme la voie est libre, je l'emmène au pas de charge dans la salle de musique. À cette heure de la journée, il n'y a jamais personne.

C'est seulement après avoir refermé la porte derrière nous et tiré les rideaux que je me jette dans ses bras, pressant mon visage contre sa poitrine comme pour fusionner avec lui. C'est tellement meilleur que FaceTime.

– Je n'arrive pas à croire que tu sois là, dis-je.

– Je n'avais jamais eu l'occasion d'entrer dans un lycée, en plus.

Il replace une mèche derrière mon oreille avant de repérer une guitare. Il s'en empare et passe la sangle par-dessus son épaule.

– Parfait, maintenant je peux te faire une vraie sérénade. Je me présente : Jason le juke-box, prêt à jouer la chanson de ton choix. Laquelle tu veux ?

Je secoue la tête en m'esclaffant.

– Eh bien, pourquoi pas ce super titre intitulé « Lettre d'amour » ? je suggère avec malice en désignant le tube qui a lancé les Next Boyz.

Prenant place sur la banquette du piano, je croise les jambes et attends, le cœur battant, qu'il finisse d'accorder la guitare.

«Je t'écrirai une lettre et la scellerai d'un baiser
Avec toi tout finit comme tout a commencé oooooh.»

Il en fait des tonnes, exagérant les mimiques niaises, mais la chanson sonne aussi bien, surtout avec la guitare. Sur YouTube, il jouait tout le temps. Je l'avais presque oublié, vu qu'avec les Next Boyz, on ne lui demande plus que de chanter et de danser. Je n'en reviens pas de son aisance, il joue comme il respire.

– Une autre, monsieur le juke-box! Un classique.

Il enchaîne en douceur avec la chanson suivante: «Je suis le prince charmant que tu attendais. Et je te comblerai d'un amour parfait...» J'éclate de rire. Comme classique, *Savage Garden* se pose là.

– Je ne sais pas si on peut faire mieux, j'ajoute.

Une lueur traverse son regard.

– OK. Et que penses-tu de celle-ci?

Sur un tempo plus lent, il attaque une mélodie inconnue. Elle me saisit immédiatement.

– «Un saut en avant, et l'autre en arrière. Je m'élance et retombe dans les airs. Je suis le verre à moitié vide ou plein. J'hésite toujours entre deux trains.»

La musique est apaisante et les paroles, beaucoup plus intimes que tout ce qu'il a pu interpréter jusqu'ici.

– «Suis-je le prince d'un château de sable ou juste un homme à la mer? Je ne suis rien et je suis tout. Je suis moi, un garçon ordinaire. Je suis le rivage...»

Quand il plaque le dernier accord, je laisse échapper un soupir.

– C'est très beau. C'est de qui ? je demande.

Il replace la guitare sur son socle.

– De moi. Ta-dam. Cette chanson est signée Jason Lee.

– Je ne savais pas que tu écrivais, dis-je, repensant soudain à sa réaction quand, à Kwangtaek, je le charriais sur le fait que les stars de K-pop n'étaient jamais autorisées à écrire leurs propres textes. Comment se fait-il que je n'aie jamais entendu ça ?

– Ce n'est pas le style de DB. (Il hausse les épaules comme si ça n'avait aucune importance, mais son sourire crispé trahit ses sentiments.) Pour être honnête, c'est ce genre de musique que j'ai envie de chanter, des textes qui ont du sens pour moi et qui reflètent mes vrais combats. Dans cette chanson, j'évoque mon impression d'être écartelé entre deux identités. (Il marque une pause et me regarde.) Cela dit, je suis heureux de faire partie des Next Boyz et j'apprécie ce que DB a fait pour moi, mais ce n'est pas pareil. Tu comprends ?

– Tu n'as pas à te justifier…

Avant que je puisse terminer ma phrase, la porte s'ouvre en grand et nous fait sursauter. Les jumelles Cho entrent en trombe en brandissant toutes les deux leur téléphone.

– Tu vois, je t'avais dit qu'elle serait ici, s'exclame Hyeri, hors d'haleine.

– Comment vous m'avez trouvée ?

– Vous n'étiez pas dans la roseraie, alors on a pensé qu'en bonnes idoles de K-pop, vous vous seriez forcément réfugiés ici, sourit Hyeri. Jason, si je peux encore t'aider à monter des stratagèmes, je reste à ta disposition.

Jason lui adresse un petit signe du menton.

– D'accord, mais ce n'est pas le plus important pour l'instant, intervient Juhyun, bousculant sa sœur et me tendant son téléphone, surexcitée. DB a posté la vidéo de *Summer Heat* il y a une heure, et elle cumule déjà plus de vingt millions de likes. Tout le monde adore !

Je ne savais pas du tout qu'ils comptaient la diffuser aujourd'hui, et vu la tête que fait Jason, il l'ignorait aussi. Nous nous pressons autour du téléphone de Juhyun et voyons apparaître Jason, Mina, puis moi.

– Moi ! Dans un clip !

– C'est dingue comme ce chouchou te va bien, s'exclame Hyeri.

Pendant que nous regardons la vidéo, le nombre de vues ne cesse de grimper. Je me demande si je ne suis pas en train de rêver.

– Elle vient d'entrer dans le Top 100 ! annonce même Juhyun.

– C'est impossible, dis-je.

– Mais si !

Je suis tétanisée. Les jumelles se mettent à danser et à chanter sur la chanson tandis que Jason me soulève dans ses bras pour me faire tournoyer.

Les gens adorent notre clip. Ils nous aiment. Ils m'aiment, *moi*. J'ai travaillé si dur, ces sept dernières années, et me voilà *enfin* récompensée. Quand Jason me repose par terre, j'ai la tête qui tourne.

– On va fêter ça ! dit Jason, ses deux mains posées sur mes épaules et me fixant droit dans les yeux. Tous les deux en amoureux.

Les jumelles cessent de bondir dans tous les sens et nous fixent comme si elles assistaient à une scène de K-drama.

La joie que j'éprouvais à l'instant a disparu d'un seul coup. Je voudrais fêter ça avec Jason, évidemment, mais… comment ? C'est impensable. Je secoue lentement la tête.

– Jason, on en a déjà parlé. On ne peut pas. Si on sort ensemble, tout le monde va nous reconnaître. Surtout après ça, dis-je en désignant le téléphone de Juhyun.

– OK, fait Jason. Alors on peut continuer à se voir à condition que personne ne nous reconnaisse ?

– Tu es l'une des personnes les plus célèbres de Corée, dis-je avec un soupir excédé. Comment veux-tu que personne ne nous reconnaisse ?

Il sourit à Juhyun, qui me lance un regard plein d'empathie. Elle me fait asseoir sur une chaise avant de farfouiller dans son porte-monnaie.

– Laissez-moi faire, dit-elle. Une fois que je me serai occupée de votre cas, vous ne vous reconnaîtrez même plus vous-mêmes !

Chapitre 16

Au parc d'attractions de Lotte World, nous nous arrêtons devant un stand où l'on trouve des ballons, du liquide à bulles et des marteaux gonflables qui rebondissent sur la tête en couinant. Pour ce qui est de la tête de Jason, comme Juhyun nous l'avait prédit, je ne la reconnais absolument pas. Tandis qu'il achète deux marteaux, je dois y regarder à deux fois pour identifier son visage recouvert de fond de teint blanc et parsemé de gros pois noirs et rouges.

– Et hop, ni vu ni connu. Prête à t'éclater ?

Je souris sous mon maquillage – des éclairs arc-en-ciel et des étoiles métallisées et pailletées s'étirant du menton au front.

– Prête !

L'odeur de barbe à papa, les lumières du manège de chevaux de bois, la musique, tout cela me fait sourire. Je ne suis plus revenue ici depuis mon enfance, quand lors de nos vacances d'été en Corée, on passait la journée sur les montagnes russes, faisant des allers-retours entre le parc couvert et l'île magique en plein air.

Je saisis la main de Jason, ravie qu'on puisse se balader comme n'importe quel couple. Tandis que nous marchons sur le sentier qui mène à l'Atlantis, mon manège préféré, je commence à me détendre.

– Hé, tu entends ? dit-il alors que nous faisons la queue.

Les haut-parleurs du parc diffusent *Summer Heat*. Souriant malgré moi, je me tourne vers Jason et reste muette.

– Ouh-ouh ! Rachel ?

J'éclate de rire, réalisant soudain que j'ai la bouche grande ouverte.

– Oui, ça va super, tout ça me semble tellement irréel !

Il rit à son tour et se met à fredonner les paroles de la chanson. Soudain, il m'attrape par l'épaule.

– Tu sais ce qui serait vraiment cool ?

– Quoi ?

– Tu vas voir.

Il se tourne vers un groupe de filles faisant la queue derrière nous.

– Dites, vous en pensez quoi, de cette chanson ? Un pur tube, non ?

Je pouffe et lui donne un coup de coude.

Les filles ont à peu près notre âge et portent toutes un serre-tête Lotte World à pois colorés, façon Minnie Mouse.

– Tellement ! Ce morceau m'obsède, répond Serre-tête violet. Je connais les paroles par cœur.

– Tu as vu le clip ? dit Serre-tête rouge, feignant l'évanouissement. Jason est trop beau !

Serre-tête rose cherche le clip sur son téléphone et zoome sur le visage de Jason.

– Je veux qu'on me mette ses bébés de côté. Comment c'est possible, d'être à la fois si beau et si talentueux ?

– Tu imagines, si tu entendais cette voix douce te souhaiter bonne nuit tous les soirs ? ajoute Serre-tête violet.

Les trois filles gloussent ; elles semblent nous avoir complètement oubliés et papotent en écoutant notre clip.

– Il est célibataire, non ?

– À votre avis, c'est quoi, son genre de fille ?

– Le genre super belle, super douée et mature.

Jason se marre. Je ris aussi, mais cette conversation commence à m'embarrasser.

– En tout cas, sûrement pas le genre des deux filles qui chantent avec lui, dit Serre-tête rose avec un sourire mauvais.

– Ah non, des vraies pouffes ! renchérit Serre-tête rouge en levant les yeux au ciel. Tu as vu comment elles sont habillées ? On voit tout ! On ne leur a pas dit que des enfants les regardaient ?

Quoi ? Mes joues s'empourprent sous mon maquillage. En quoi nos tenues seraient-elles choquantes ? Sans compter qu'on ne les a pas choisies nous-mêmes. Et quand bien même, qui sont-elles pour me juger ?

– Sa robe ne lui va pas du tout, fait remarquer Serre-tête violet en désignant Mina. Remballe tes gros mollets, personne n'a envie de voir ça !

– Et l'autre, qui chante avec Jason, ricane Serre-tête rose en me voyant apparaître. Elle a l'air prête à tout pour sortir avec lui. Je suis sûre qu'elle le drague en coulisses. Regardez comment elle le dévore des yeux. C'est flagrant, non ?

– Elles ont de la chance d'être si proches de Jason, dit Serre-tête rouge, mais, franchement, DB aurait dû choisir d'autres filles. Si au moins leur beauté compensait leur manque de talent, mais même pas.

J'en ai assez entendu.

– Je crois que je n'ai plus très envie d'aller dans ce manège, dis-je, sentant monter les larmes qui menacent de ruiner mon maquillage.

Les filles n'ont même pas remarqué que je suis sortie de la file d'attente et que Jason s'est élancé à ma poursuite.

– Attends ! (Je marche si vite qu'il doit courir pour rester à ma hauteur.) Ça va ?

Sérieux ?

– Tu n'as pas entendu ce que disaient ces filles ?

– C'est dur d'entendre l'opinion des gens, parfois. On ne s'y fait jamais complètement. (Il me guide vers le stand de confiseries.) Je sais ce qui peut te remonter le moral : du pop-corn au caramel !

Je cligne des yeux, choquée de le voir passer si vite à autre chose. Ne comprend-il pas que c'est moins leur opinion que leur attitude sexiste et déplacée qui me blesse ? Cette façon qu'elles ont d'encenser Jason et de cracher sur Mina et moi… Je m'apprête à argumenter, puis me ravise en réalisant qu'il se met en quatre pour me consoler. Jusqu'ici, cette journée était parfaite et je ne voudrais pas la gâcher. Après tout, c'est notre première sortie en amoureux.

Ravalant mon chagrin, j'attrape le seau de pop-corn.

– Il faut que je te présente à l'autre femme de ma vie.

– Pardon ?

Un peu plus tard dans la soirée, Jason me fait découvrir un quartier tranquille où, me jure-t-il, personne ne nous reconnaîtra, même démaquillés. Il m'emmène dans un pojangmacha ; la propriétaire, une ahjumma en tablier rouge et filet à cheveux assorti, y sert du odeng, des tteokbokki, des mini-kimbap et du soju. À l'intérieur de la petite salle de restaurant tapissée de toile rouge, de délicieux effluves de cuisine de rue traditionnelle font gargouiller mon estomac

– Ah, mon client préféré ! s'exclame l'ahjumma en s'avançant vers Jason pour lui pincer la joue. Cela fait des semaines que tu ne m'as plus rendu visite ! Tu es trop maigre.

– Ahnyounghasaeyo, répond Jason en s'inclinant devant elle avant de la dévisager d'un air incrédule. Eemo, je vous jure, chaque fois que je vous vois, vous avez rajeuni. Quel est votre secret ? Si ça continue, votre tente sera bientôt remplie de beaux jeunes hommes qui voudront tous sortir avec vous.

Elle rit et nous installe sur deux tabourets puis nous tend un plat de tteokbokki et de croquettes fumantes d'odeng.

– Flatteur. Allez, régalez-vous, toi et ta petite amie.

Jason m'adresse un signe de la main puis se tourne de nouveau vers elle.

– Ma petite amie ? Vous pensez que j'ai une petite amie ? Eemo ! Vous savez bien que mon cœur ne bat que pour vous.

Elle lève les yeux au ciel.

– Aigoo, garnement, je sais très bien ce que tu veux.

Elle attrape un plateau de kimbap au thon – des rouleaux fourrés de thon en boîte épicé, de feuilles de perilla, de bâtonnets de crabe, de radis jaune, de carottes, d'épinards et de racines de bardane – et le pose solennellement sur notre table.

– C'est pour vous. Mangez ! ajoute-t-elle, gratifiant Jason d'un sourire chaleureux avant de retourner derrière son comptoir de fortune.

Je mords à pleines dents dans un odeng. Aussitôt, la croquette de poisson me réchauffe des pieds à la tête. Jason me sourit.

– Tu aimes ? Goûte le kimbap, maintenant. Ce sont les meilleurs de Séoul.

Je lui rends son sourire en hochant la tête, mais la chaleur du odeng ne parvient pas à me faire oublier l'incident de Lotte World. Ce n'est pas tant ce qu'ont dit les filles, mais la réaction de Jason qui m'a choquée. Ou plutôt, son absence de réaction. Je secoue la tête et prends une deuxième bouchée d'odeng. *N'en fais pas toute une histoire et savoure cette journée. Oublie ça, Rachel.*

– Ahjumma, une autre bouteille de soju, s'il vous plaît ! s'exclame quelqu'un à la table d'à côté.

Jason et moi nous jetons un coup d'œil en direction de la voix. Trois filles sont attablées devant des assiettes de dalkbal et de gyeran mari. L'une d'elles est clairement ivre : elle boit du soju directement à la bouteille, resserrant ses ongles ornés d'un motif coquillage autour du goulot vert.

Je me fige.

Où donc ai-je déjà vu ces ongles ?

Chapitre 17

Juste avant notre déménagement à Séoul, je me souviens d'avoir emmené Leah chez le glacier au bout de notre rue. C'était en hiver, et Umma nous croyait à la bibliothèque, mais Leah m'avait suppliée d'aller « manger une dernière glace à New York ». Comme toujours, j'avais cédé. Il était déjà presque l'heure de rentrer, et Leah avait englouti le plus gros cône. Son visage était tout barbouillé de glace à la fraise.

C'est l'image qui me vient à l'esprit en voyant la sauce épicée dégouliner sur le menton de Kang Jina tandis qu'elle s'empiffre d'un morceau de dalkbal. Elle mastique avec un tel acharnement que je peux presque sentir crousstiller sous ses dents les pattes de poulet grillé et désossé – encore plus délicieuses que les meilleures ailes de poulet de New York. Après une bonne lampée de soju pour faire passer le tout, elle s'essuie la bouche du revers de la main. Ses deux amies essaient de la refréner, mais elle les ignore. Je peine à croire que c'est bien elle.

– Est-ce que c'est… ? demande Jason, choqué.

Soudain, Jina tourne la tête et son regard embrumé se pose sur moi – ou plutôt, m'effleure, tant il semble avoir du mal à fixer quoi que ce soit. L'une de ses amies tente de lui retirer la bouteille des mains.

– Elle est à moi, s'écrie-t-elle, tu ne peux pas me la confisquer !

Ses yeux fous balaient la pièce et s'arrêtent sur Jason. Quand elle se lève de table, la bouteille lui échappe des mains et se fracasse par terre. Elle s'avance vers nous en titubant.

– Toi, je te connais, dit-elle d'une voix pâteuse en me pointant du doigt. Rachel Kim, tu m'as tout l'air d'avoir un amoureux, ajoute-t-elle en désignant Jason. Je t'avais pourtant mise en garde.

Troublé, il nous fixe à tour de rôle. Ne sachant comment réagir, je fais la première chose qui me vient à l'esprit et lui avance une chaise.

– Assieds-toi, je t'en prie. Comment ça va ? Ce n'était pas… trop dur ?

– Épargne-moi ta pitié, tu veux ? Je sais que tu sais que DB m'a virée. Le monde entier le sait, bordel. Oh, pardon ! (Elle se laisse choir sur la chaise, manque de tomber en voulant croiser les jambes, puis se ressaisit, affichant un large sourire.) « J'ai décidé de ne pas renouveler mon contrat », dit-elle en simulant des guillemets avec les doigts. C'est ça, la version officielle, hein ?

Je plisse le front.

– Comment ça, la version officielle ?

– Enfin, reprend Jina. Ce n'est pas à toi que je vais apprendre que l'univers de la K-pop a deux facettes et que DB contrôle tout. Du jour au lendemain, j'aurais décidé que ce style de vie ne me convenait plus? Qu'est-ce que tu crois? Ma façon de m'habiller, mes déclarations officielles, mes faits et gestes: ils m'ont tout dicté. Toutes ces conneries... (Elle brandit ses ongles manucurés et élève la voix.) Les vêtements hors de prix, le maquillage, les produits de beauté... C'est avec ça qu'on devient ce qu'*ils* veulent: de parfaits produits de consommation. Et après, ils prétendent que c'est moi la diva.

Elle rapproche sa chaise de la mienne et se penche si près que je peux sentir son haleine chargée de soju.

– Rachel, autant que tu saches à quoi t'attendre: en signant ce contrat, tu perds dix ans de ta vie...

– Je croyais que dans la K-pop, les contrats ne duraient que sept ans. C'est la loi, non?

Les yeux de Jina s'écarquillent et sa bouche se tord, laissant de nouveau échapper un rire maniaque.

– Quelle enfant naïve... Si tu crois que DB n'a pas les moyens de contourner les lois qui les gênent. Dans la chambre forte d'une banque suisse, il y a des contrats qui prolongent de trois ans les contrats originaux. On est obligés de tout signer en même temps. Et, bien sûr, ils sont postdatés pour se prémunir d'un éventuel recours en justice.

Ses yeux se posent sur moi. J'y vois de la pitié, mais aussi de la colère libérée par le soju.

– Personne ne t'a prévenue ? Le prestige, la célébrité ne sont qu'un leurre organisé par les maisons de production. Une fois ferrée, ils te prennent tout et te font passer pour une diva irresponsable générant des coûts exorbitants pour te griller auprès des autres labels, ajoute-t-elle avec un sanglot. Ils te détruisent et laissent croire que c'est toi qui t'es détruite toute seule. Regarde-moi. Ma carrière est ruinée.

– Mais pourquoi ? dis-je, ébranlée et m'efforçant de comprendre. Pourquoi feraient-ils une chose pareille ?

Tout en soutenant mon regard, Jina pique un cure-dent dans notre tteokbokki.

– Je te l'ai déjà dit, Rachel. Quand on devient une idole, il est dangereux de tomber amoureuse.

J'ai soudain une boule dans le ventre.

– C'est ce garçon avec qui tu étais à Jeju ? Song Gyumin ?

Elle acquiesce.

– Eh oui, le grand Song Gyumin, confirme-t-elle d'une voix plus douce. Au terme de son premier contrat de sept ans, il a pu renégocier le suivant à son avantage. Convaincu que je pouvais faire la même chose, il m'a emmenée en escapade vers « une destination secrète » pour qu'on en discute. Tu parles, c'est là où tous les jeunes mariés de ce pays passent leur lune de miel. Résultat, le secret s'est ébruité, et DB et mon mec m'ont lâchée.

Elle reprend son souffle en tremblant tandis que je digère ses paroles.

– Attends. Tu veux dire qu'il t'a quittée ?

Jina cache son visage dans ses mains. Soudain, elle pousse un cri et abat son poing dans l'assiette de tteokbokki, éclaboussant les alentours et mon visage de sauce.

– Oui ! Ça se termine toujours comme ça. Tu commences une histoire avec un garçon, tu le laisses bousiller ta vie et quand il s'en va, lui s'en sort indemne et blanc comme neige. Tu crois que son label se soucie du fait qu'il ait une petite amie ? Ils s'en tapent complètement. Le règlement n'est pas le même pour tous. DB prétend qu'on est une famille, mais ils s'en foutent. Ils se foutent de moi, de toi et de nous tous. Tout ce qu'ils veulent, ce sont des petits robots qui ramènent du fric. DB, M. Noh, M. Choo et toute la bande, qu'ils crèvent ! Moi aussi je connais des secrets qui pourraient mettre le monde de la K-pop à mal !

Ses amies la prennent chacune par un bras et la lèvent de sa chaise.

– Jina chérie, on y va, dit l'une d'elles.

Tandis qu'elles la guident vers la sortie, Jina croise mon regard et s'écrie :

– Méfie-toi de M. Choo, Rachel, et de sa fille. Tu es déjà bien trop près d'eux. Tu m'entends ?

Elle sort et ses vociférations se dissipent dans la nuit.

Je réalise que je tremble comme une feuille. Quels sont ces secrets qu'elle connaît ? Et pourquoi en veut-elle à ce point à M. Choo ? Je voudrais oublier cette scène, ainsi que cette terrible journée avec Jason, mais l'expression douloureuse de Jina et ses cris continuent de me hanter. Soudain, tout mon corps me fait mal ; le kimbap et le tteokbokki que je viens de manger pèsent comme une pierre dans mon estomac.

En face de moi, Jason sauce tranquillement son tteokbokki.

– Pauvre Jina, dit-il en secouant la tête. C'est triste. Elle a l'air d'aller mal.

Quelque chose dans sa manière de prononcer ces mots me pousse à le foudroyer du regard.

– Il y a de quoi. Tu as entendu ce qu'elle a dit ?

– J'ai entendu, mais… je ne sais pas… On peut aussi appréhender cette histoire d'un autre point de vue. OK, DB nous paie mal, mais ils nous fournissent aussi des vêtements et un appartement. Si on fait gaffe, ce n'est pas si difficile de joindre les deux bouts. Moi, ils m'ont toujours bien traité.

– Parce que tu es Jason Lee. Bien sûr qu'ils te traitent bien ! La pire entorse que tu aies faite au règlement, c'est de teindre tes cheveux du même orange que celui de Romeo !

– Quoi ? dit-il en me regardant d'un air perplexe.

Je soupire. Ce n'est pas le moment.

– Rien d'important. Mais il ne t'a quand même pas échappé que dans ce milieu, il y a deux poids deux mesures et que pour les filles, ça ne se passe pas comme pour les garçons. (Le doute qui s'était emparé de moi un peu plus tôt dans la journée revient au triple galop.) Tu l'as remarqué, non ? j'insiste en repensant à cette répète, il y a quelques semaines, où Jason s'était pointé en retard, les bras chargés de hamburgers.

– Pas vraiment. DB, c'est avant tout un business. Ils n'ont pas intérêt à mieux traiter les garçons que les filles.

Ma gorge se serre. Il est sérieux ?

– Et les filles qu'on a croisées à Lotte World ? Elles chantaient tes louanges et ne disaient que des trucs horribles sur Mina et moi.

– C'était un avis parmi d'autres. On doit tous affronter ça, même moi. Ça ne veut pas dire que tout ce milieu est sexiste ou partial ou je ne sais quoi.

Waouh. J'émets un rire incrédule et secoue la tête.

– Pour quelqu'un qui vit de la K-pop, c'est fou ce que tu peux être aveugle.

– Comment je suis censé prendre ça ?

Je tourne la tête, avisant un couple qui vient d'entrer et qui nous dévisage d'un drôle d'air, Jason et moi. La panique me gagne. Est-ce qu'ils nous ont reconnus ? Tout mon corps se fige, et je réalise que cette angoisse n'a cessé de s'accentuer depuis le jour où nous sommes allés manger du naengmyeon en famille. Quand Leah a annoncé que Jina quittait les Electric Flower de son plein gré, j'ai cru que c'était vrai.

Je me trompais.

Jina avait raison. M'engager dans une histoire avec Jason serait compliqué et dangereux. Mais c'est aussi injuste. Comme Jason, j'ai donné ma vie à DB et, au bout du compte, je serai la seule que cela détruira. Je serai la seule à devoir m'éloigner des fans, de la musique, de la magie – de tout ce pour quoi j'ai travaillé si dur. Pour la première fois depuis très longtemps, je vois clairement les enjeux de ma vie, et la conclusion me semble évidente : même si j'ai envie d'être avec Jason, débuter dans la K-pop est pour moi une *nécessité*.

Je me sens soudain si oppressée que j'ai du mal à respirer.

– Je m'en veux d'être allée si loin avec toi. Cela va me détruire.

Jason saisit ma main sur la table.

– Hé, ne dis pas ça. Quoi qu'il advienne de Kang Jina et de son copain, nous, c'est différent. On expliquera à M. Noh qu'on s'aime et il comprendra. Il sera probablement heureux pour nous.

– Heureux pour nous ? dis-je en dégageant ma main. Ouvre les yeux. Ils accepteront peut-être de faire une entorse au règlement pour toi et pour Song Gyumin, mais certainement pas pour moi. Au prochain faux pas, je serai virée. Kang Jina était une de leurs plus grandes stars. Non seulement ils l'ont virée, mais ils l'ont aussi *détruite* sans aucun état d'âme. Alors imagine ce qui m'attend, moi qui ne suis encore qu'une simple trainee !

– Ils ne te feraient subir une chose pareille juste parce que tu es avec moi !

Je reste bouche bée et je comprends que rien de ce que je pourrais dire ne lui permettra de comprendre à quel point nous ne sommes pas logés à la même enseigne. Jason est « l'Ange » de DB ; moi, j'ai dû me battre à chaque étape, et j'ai toujours ce sentiment que rien n'est gagné. Au moindre impair susceptible de ternir sa sacro-sainte réputation, DB n'hésitera pas à m'éjecter. Et mon histoire avec Jason serait un impair impardonnable.

– On arrête tout, dis-je en me levant de table. J'ai travaillé dur pour réaliser ce rêve, et je ne laisserai personne se mettre en travers de mon chemin. Même pas toi.

– Je n'en reviens pas que tu le prennes comme ça.

Ses paroles me font comme une écharde dans le cœur. Quelle que soit la réponse que j'attendais, ce n'était pas celle-là. Je sors du pojangmacha sans me retourner. Jason m'appelle, mais ça m'est égal. Une fois dehors, je me mets à courir et ne m'arrête qu'une fois au métro, hors d'haleine et le cœur brisé.

Je m'interdis de pleurer. J'ai fait ce qu'il fallait.

Je pense à Yujin qui, au péril de sa carrière, m'a aidée à réaliser ma vidéo et qui continue à me soutenir. Je pense à ma famille et j'ai honte d'avoir été à deux doigts de les trahir de nouveau, comme d'avoir presque trahi mes propres efforts de ces sept dernières années.

J'étais submergée par mes émotions, mais c'est terminé. D'ici quelques semaines, DB annoncera la prochaine tournée et je dois me remettre au travail.

Désormais, ce sera juste moi, l'entraînement, et l'évitement total de Jason Lee.

Chapitre 18

Mon plan pour éviter Jason était simple : rebrousser chemin chaque fois que je le croiserais dans les couloirs, éviter son regard pendant l'entraînement et, surtout, visualiser son visage sur le punching-ball d'Appa.

Ça a fonctionné. Cinq jours plus tard, j'avais passé plus d'heures à la salle de boxe qu'au cours des six derniers mois.

– Outch ! gémit Appa, encaissant un coup. Doucement, ton vieux père est devenu fragile.

– Désolée, Appa, dis-je, essuyant la sueur de mon front avant de me remettre à cogner.

– On fait une pause ? J'ai peur que ça se termine par une côte brisée.

– Mes côtes ne craignent rien, je réponds.

– Je pensais aux miennes. (Il s'assoit par terre en souriant et me fait signe de l'imiter.) Dis moi plutôt ce qui te tracasse.

Je m'écroule à ses côtés et soupire. Je pense à pas mal de choses, mais n'ai aucune envie d'en parler avec qui que ce soit.

– Tout va bien, Appa.

À la vue de mes traits fatigués et de mon sourire forcé, Appa fait la moue.

– Si tu le dis...

– Je t'assure. Et toi, comment ça va?

– Eh bien... J'ai quelque chose à t'annoncer.

Plongeant la main dans la poche kangourou de son sweat, il en sort un papier cartonné blanc et froissé et me le tend avec un sourire timide. Je le déplie lentement.

– Appa! Une invitation à la remise de diplômes de ton école de droit! La semaine prochaine!

– Oui, j'aimerais beaucoup que tu sois là.

Les larmes aux yeux, j'acquiesce tandis qu'il m'attire contre sa poitrine.

– On va y arriver, Rachel. Nous allons tous y arriver.

L'espace d'un instant, j'accepte de le croire.

Une semaine plus tard, je souris en voyant Appa traverser la scène d'un air radieux pour recevoir son diplôme. Il m'adresse un signe de la main que je lui rends aussitôt derrière mon écran. Car – ô surprise! –, un jour après qu'Appa m'a invitée à sa remise de diplôme, DB nous envoyait à Toronto en tournée de promo pour *Summer Heat*.

Jason, Mina et moi. Tous les trois pendant cinq jours.

À l'idée de devoir passer autant de temps avec Jason, j'ai cru mourir, mais pas question de refuser.

Mina a insisté pour qu'on se rende à Toronto à bord d'un des jets de son père. Il est encore plus luxueux que celui que Leah et moi avons pris pour Tokyo. Installés sur des canapés de velours, nous disposons chacun de confortables pantoufles siglées, d'un masque oculaire en soie et d'un casque sans fil.

Au fond de l'avion, Mina prend un cours particulier avec son instructeur dans la cabine de yoga tandis que M. Han, au bar, écrit sur son iPad en sirotant un verre de vin. Quant à moi, je suis recroquevillée sur mon siège, face à une pile de devoirs de vacances. (Nous sommes en congés d'été pendant quinze jours, et c'est à cette seule condition qu'Umma m'a autorisée à aller à Toronto.) Normalement, les dissertations d'anglais ne me posent aucun problème, mais celle-ci s'avère plus difficile…

– Tu aurais pu laisser Shakespeare à la maison, non? dit Jason qui s'affale sur le canapé à côté de moi, une énorme cuillerée de soufflé au chocolat dans la bouche.

Non seulement il n'applique clairement pas la politique d'évitement que j'ai mise en place depuis notre soirée désastreuse au pojangmacha, mais il a même tendance à me coller. Malheureusement, le garçon tendre et sensible qui me jouait la sérénade et m'invitait au bal du lycée est redevenu le type arrogant et sarcastique que j'ai rencontré devant la Maison des trainees il y a quelques mois.

Je l'ignore et me replonge dans le grand monologue de Macbeth.

– Alors comme ça, tu aimes le théâtre ? Perso, j'ai toujours trouvé ça chiant. Tu comprends ce que ça raconte, ou tu fais semblant avant d'aller voir sur Wikipédia ?

– Tu m'empêches de me concentrer, je rétorque, excédée.

Il lèche le chocolat sur sa cuillère, puis la laisse retomber bruyamment dans son bol vide.

– Oups, dit-il d'un air moqueur. Tu essayais de te concentrer ?

Je me retiens de lui envoyer mon cahier à la figure, mais, soudain, il me regarde d'un air penaud.

– Rachel, je suis dés...

Mon téléphone se met à vibrer. Appa m'envoie un selfie de lui, brandissant son diplôme de droit avec un sourire radieux.

Enfin diplômé !

Bouleversée, je lui réponds aussitôt.

Trop fière de toi !

Je soupire et me renfonce dans mon siège, regrettant de ne pas être à ses côtés, puis je lui envoie une flopée de cœurs. Il les mérite tous. Il a travaillé si dur, se gardant d'en parler à Umma et à Leah pour ne pas leur donner de faux espoirs. Va-t-il leur en faire part, maintenant, ou préférera-t-il attendre d'avoir un travail ? Le connaissant, il optera probablement pour cette dernière solution.

Par réflexe, je pense à partager cette bonne nouvelle avec Akari, mais ma main reste suspendue au-dessus de l'écran. La dernière fois que je l'ai vue, j'avais l'impression de m'adresser à une étrangère.

C'était le week-end dernier, Yujin m'avait appelée dans son bureau. Akari s'y trouvait déjà et arrosait les plantes sur le bord de la fenêtre. Je n'avais qu'une envie, c'était de m'asseoir sur le canapé, de manger des Pepero, de siroter du lait à la banane et de passer des heures à papoter avec elle, comme quand on était plus jeunes. Je voulais lui raconter Tokyo, Jeju, Kang Jina, Jason et même ces filles croisées à Lotte World. Mais avant même que j'aie le temps d'ouvrir la bouche, Yujin m'avait alpaguée.

« Ta chanson avec Jason et Mina a fait un tel carton que DB vous envoie à Toronto pour en faire la promo ! Le titre décolle partout dans le monde !

– Super nouvelle, a dit platement Akari. Tu dois être contente.

– Trop contente, oui », j'ai répondu en brandissant le poing.

En aucun cas je ne pouvais lui révéler ce que je ressentais réellement. Au mieux, elle m'aurait dit de ne pas laisser Jason se mettre en travers de ma carrière. Au pire, elle serait allée me dénoncer auprès de M. Noh pour qu'il me vire. Alors je me suis contentée de sourire, et Yujin et moi avons trinqué avec un verre de jus de framboise pétillant.

Ce n'est que plus tard, quand Akari et moi sommes sorties du bureau de Yujin, que mon sourire a disparu. Je me suis tournée vers elle en me mordant la lèvre.

« Akari, il faut que je te dise quelque chose. »

Elle hésitait devant la porte.

« Je dois retourner m'entraîner... a-t-elle répondu en fixant le couloir.

– S'il te plaît, j'ai tellement de choses à raconter à ma meilleure amie. Il y aura peut-être même à manger gratis. »

Elle m'a regardée avec un sourire malicieux.

« Je ne me laisse pas corrompre si facilement. »

Joignant les mains sous mon menton, je lui ai adressé mon regard de petit chiot implorant le plus convaincant.

« OK, OK. Mais pas plus de dix minutes, alors. Moi aussi, je voulais te parler d'un truc...

– Rachel Kim ! »

À l'autre bout du couloir, Grace s'avançait vers nous.

« Il va falloir encore affiner ces cuisses de quelques centimètres ! Allez, direction salle de sport ! Tu sauteras à la corde, en chemin. »

Je me suis tournée vers Akari.

« Désolée, je... je dois y aller, lui ai-je dit, pétrie de culpabilité.

– Très bien, a-t-elle répliqué sèchement. On a toutes des choses importantes à faire.

– Je t'envoie un message ce soir ? » ai-je ajouté d'un ton hésitant, mais elle était déjà loin.

Je consulte de nouveau les messages que je lui ai envoyés depuis ce matin, tous restés sans réponse. Mes yeux s'emplissent soudain de larmes. Notre amitié remonte au jour où Akari est arrivée chez DB. Même si nos vies ont toujours été très mouvementées, on se débrouillait pour se retrouver entre les entraînements et le soir, on prenait un moment pour s'écrire. Je sais que ces derniers temps, j'ai été plus occupée que jamais, mais s'il y a bien quelqu'un en mesure de comprendre ça, c'est Akari. Ce rythme trépidant est celui de tous les élèves de K-pop. N'empêche que depuis cette histoire de chanson, un mur s'est érigé entre nous sans que je sache pourquoi.

Mon téléphone vibre de nouveau.

Moi aussi je t'aime, ma fille.

– Tout va bien? demande Jason qui s'est radouci.

Il semble avoir remarqué mon changement d'humeur. J'hésite une seconde à lui montrer la photo d'Appa.

– En fait, dit-il avant que j'aie attrapé mon téléphone, *Macbeth* n'est pas si compliqué. C'est juste l'histoire d'un type un peu naïf qui se fait avoir par une jolie fille.

Un éclair douloureux traverse son regard, mais très vite, il retrouve son fameux sourire arrogant et bondit sur ses pieds pour se diriger vers la PlayStation à l'autre bout de l'avion.

Il est déjà passé à autre chose.

Calant le casque sur mes oreilles, je monte le volume de *Lemonade* et me laisse happer par Queen Bey pour ne pas devenir dingue.

À Toronto, nous sommes aspirés dans un tourbillon de séances de coiffure, de maquillage et d'essayages.

– Vous avez un programme chargé de conférences de presse et de concerts. Ensuite, cap vers le nord pour un festival, annonce M. Han en consultant notre emploi du temps. À la fin de cette tournée, tous les habitants de ce pays doivent savoir qui vous êtes.

– Je suis sûr qu'ils nous connaissaient déjà, dit Jason avec un sourire confiant. Maintenant, ils ne pourront plus nous oublier.

Quatrième jour de la tournée. Nous sommes tous les trois sur un plateau télé, en vue d'une interview pour un talk-show. L'animateur est un homme d'âge mûr qui me rappelle notre coach en media training de chez DB. Il est tout aussi mielleux, mais ses dents sont plus blanches et son bronzage artificiel, plus inégal. Juchées sur des tabourets, Mina et moi sommes en perfecto et jupes à imprimé camouflage tandis que Jason, installé entre nous deux dans un fauteuil, porte un treillis et un tee-shirt noir. J'ai l'impression que nous passons nos journées devant les caméras, mais, à vrai dire, je ne les remarque même plus. Peut-être est-ce parce que j'emploie toute mon énergie à éviter Jason, ou alors, c'est à cause du genre de questions que les journalistes n'arrêtent pas de nous poser, à Mina et à moi.

– Mina et Rachel, demande l'animateur sur un ton qui me donne envie de grimacer, laquelle de vous deux met le plus de temps à se préparer avant de monter sur scène ?

Je m'efforce de ne pas laisser paraître mon agacement tandis qu'à côté de moi, Mina se fige.

Toute la semaine, ça a été la même chose. Sauf hier, lors d'une émission de radio, quand un fan s'est adressé à nous.

– Rachel, ton anglais est excellent, m'a-t-il fait remarquer. J'imagine que tu en es fière.

– En fait, j'ai grandi aux États-Unis… ai-je répondu avec un rire poli même si intérieurement, je fulminais.

Si, depuis le début de la tournée, j'avais gagné un dollar chaque fois que j'ai entendu « ton anglais est excellent », je pourrais sans doute déjà m'acheter un jet.

Mais ça vaut toujours mieux que cette journaliste de presse féminine qui n'arrêtait pas de se pâmer devant Jason. C'était le premier jour de la tournée, dans la suite DB de l'hôtel Four Seasons à Toronto. La fille bavait littéralement, enchaînant les questions sur son ascension fulgurante, et sur le fait qu'il continuait à prendre des risques artistiques. Quand M. Han lui a suggéré de nous interroger, Mina et moi, elle nous a juste demandé si on se battait pour attirer son attention.

À présent, tandis que je m'apprête à rabâcher la réponse pré-approuvée par DB (« On se prépare tous ensemble, bien sûr, comme le font de vrais amis »), Jason m'interrompt d'un geste.

– Je crois que je vais répondre, si ça ne vous ennuie pas, dit-il en se tournant vers l'animateur. C'est moi ! (Le journaliste s'esclaffe, ravi, découvrant ses dents trop blanches.) Manifestement, je suis le membre du groupe qui nécessite le plus de préparatifs, notamment pour ce qui concerne les soins de peau.

Tandis que Jason feint de se faire un gommage devant un miroir imaginaire, le journaliste rit de plus belle puis se ressaisit.

– Jason, quel effet ça fait de revenir dans sa ville natale ? (Il prend un air sombre.) Penses-tu à ta mère un peu plus que d'habitude ?

À côté de moi, j'entends Jason qui s'étrangle, pris de court. Les journalistes n'évoquent pas souvent sa mère. Mon cœur se serre à la vue de son air vulnérable. C'est le Jason qui m'a joué sa compo dans la salle de musique du lycée, celui qui me tenait la main dans l'avion, au retour de Tokyo.

Il se ressaisit en un éclair, se raclant la gorge et souriant à pleines dents et mon cœur se referme.

– C'est génial de revenir chez soi, répond-il, esquivant habilement la question. Rien ne vaut Toronto ! Dommage qu'on ne reste pas plus longtemps, mais nous partons bientôt à New York, pour la deuxième étape de la tournée. (Il me lance un regard entendu.) Encore une ville particulière, puisque c'est celle où a grandi Rachel.

Mina et moi le dévisageons, interloquées. New York ? Personne ne nous a dit qu'on y allait.

– Comme c'est excitant ! s'exclame le journaliste. Je parie que vos fans new-yorkais trépignent de vous voir. Quelle magnifique surprise pour eux !

Une surprise, oui, mais pas seulement pour les fans.

Après l'interview, M. Han vient nous trouver.

– Rachel, Mina, il me faut vos passeports. Je dois encore remplir des formulaires avant notre départ pour les États-Unis.

Je reste plantée là, clouée sur place.

– Nos passeports ? Mais personne ne nous a prévenues… Aïe !

Mina m'écrase les orteils de son talon.

– La chanson a un tel succès qu'on a décidé d'ajouter une ville à la tournée, explique M. Han en se frottant les mains. Le public vous adore, alors après votre apparition au festival de Brantwood, on prend l'avion pour New York.

Jason sourit et cogne son poing contre celui de M. Han.

– Trop content ! Ça fait une éternité que je n'ai plus mis les pieds dans cette ville.

M. Han lui sourit en retour, mais comme Mina et moi tardons à réagir, il nous regarde d'un air contrarié. Selon une règle tacite, les trainees de K-pop sont censés exécuter ce qu'on leur demande sans râler, mais aussi se montrer reconnaissants pour les interminables répétitions supplémentaires, les punitions, les régimes alimentaires draconiens et *a fortiori*, les voyages surprises à New York.

– Ça ne vous fait pas plaisir ? C'est une excellente nouvelle !

Mina ouvre la bouche, puis se ravise.

– Bien sûr que si ! J'ai toujours rêvé d'aller à New York ! dit-elle, riant et frappant dans ses mains.

– Je m'en doutais, dit M. Han, soulagé et riant avec elle.

New York. Je sais que je devrais manifester le même enthousiasme que Mina et Jason, mais ce qui me vient, c'est la somme de tous les efforts que la K-pop m'a déjà demandés : me rendre à l'autre bout de la planète et rater la remise de diplôme de mon père. Prendre le train tous les jours pendant une semaine. Être toujours souriante, même après une rupture avec le seul garçon qui pouvait me comprendre. Retourner à New York, j'attendais ça depuis des années, mais, là, je n'y vois qu'une obligation de plus. Celle de devoir me rendre dans une autre ville sans préavis et sans que j'aie mon mot à dire. Je devrais sauter de joie, mais rien ne se déroule comme je l'avais imaginé.

Quand tous les trois se tournent vers moi, je m'efforce d'afficher ce fameux sourire, comme si tout le monde était mon meilleur ami.

– C'est fantastique. Mon rêve devient réalité.

Chapitre 19

Le lendemain matin, Leah et moi discutons en FaceTime.

– Dixit Google, Brantwood est une élégante petite ville balnéaire située au nord de Toronto. Elle est célèbre pour le festival de musique qui s'y tient chaque été, le Blue Mountain, récite-t-elle.

J'émets un grognement en me brossant les dents. Comme je n'arrivais pas à trouver le sommeil cette nuit, j'ai appelé Leah à cinq heures du matin.

– C'est à trois heures de route de votre hôtel, dit-elle joyeusement. Trois heures de voiture en compagnie de Jason !

Je ne lui ai rien dit bien sûr. Elle pense toujours que nous sommes les bons amis qui l'ont emmenée au Japon.

Je vais chercher un pantalon de jogging et un grand tee-shirt orange dans ma valise.

– Unni, j'hallucine !

– Quoi ?

– C'est le tee-shirt que tu portes quand on traîne à la maison et qu'on regarde des films? Tu es censée mettre des fringues stylées!

– Non, c'est bon. M. Han nous a dit qu'on pouvait s'habiller relax pour les trajets. Après quatre jours en talons et en jupes serrées, j'ai envie de me sentir à l'aise.

– OK, répond Leah.

Comme elle semble prête à insister sur l'importance de soigner son look, je change vite de sujet.

– Au fait, ce n'est pas aujourd'hui que tu vas à Everland? Umma m'a dit que des filles de ta classe t'y avaient invitée.

– J'étais censée y aller, mais non...

– Comment ça?

– En fait, mes copines devaient rester dormir à la maison, après. Mais quand elles ont su que tu ne serais pas là... Pas grave! On pourra peut-être y aller ensemble à ton retour?

Une boule se forme dans ma gorge, et je dois d'abord cligner des yeux pour refouler mes larmes avant de pouvoir lui répondre.

– Bien sûr! Dès que je serai rentrée, à nous le T-Express!

Leah se lance alors dans un monologue sur ses manèges préférés d'Everland. Quelques minutes plus tard, j'entends Umma lui ordonner de raccrocher et d'aller faire ses devoirs. Je descends alors au rez-de-chaussée et fourre les deux chocolats trouvés sur mon oreiller d'hôtel dans mon tote-bag en prévoyant de les manger plus tard.

Dans le hall, j'aperçois Jason qui téléphone. J'espérais qu'il ne soit pas encore là, mais je ne suis visiblement pas la seule à être insomniaque. Je m'apprête à raser les murs, mais je l'entends parler, le portable collé à son oreille. Il semble contrarié. Je me cache aussitôt derrière une énorme plante en pot.

– Je ne comprends pas. La dernière fois qu'on s'est vus, c'était il y a deux ans et je ne pouvais rester qu'une journée à Toronto. Tu n'es même pas venu à Séoul quand j'ai gagné – non, *je sais*, tu avais du travail... Mais c'est ma dernière soirée ici.

J'hésite. Je ne devrais pas l'espionner, mais si je m'en vais maintenant, il me verra. Il s'immobilise à quelques centimètres de moi et poursuit sa conversation en se passant la main dans les cheveux.

– Tu ne mettras pas les pieds à Brantwood, sérieux ? C'est toi l'adulte, je te signale. Tu sais quoi, laisse tomber... OK, j'ai compris. Salut.

Il raccroche et lâche un soupir. Je ne sais pas à qui il parlait, mais pour un coup de fil de six heures du matin, ça avait l'air intense. Trop intense. Une énorme feuille de bananier effleure mon visage et je réalise que je suis toujours cachée derrière cette plante. Je la contourne furtivement, espérant sauter dans l'ascenseur pour regagner ma chambre, quand Jason se retourne et manque de se cogner contre moi.

Il ouvre de grands yeux étonnés.

– Hé, Rachel ! Ça fait longtemps que tu es là ?

Je déglutis.

– Euh... non, pas tellement. Je n'arrivais pas à dormir.

– Ah.

Je le regarde d'un air innocent. Il semble marcher.

– Moi c'est pareil, impossible de fermer l'œil.

Il ouvre la bouche et la referme aussitôt, comme s'il voulait dire autre chose. Pour finir, il recule d'un pas et enfonce les mains dans ses poches.

C'est alors que Mina fait son apparition dans le hall, ses cheveux brillants impeccablement rassemblés en une queue-de-cheval haute. Avec son débardeur vieux rose métallisé et ses boucles d'oreilles serties d'ambre, elle semble davantage prête pour une session shopping à Paris que pour trois heures de voiture. Je jette un coup d'œil à mon jogging. Leah avait peut-être raison.

– Tant mieux, vous êtes là tous les deux. Moi, je suis prête. Je prendrai mon petit dèj en route, celui qu'ils servent dans cet hôtel me rend malade. Où est M. Han?

– À la réception, je réponds en désignant les quelques membres de l'équipe DB qui sont déjà en train d'organiser le concert de ce soir.

– Dis-lui que je suis prête à partir, insiste-t-elle en me regardant. Sinon, on va devoir manger des œufs brouillés au petit déjeuner. Sérieux, on dirait qu'ils ne savent pas les préparer autrement ici.

– J'ai une meilleure idée, propose Jason. On pourrait prendre une voiture, rien que tous les trois. Je vais prévenir M. Han qu'on le rejoindra à New York.

Mina et moi le regardons avec des yeux ronds.

– Tu peux répéter ça? je demande.

– J'ai besoin de me défouler, dit-il en scrutant tous les recoins du hall, comme s'il ne tenait pas en place.

– Tu plaisantes? dit Mina. Jamais ils ne nous lâcheront tous seuls dans la nature. M. Han a déjà organisé le voyage.

– Il ne s'agit pas de nous échapper, mais de le retrouver là-bas. (Il s'appuie contre le comptoir et lève les yeux au ciel.) Tu te prends trop la tête.

Combien de fois ai-je déjà entendu Jason dire ça?

– Et nos tenues de scène? je demande.

Hier soir, nous les avons laissées au pressing de l'hôtel et ne pourrons les récupérer que dans une demi-heure.

– Je demande à M. Han.

Il traverse le hall. Mina et moi voyons M. Han poser la main sur son épaule et acquiescer d'un air compréhensif. Quelques minutes plus tard, Jason revient, tout sourire.

– Et voilà. M. Han se charge de nos tenues. On y va?

– Très bien, dit Mina en pinçant les lèvres. Si M. Han est d'accord, je te suis.

M. Han nous interpelle depuis la réception.

– Rachel, Mina, si vous voulez, il y a encore de la place dans le tour-bus DB. Jaehyun m'a envoyé quelques mouvements assez simples pour que vous puissiez vous entraîner pendant le voyage.

Je ferme les yeux, pesant le pour et le contre. Trois heures à écouter les commentaires de Jason et les moqueries de Mina sur mon jogging, ou trois heures à muscler mes jambes aux côtés de M. Han.

– Rachel?

Jason me regarde avec insistance, et je décèle dans sa voix quelque chose de suppliant. Il a besoin de ça. Quelle que soit la personne avec qui il parlait au téléphone, cette conversation l'a ébranlé. Peut-être que le fait de passer un peu de temps avec nous le remettra d'aplomb avant ce soir.

– OK, dis-je en rouvrant les yeux. Allons-y.

– Tu peux mettre la clim ? Il fait une chaleur à crever.

Mina essuie son front trempé de sueur avec une moue de dégoût.

– Pas question, répond Jason, accoudé à la portière de la seule voiture que l'hôtel pouvait mettre à notre disposition. (En le voyant au volant si détendu, je comprends que conduire lui manquait. Comme toutes les idoles DB, il se déplace partout avec chauffeur.) Rien ne vaut l'air frais qui entre par une vitre baissée.

– On peut aussi en profiter grâce à un truc qui s'appelle l'air conditionné, râle Mina. (Elle me lance un coup d'œil dans le rétroviseur.) Dis quelque chose, princesse Rachel. Je sais que tu transpires autant que moi.

En temps normal, sa manie de se plaindre constamment m'aurait encore plus contrariée que la chaleur, mais mes bras sont littéralement scotchés au revêtement de la banquette arrière. J'essaie de les décoller en me redressant sur mon siège.

– C'est vrai qu'il fait un peu chaud.

Avec un soupir, Jason remonte la vitre et allume la clim.

– Voilà, vous êtes contentes ?

– Je le serais tout à fait si je savais où on va, dit Mina en consultant son téléphone. J'ai l'impression qu'on n'a pas pris la bonne direction.

– Ne t'inquiète pas, répond Jason. Je connais le coin, je sais parfaitement où je vais.

Mais à mesure que nous roulons, la route devient de plus en plus mauvaise. Nous avons quitté la ville. Soudain, Jason abandonne la nationale pour s'engager dans un chemin boueux. Mina se redresse d'un bond et lui agrippe le bras.

– Qu'est-ce que tu fais, enfin ? s'écrie-t-elle.

– Puisque je te dis que je sais où je vais. C'est un raccourci. Fais-moi confiance.

Je me mords la langue, ne voulant pas intervenir. Tant qu'on arrive à l'heure à Brantwood et que je peux me concentrer avant le concert, tout va bien. Je ferme les yeux afin de me repasser mentalement mes pas de danse.

Mais tout à coup, la voiture s'arrête, plaquant brutalement mon dos contre le siège.

Je rouvre les yeux.

– Pourquoi on s'arrête ?

Les pneus se mettent à crisser, projetant de la poussière et de la boue, mais nous n'avançons pas d'un centimètre.

Oh non.

– Euh... je crois qu'on s'est enlisés.

Oh non, oh non, oh non.

– Sans blague, petit génie ? L'entreprise de mon père dispose d'un service d'assistance à l'international. Ils vont nous envoyer une dépanneuse. (Elle sort son téléphone.) Oh, mon Dieu ! Je n'ai pas de réseau !

Je me redresse.

– Quoi ? Attends, j'essaie avec le mien.

Mon cœur s'arrête en constatant que je n'ai pas plus de réseau qu'elle.

J'ai envie de vomir.

Jason redonne un coup d'accélérateur, en vain.

– OK, finit-il par annoncer en coupant le contact. Restez calmes. Je vais chercher de l'aide.

– Comment ça, tu vas chercher de l'aide? On est au milieu de nulle part! hurle Mina.

– J'ai repéré une station-essence à quelques kilomètres.

– Jason, dis-je en essayant de garder mon sang-froid, il n'est plus temps d'aller chercher de l'aide. On doit reprendre la route.

– Raison de plus pour ne pas traîner. Ne vous inquiétez pas, mesdemoiselles, votre chevalier en armure étincelante sera bientôt de retour!

– Je te rappelle que c'est toi qui nous as mis dans ce pétrin! lui lance Mina tandis qu'il se dirige à pied vers la route.

Mina et moi restons dans la chaleur étouffante de la voiture.

– Je savais que c'était une mauvaise idée, siffle-t-elle entre ses dents. On est dans la merde.

Elle sort de la voiture et claque la portière derrière elle. Je reste un moment immobile, me demandant si je dois continuer à suffoquer dans l'habitacle ou la rejoindre à l'extérieur. Finalement, nous restons toutes les deux sur le bord de la route à guetter le retour de Jason sans dire un mot.

Mon estomac se met à gargouiller. Nous n'avons toujours pas pris de petit déjeuner. J'attrape mon tote-bag pour y prendre les chocolats. Ils sont un peu fondus, mais mangeables. Je savais qu'ils me seraient utiles.

Tandis que j'en déballe un, je remarque que Mina me regarde avec insistance.

– Tu en veux ?

– Non, mais je trouve gonflé que tu ne m'en aies pas proposé alors que nous sommes toutes les deux affamées.

– C'est pourtant ce que je viens de faire, dis-je, exaspérée. Tiens.

Je lui lance le deuxième chocolat, qu'elle attrape au vol.

– Il est fondu, grimace-t-elle.

– Alors rends-le-moi.

Elle hésite, resserrant légèrement les doigts autour du chocolat.

– Si tu comptes le donner à Jason, j'aime autant le manger moi, marmonne-t-elle d'un air renfrogné. Tout ça a beau être sa faute, personne ne lui dira rien. Il ne mérite pas ce chocolat.

Je ne peux m'empêcher de rire. Sa tête me rappelle celle de Leah quand les scénaristes de K-dramas font mourir l'un de ses personnages préférés.

– Qu'est-ce qu'il y a ? dit-elle sèchement.

– Rien. Tu as raison, non seulement ils ne lui diront rien, mais ils vont probablement le féliciter de nous avoir emmenées avec lui.

– Tu m'étonnes. Quand ils apprendront ce qui s'est passé, c'est nous qui serons taxées d'irresponsables. Lui, ils lui offriront une voiture neuve et le feront passer pour l'inventeur du nouveau tourisme canadien.

Elle marque une pause, comme si elle n'en revenait pas de m'avoir lâché une si longue phrase sans m'insulter.

– C'est le jour et la nuit, dans la manière dont ils nous traitent, dis-je. Pareil pour les interviews. Quand je repense à ce type qui nous a demandé combien de temps il nous fallait pour nous préparer !

– Oh, je croyais être la seule à l'avoir remarqué ! Les questions qu'ils nous posent sont toujours deux fois moins intéressantes que celles qu'ils réservent à Jason.

– Et pourquoi nous envoyer à New York ? Dans l'absolu, je n'ai rien contre, mais ils auraient pu au moins nous prévenir. Et après, ce sera quoi ? Surprise, vous allez au pôle Nord !

– En talons aiguilles !

– Et gardez le sourire !

Nous éclatons de rire. Avec un soupir, elle s'adosse contre le coffre de la voiture et croise les bras.

– Je devrais m'y être habituée, depuis le temps.

Je revois le visage blême de M. Choo après la répétition générale.

– Tu veux dire, avec ta famille ?

– Oui. (Elle garde les yeux rivés sur l'horizon.) « Inutile de faire tes propres choix. Contente-toi de sourire et d'obéir. » C'est la devise. Je ne sais pas pourquoi ça m'étonne encore, je n'ai jamais connu autre chose. Parfois, je ne sais même plus pourquoi je continue à faire tout ça.

– Je vois ce que tu veux dire, je réponds en repensant à toute la frustration et à la tristesse accumulées ces dernières semaines : la rupture avec Jason, le fait d'avoir raté la remise de diplôme de mon père, de ne pas avoir pu parler à Akari ni accompagner Leah à Everland. On se demande quels autres sacrifices ils vont encore exiger avant de nous lancer pour de bon. Toute ma famille a quitté New York pour moi. Ça fait maintenant sept ans et toujours rien. Ma mère me tanne pour que j'aille à la fac, et j'ai beau m'entraîner comme une dingue, ça ne sera jamais assez bien pour elle.

Je me tais et garde les yeux rivés au sol.

Mina s'éclaircit la gorge.

– On dirait mon père.

Je réalise soudain tout ce que nous avons en commun.

– C'est le genre de personne qu'on n'a pas envie de décevoir. Même mon père n'a pas osé lui dire qu'il prenait des cours de droit depuis deux ans. Il vient d'être diplômé, mais j'ai dû lui promettre de garder le secret jusqu'à ce qu'il trouve du boulot.

Mina émet un sifflement.

– Wouah ! Je suis sûre qu'il en trouvera. S'il a la même éthique de travail que princesse Rachel, il deviendra forcément le meilleur avocat de Séoul, dit-elle en me décochant un sourire malicieux.

Jamais je n'aurais imaginé que Mina puisse utiliser ce surnom autrement que pour me torturer.

– À ton avis, Jason est mort ou juste ligoté quelque part ? demande-t-elle. (Tandis qu'elle lève le poignet pour jeter un coup d'œil à sa montre, les rubis qui entourent le cadran étincellent au soleil.) S'il ne revient pas très vite, c'est mort.

Au même moment, un Klaxon retentit, et nous apercevons Jason assis sur le siège du passager d'une dépanneuse blanche toute rouillée.

– Hey ! s'écrie-t-il en passant la tête par la fenêtre, voilà les secours !

– Enfin ! lui répond Mina. Je commençais à me dire qu'on allait mourir ici.

Tandis que nous regardons la voiture se faire remorquer sur la dépanneuse, mon estomac se remet à gargouiller. L'unique carré de chocolat ne m'a pas rassasiée.

– Une fois qu'on sera de nouveau sur la route, on pourra s'arrêter pour acheter à manger ? je demande.

Jason se redresse.

– Pas besoin ! (Se dirigeant vers la dépanneuse, il demande au chauffeur de s'arrêter puis s'empare de deux boîtes sur le siège avant.) J'ai apporté des provisions !

– Génial, dit Mina. Je meurs d'envie d'un pain au chocolat et d'un expresso. (Tandis qu'elle saisit l'une des boîtes rouge et jaune, son sourire se transforme en une grimace horrifiée.) Oh, mais ce n'est pas du tout ce que j'imaginais, dit-elle en me montrant son contenu. Ce sont… des beignets ?

– Bien sûr que non, répond Jason en souriant. Ce sont des Timbits.

– C'est quoi, ça, des *Timbits* ? elle demande avec une moue de dégoût.

– Une spécialité canadienne.

Mina refait la grimace et je croque un Timbit au miel.

– Goûte ! (Je lui tends un café double crème bien sucré.) Tu devrais aimer ça.

– Ça m'étonnerait.

Mina lève les yeux au ciel, mais son estomac gargouille et elle s'empare du gobelet.

– Beurk, lâche-t-elle en frissonnant.

– Tiens, fais-le passer avec ça, suggère Jason en secouant la boîte de Timbits sous son nez.

Avec deux doigts, elle en saisit un saupoudré de sucre glace et prend une minuscule bouchée.

– Je n'en reviens pas de manger un truc pareil, maugrée-t-elle.

– Moi non plus. On devrait faire une vidéo, dis-je.

– Même pas en rêve, dit-elle, engloutissant le reste du Timbit en une seule bouchée.

La voiture est prête à repartir.

– Mina, tu veux finir les Timbits ? je propose.

Elle s'approche et jette un œil à l'intérieur de la boîte.

– Je vais peut-être en prendre un ou deux, répond-elle en fourrant plein de gâteaux glacés au sucre dans une serviette en papier. Pour la route, au cas où on retomberait en panne.

Je souris.

– Mais bien sûr. Pour la route.

Chapitre 20

Perdus au beau milieu de l'Ontario, café et sucreries nous semblaient être l'idée du siècle, mais en arrivant à Brantwood, je me sens mal et, à côté de moi, Mina est à deux doigts de la crise de nerfs. Nous sommes à peine sortis de la voiture que M. Han fonce droit sur nous.

– Ah, vous voilà ! Savez-vous au moins combien de fois j'ai essayé de vous joindre, tous les trois ? Allez vous préparer. Vous montez sur scène dans une heure ! Vous avez vos tenues ?

Nos tenues ? Je lance un coup d'œil à Jason, qui interroge à son tour M. Han du regard.

– Vous deviez vous en charger ? lui demande-t-il.

M. Han regarde Jason comme s'il plaisantait.

– Non, articule-t-il très lentement. Je t'ai autorisé à venir par tes propres moyens à condition d'*attendre* que vos tenues soient prêtes.

Pendant quelques secondes, chacun se tait, comme abasourdi. Mina les regarde à tour de rôle, blême.

– Si je comprends bien, personne ne les a? (M. Han secoue la tête d'un air consterné.) Ce n'est pas possible. Jason, par ta faute, notre concert est foutu! Tu n'as pensé qu'à toi! Oh mon Dieu, que va dire mon père?

– On va trouver une solution, répond M. Han d'une voix néanmoins mal assurée.

Les yeux de Mina se remplissent de larmes qu'elle essuie d'une main tremblante.

– Mais mon père? répète-t-elle, presque en pleurant.

Je me mordille la lèvre. Je ne sais pas si c'est dû au fait que pour la première fois depuis que je la connais, je peux enfin comprendre d'où elle vient, ou parce que j'éprouve moi-même le besoin de tout faire pour sauver notre concert, mais je me tourne vers Mina et lui dis:

– Rassure-toi, j'ai tout prévu. (Plongeant la main dans mon tote-bag, j'en sors une paire de sandales à talons et une mini-robe orange fluo.) Depuis l'incident de la Maison des trainees, j'ai toujours une tenue de rechange avec moi. Tiens. Prends-la.

– Et toi, qu'est-ce que tu vas mettre?

Je souris et pivote sur moi-même à la manière d'une ballerine.

– Moi, je reste comme ça, dis-je en tirant sur mon maxi tee-shirt orange. Au moins, on sera raccord pour les couleurs. C'est tout ce qui compte, non?

M. Han pose les yeux sur Jason, entièrement vêtu de noir. Jason relève le bas de son pantalon, révélant des chaussettes orange.

– On dirait que je l'avais prévu, moi aussi.

M. Han nous lance un regard sévère.
– Ça ira. Allons-y.

Après la séance de coiffure et de maquillage, je m'échappe des loges pour aller respirer un peu d'air frais et contempler les montagnes qui m'entourent ainsi que le lac immense face à la salle de concert. Cette ville est à couper le souffle.

– Aigoo ! Ils ne te nourrissent pas, là-bas !

Je sursaute en entendant parler coréen derrière moi et me retourne. Mais cette voix ne s'adressait pas à moi.

Elle s'adressait à Jason.

Il se tient au milieu de trois femmes âgées aux cheveux permanentés qui l'enlacent et lui tapotent les joues. L'une d'elles se tourne vers moi et me fixe. Elle porte des vêtements de randonnée. Je détourne aussitôt les yeux, mais trop tard, elle me fait signe d'approcher. Je recule d'un pas, comme pour lui dire « non, je ne veux pas m'immiscer », mais elle me prend les mains.

– Bonjour, l'amie de Jason ! Je t'ai reconnue, j'ai vu votre clip ! Viens, dit-elle en me guidant vers les autres.

Jason sourit d'un air penaud.

– Rachel, je te présente mes tantes. Tu viens de faire la connaissance de Chaerin Eemo, et voici Saerin Eemo et Yaerin Eemo. Eemos, je vous présente Rachel. C'est ma…

Il hésite. Après un silence pesant, il reprend :

– … ma partenaire de chant.

Les tantes de Jason échangent des regards étonnés. Je recule d'un pas.

– Vous dînerez avec nous après le spectacle, n'est-ce pas ? dit Chaerin Eemo en m'attrapant de nouveau les mains.

Alors que je m'apprête à décliner poliment, M. Han surgit.

– Jason, Rachel, vous êtes les suivants !

Jason prend congé de ses tantes en les serrant dans ses bras, et elles s'éclipsent pour regagner leurs places dans la salle.

– Tu n'es pas obligée de dîner avec nous, tu sais, dit-il tandis que nous nous dirigeons vers la scène.

– Ah… d'accord.

– Mes eemos sont juste super contentes de me retrouver, elles peuvent parfois se montrer un peu trop enthousiastes.

– Je vois, dis-je, un peu déçue.

Nous arrivons dans les loges. Mina virevolte dans ma robe orange, juchée sur mes sandales à talons. Elle me décoche un sourire que je lui rends.

– OK mes petites idoles, c'est le moment d'emplir DB de fierté !

M. Han nous souhaite bonne chance puis nous montons sur scène.

Jason attaque le premier couplet *a cappella*. Son timbre velouté emplit la salle plongée dans la pénombre, envoûtant les spectateurs qui l'écoutent religieusement.

Soudain, la scène s'illumine d'une lumière blanche et les musiciens se mettent à jouer. Tandis que Mina et moi rejoignons Jason sur le refrain, je vois ses tantes danser au premier rang. Et elles ne sont pas les seules : tout le public est en liesse, agitant des bâtons lumineux et scandant nos prénoms.

Quand arrive le solo de Mina, pendant une fraction de seconde, j'oublie complètement où je suis. Elle glisse sur la scène, en rythme avec la musique, et délivre son couplet de sa voix pleine et grave. Puis elle s'approche de moi, attrape ma main et m'entraîne dans un petit pas de danse. Le public en redemande. Je sens toute la tension accumulée durant cette journée me quitter et nos tenues improvisées ne semblent même plus être une telle catastrophe. Hormis les eemos de Jason, le public est principalement constitué de Blancs, et ils nous aiment. Presque tous connaissent les paroles, même en coréen. De nombreuses personnes nous filment avec leur téléphone, mais pour la première fois de ma vie, je me sens parfaitement à l'aise devant les caméras. Une vague de chaleur m'envahit, et je me souviens soudain pourquoi j'aime tant la K-pop. À quel point c'est précieux de pouvoir partager ma langue et ma culture avec des personnes du monde entier et de constater qu'elles les comprennent et les apprécient. Pour la première fois depuis le début de la tournée, je jubile, le cœur léger. Mais au moment où je m'apprête à passer mon bras autour de la taille de Mina, je remarque que son talon vacille. À peine ai-je le temps de réaliser ce qui se passe que le talon se désolidarise de la chaussure. Mina bascule en avant et ses paumes touchent le sol. Des clameurs s'élèvent de la foule, mais Mina roule sur le côté et s'en sort en prenant la pose. Le public l'acclame tandis qu'elle bondit sur ses pieds, se débarrassant d'un coup de talon de ses escarpins. Bien qu'elle ne cesse de sourire, un éclair de douleur traverse son regard, et lors du salut final devant la foule hystérique, je remarque qu'elle prend appui sur sa jambe droite.

De retour dans les loges, elle fond sur moi et me secoue par les épaules.

– Sale garce, tu l'as fait exprès !

– Quoi ?

– Tu m'as refilé ces escarpins aux talons cassés pour me saborder !

– Mais non ! Mina, je suis vraiment désolée, je n'ai pas réalisé que...

Elle me pousse encore, me faisant trébucher. Jason intervient et la retient.

– Mina ! Calme-toi !

– Toi, tu ne me touches pas ! rugit-elle, le repoussant avant de se tourner vers moi avec des éclairs dans les yeux. J'aurais dû m'en douter.

– Mina, ça va ?

M. Han se précipite vers elle et passe son bras autour de ses épaules pour la réconforter. Ses yeux s'écarquillent à la vue de sa cheville qui se met à gonfler.

– Ça a l'air sérieux.

Elle grimace, sa colère refluant sous l'effet de la douleur.

– C'est... douloureux, avoue-t-elle, comme si ça lui était insupportable. Mais ça va aller, il me faudrait juste de la glace.

– Je pense qu'on devrait aller à l'hôpital, dit M. Han.

– Non, je vais bien ! s'écrie Mina. Ça va passer en marchant.

Elle se redresse et tente de faire quelques pas, mais boite dès qu'elle prend appui sur son pied droit.

– Direction l'hôpital, tout de suite ! répète M. Han d'un ton sans appel.

Elle me décoche un dernier regard tueur avant de partir.

Je suis rongée de remords. *Quelle idée de lui avoir donné ces chaussures ! J'aurais dû vérifier qu'elles étaient en état ce matin. Pourquoi ne les ai-je pas portées moi-même ? C'est moi qu'on devrait emmener à l'hôpital...* Avant que je ne tombe encore plus bas, les tantes de Jason surgissent dans les loges et nous serrent dans leurs bras.

– C'était extraordinaire ! dit Chaerin Eemo. Allons dîner pour fêter ça !

– Oui, allez-y, dis-je en jetant un coup d'œil à Jason qui évite de croiser mon regard. Je vous laisse en famille.

– Ne sois pas ridicule, proteste Yaerin Eemo en ajustant son serre-tête en velours noir siglé Chanel en lettres de diamants. Jason ne vient jamais nous rendre visite, et nous comptons en profiter pour vous nourrir – vous êtes tous les deux squelettiques !

– Je connais un restaurant formidable, renchérit Saerin Eemo qui brandit son iPad pour faire un selfie avec moi. Il a cinq étoiles. C'est le meilleur restaurant de Brantwood.

Me voilà embarquée dans le tourbillon caractéristique des tantes coréennes mêlant chantage affectif et authentique bienveillance et qui me rappelle ma propre famille. Jason lève les mains vers le ciel en signe d'impuissance.

– Si mes tantes nous ordonnent de manger, il n'y a plus qu'à leur obéir.

Le centre-ville de Brantwood est l'endroit le plus chouette que j'aie jamais vu. Toutes les rues sont pavées et les immeubles ont l'air d'être en pain d'épices. Même les magasins les plus ordinaires sont délicieusement désuets et paraissent sortir d'un conte de fées. Chaerin Eemo me raconte qu'en hiver, la neige vient encore renforcer cette impression.

Tandis que nous cheminons, les tantes de Jason s'arrêtent régulièrement pour saluer ou discuter brièvement avec quelqu'un. Une fois arrivés au restaurant, nous sommes immédiatement guidés vers une table en acajou flanquée de chaises à hauts dossiers de cuir, visiblement le coin le plus confortable de l'établissement. Autour de nous, les fenêtres donnent sur les montagnes.

Je lance un coup d'œil à Jason, impressionnée par ce traitement de VIP, mais, bien sûr, lui ne le remarque même pas. Agacée, je lève les yeux au ciel. Tournant soudain les siens vers moi, il semble troublé.

– C'est quoi, ton problème? me murmure-t-il en se dégageant de l'étreinte de ses tantes.

– Je n'ai aucun problème. C'est juste que je n'ai pas l'habitude d'être idolâtrée partout où je vais.

– Tu ne sais pas de quoi tu parles, répond-il en plissant les yeux.

Cette fois, c'est moi qui suis déconcentrée.

– Comment ça, je ne sais pas...

Le serveur vient à notre table avec une bouteille de vin blanc.

– Ça fait plaisir de vous revoir ! dit-il aux tantes de Jason en remplissant leurs verres. Et vous tombez bien : on vient de recevoir une nouvelle livraison de notre fournisseur en vins et je vous ai mis une bouteille de côté, sachant que vous avez un faible pour le millésime 2001.

Saerin Eemo s'esclaffe et lève son verre.

– Et comment ! Cette année-là n'a produit que des bonnes choses ! renchérit-elle en désignant Jason.

– Elle a raison ! s'exclame Yaerin Eemo avant de boire une gorgée. Ce vin est absolument délicieux.

– Vous méritez ce qu'il y a de meilleur, mesdames, dit le serveur.

J'ai l'impression que ce n'est pas tant de Jason que de ses tantes dont il est fan. Seraient-elles célèbres, elles aussi ?

– Dis-moi, Rachel, demande Yaerin Eemo après avoir passé commande, c'est comment de travailler avec Jason ? Est-ce qu'il tire toute la couverture à lui ? Enfant, il se mettait toujours à pleurer quand il n'était pas au centre de l'attention.

– Ah bon ? Et quand est-ce que je faisais ça, Eemo ? s'indigne-t-il.

– Il est beau notre Jason, non ? dit Chaerin Eemo en m'adressant un clin d'œil complice. Il a hérité des bons gènes de la famille.

– Oui, il est très populaire en Corée, je réponds sobrement.

Saerin Eemo se penche vers moi.

– Parle-nous un peu de toi, Rachel. Que font tes parents ?

– Eemo ! s'énerve Jason.

– Quoi ? J'essaie seulement de connaître ton amie.

Je commence à leur parler de ma famille et de notre ancienne vie à New York. Je me sens soulagée quand les plats arrivent. Il y a encore quelques semaines, rencontrer la famille de Jason aurait été la concrétisation d'un rêve. Aujourd'hui, cela me rappelle un peu plus tout ce que j'ai perdu.

Ses tantes ne semblent pas du tout en avoir conscience et continuent de nous lancer des regards attendris.

– Vous nous gâtez ! s'exclame Saerin Eemo quand le serveur revient avec une autre bouteille de vin et cinq assiettes de tiramisu offertes par la maison.

– Les Lee méritent ce qu'il y a de meilleur ! répond-il joyeusement.

Ma fourchette reste un instant suspendue en l'air tandis que dans mon esprit, toutes les pièces du puzzle s'assemblent. Les Lee. Je repense à tous ces magasins pittoresques devant lesquels nous sommes passés tout à l'heure : la pharmacie Lee, l'épicerie Lee, le pressing Lee. Le traitement de faveur qui nous est réservé dans ce restaurant. Le fait que les tantes de Jason saluaient tous les passants. Ce sont les sœurs de sa maman, et tout le monde sait qu'après sa mort, Jason a repris son nom de famille. Elles doivent donc s'appeler Lee, elles aussi... Je me tourne vers lui et demande à voix basse :

– Est-ce que la famille de ta mère possède toute la ville ? je chuchote en m'attendant à ce qu'il éclate de rire face à une question aussi ridicule.

– Non.

– Oh, je pensais que...

– Pas la ville entière, mais... presque.

Je reste bouche bée.

– Sérieux ? Pourquoi tu ne m'as...

– Portons un toast ! m'interrompt Chaerin Eemo en levant son verre. À Jason et Rachel et à leur concert fantastique ! Ta mère aurait été tellement fière de toi, Jason, ajoute-t-elle, les yeux soudain embués.

– Ah non, tu ne vas pas casser l'ambiance et te mettre à pleurer, proteste Yaerin Eemo en attrapant le verre de sa sœur. Tu as trop bu, ça te rend triste.

– Tu as raison, dit Chaerin Eemo en se tamponnant les yeux.

– Tchin ! dit Saerin Eemo en me souriant. Rachel, tu viens nous voir quand tu veux !

Jason et moi levons nos verres. Lui aussi a les yeux mouillés.

– Tchin !

Pendant que les roadies chargent le matériel dans les camions, Jason et moi sommes assis en silence sur les marches derrière la salle de concert avec, à nos pieds, un énorme sac du restaurant. Ses tantes tenaient absolument à ce qu'on ait « quelque chose à grignoter pendant le voyage ». Bien que j'en meure d'envie, je m'abstiens de questionner Jason sur Brantwood et sa famille et, d'ailleurs, lui-même ne m'en parle pas, comme si, après ce dîner, nous éprouvions l'un et l'autre le besoin de remettre un peu de distance entre nous.

– On dirait qu'ils sont revenus de l'hôpital, dit Jason en se levant.

M. Han vient vers nous, suivi de Mina qui s'appuie sur des béquilles. Le cœur serré, je me précipite à leur rencontre.

– Elle ne pourra pas vous accompagner à New York. Mina repart en Corée dès ce soir pour se reposer.

Mina tourne lentement la tête vers moi, les yeux brillants de rage.

– J'espère que tu as obtenu ce que tu voulais.

Comment peut-elle penser une chose pareille ?

– Mina, jamais je n'ai voulu que...

Son téléphone sonne, m'empêchant d'achever ma phrase.

À peine a-t-elle décroché que l'on entend M. Choo aboyer.

– C'est honteux ! Honteux ! Même pas capable de chanter une chanson sans s'emmêler les pieds et trébucher. Tu dois être idiote, je ne vois pas d'autre explication. Tu n'es pas une Choo. Tu n'es plus ma fille.

Mina baisse la tête, le visage baigné de larmes. J'ai le cœur brisé. Lorsqu'elle raccroche enfin, elle éteint son téléphone, l'enfouit au fond de son sac et essuie rapidement ses larmes.

– Mina…

Sans m'écouter, elle relève le menton et se dirige vers l'un des tour-bus pour y trouver une place.

– Si tu veux te tenir éloignée d'elle, tu peux voyager avec moi, j'ai encore la voiture de l'hôtel, propose Jason.

Je marque une pause, tentée. Mais Jason est très imprévisible et, des choses imprévisibles, j'en ai déjà assez dans ma vie en ce moment. Si Mina me déteste, au moins, avec elle, je sais à quoi m'attendre.

– Merci, mais je préfère le bus, dis-je. À plus tard, à Toronto ?

– OK. À plus.

Une fois dans le bus, je me retourne pour boucler ma ceinture, et je constate que Jason n'a pas bougé d'une semelle.

Chapitre 21

– Alors qu'est-ce qu'il a de si particulier, cet endroit ? demande Jason, assis tout près de moi au bord de la fontaine Bethesda.

Derrière nous, des pigeons perchés sur la statue d'un ange nous observent avec intérêt.

– C'est un monument historique de Central Park, dis-je. Et c'est aussi un décor parfait pour des photos Instagram. Tu peux même vérifier ton reflet dans l'eau avant de faire un selfie. Allez : « cheese » !

Dégainant mon téléphone, nous prenons la pose en faisant le signe de la paix.

– Coupez !

Jason et moi restons figés, le temps que le réalisateur et les cameramen recadrent l'image.

– On la refait, mais cette fois, en plan serré sur le visage de Jason. Autant viser l'efficacité !

J'abaisse mon téléphone en grimaçant. Même si je n'espérais rien de spécial de ce séjour à New York, je ne m'attendais sûrement pas à ça. C'est notre premier jour ici. Il n'est pas encore midi et j'ai déjà huit heures de tournage derrière moi. Au dernier moment, DB a décidé de réaliser une vidéo où l'on me voit faisant découvrir mes lieux préférés à Jason.

En réalité, aucun de ces endroits ne correspond à ceux que j'aime. Tous nos déplacements et dialogues ont été scénarisés. Seul aspect positif de cette journée : je suis si épuisée et si affamée que je n'ai même plus la force d'angoisser face à la caméra.

– Je veux qu'elle change de tenue pour le brunch, ordonne le réalisateur.

Argh. Chaque fois que nous tournons dans un nouveau lieu, on me recoiffe et me remaquille intégralement. Je reconnais l'importance de choisir des tenues adaptées, mais là ça devient ridicule. D'autant que Jason, lui, porte le même jean depuis ce matin. Il ne change que de lunettes de soleil, et encore, personne ne débat pendant vingt minutes pour décider si un chignon ou une natte seraient mieux assortis à ses Ray-Ban aviateur.

Après qu'on m'a bouclé les cheveux et fait enfiler une robe portefeuille bleu glacier – « idéale pour un brunch ! » –, nous nous dirigeons vers le soi-disant restaurant de mon enfance. En réalité, c'est un restau français dont je n'arrive même pas à prononcer le nom.

– N'oublie pas : tu examines longuement le menu avant d'opter pour une soupe à l'oignon, me rappelle le réalisateur. Jason, toi, tu choisis ce que tu veux. Moteur !

J'aurais de loin préféré les gaufres au confit de canard. Ou, mieux encore, qu'on aille chez Alice's Tea Cup, cet incroyable salon de thé sur le thème d'*Alice au pays des merveilles* où Leah et moi fêtions nos anniversaires. On commandait des scones et on buvait du thé, le petit doigt en l'air, en se prenant pour des princesses. Tout à coup, une violente bouffée de nostalgie m'envahit, m'obligeant à m'accrocher à mon siège tandis que je fais mine d'examiner le menu et que Jason commande les gaufres au confit de canard. Évidemment. Pour un peu, je lui demanderais de me les faire goûter, mais depuis le dîner à Brantwood, nos rapports sont devenus plus étranges que jamais.

Le réalisateur me fait signe de me dépêcher et de dire mon texte. Je lève mon verre et souris.

– Tchin ! dis-je, incapable de regarder Jason dans les yeux.

Quand mon estomac affamé se met à gargouiller, il éclate de rire. Détournant le regard, je bois une gorgée dans mon verre (de la limonade ? du jus de pamplemousse ? je ne sais même pas), à deux doigts de lui jeter ma soupe à la figure.

– Jalmukesumneda, lâche Jason qui a déjà englouti la moitié de ses gaufres.

– En français, je réponds en souriant à la caméra. *Bon appétit* !

Ma cuillère de soupe au bord des lèvres, j'entends le réalisateur s'écrier :

– Coupez ! C'est parfait ! On enchaîne.

– Mais je n'ai rien avalé ! je proteste.

– Tu mangeras plus tard. Il faut qu'on bouge si on veut finir le tournage ce soir. (Il se tourne vers son assistant.) C'est possible que la fille change de tenue ?

Jason me regarde d'un air soudain préoccupé.

– Tiens, dit-il en poussant sa gaufre vers moi. Tu peux la finir.

J'avale à toute vitesse quelques bouchées et avant même que j'aie le temps de dire ouf, je me retrouve à Time Square, en pantalon en cuir ultramoulant et talons aiguilles. Le soleil tape si fort que je ne peux même pas toucher le sommet de mon crâne sans me brûler les doigts. J'ignore qui a décrété qu'un pantalon de cuir et des talons aiguilles étaient une tenue adaptée pour se rendre dans le quartier le plus bondé de New York, mais cette personne ferait mieux de revoir ses choix vestimentaires.

Un groupe de filles s'arrête à quelques mètres de nous pour nous prendre en photo.

– Oh, mon Dieu, c'est Jason Lee des Next Boyz !

– Mouais, dommage qu'il soit avec cette Rachel Kim, ricane l'une d'elles en me toisant. Il paraît qu'en Corée, ils pratiquent la chirurgie esthétique. Si j'étais elle, je me ferais tout refaire.

Ses fans ne nous ont pas lâchés de la journée. L'un d'eux a posté notre localisation sur les réseaux sociaux et, depuis, ils surgissent de tous les côtés pour s'extasier devant Jason.

Des flash-back de notre visite à Lotte World me reviennent et la sueur dégouline le long de mes jambes, mais les caméras tournent et je n'ai pas d'autre choix que de sourire. Le réalisateur nous emmène au centre de Time Square, me faisant dire que c'était là que, petite, je venais rêver à mon avenir de star de la K-pop. (C'est faux bien sûr, et d'ailleurs aucun New-Yorkais soucieux de préserver sa santé mentale n'aurait l'idée de venir traîner à Time Square.)

Nous passons devant un kebab, et l'odeur de viande grillée me fait presque défaillir. Je me souviens que chaque vendredi soir, pour le dîner, Umma et Appa achetaient du shawarma et des falafels à un vendeur installé à quelques rues de notre appartement. Ils nous disaient que, comme eux, cet homme était venu chercher une vie meilleure aux États-Unis. Son pain pita un peu caoutchouteux, son poulet grillé et sa sauce tzatziki étaient toujours un pur délice...

Soudain, je me retrouve dans les bras de Jason, le visage écrasé contre sa poitrine.

Je cligne des yeux. Que s'est-il passé ?

– Ça va ? demande-t-il, préoccupé. Tu allais t'évanouir.

– Ah bon ? dis-je, aveuglée par le soleil et prise de vertiges.

Jason se tourne vers l'équipe de tournage.

– Coupez ! hurle-t-il, furieux. Vous ne voyez pas qu'elle a besoin de faire une pause ?

– Jason, on a un timing serré, objecte le réalisateur.

– Je m'en fous, répond Jason. Si c'était moi, vous m'accorderiez cette pause sans discuter.

– Oh, tu as besoin d'une pause ? Coupez ! Jason est fatigué. Apportez-lui de l'eau.

Jason secoue la tête, hors de lui.

– C'est bien ce que je disais : la star de la vidéo est tellement déshydratée et affamée qu'elle a failli s'évanouir, mais vous ne vous inquiétez que de moi !

– Mais tu es Jason Lee, la plus grande idole de DB...

– Exact, je suis Jason Lee. Et cette journée de tournage est terminée.

Sur ce, il attrape un pantalon de jogging, un tee-shirt et une paire de baskets sur le portant où sont rassemblées mes tenues de la journée et m'entraîne loin de l'équipe. Ses fans se ruent aussitôt sur leurs portables, pour filmer la scène sur Snapchat, mais je m'en fiche. Cette semaine, j'ai passé tellement de temps devant les caméras que j'ai à peine remarqué leur présence.

– Viens, dit-il en me tendant la main avant de prononcer la plus belle phrase du monde : allons déjeuner.

Tandis que nous longeons Madison Square Park à bord d'un taxi, je pousse un soupir de soulagement avant d'attaquer mon deuxième hamburger Shake Shack. À côté de moi, Jason a baissé sa vitre et photographie des touristes en train de distribuer des frites à un groupe d'écureuils particulièrement replets.

– Alors... ça te fait quel effet de revoir New York ? me demande-t-il en articulant lentement.

Maintenant que j'ai le ventre plein, Jason et moi prenons conscience de nous retrouver seuls pour la première fois depuis la soirée au pojangmacha.

– Bizarre...

Ne sachant pas quoi ajouter, je mords dans mon hamburger, toujours aussi nostalgique.

Jason acquiesce, le regard tourné vers le parc comme s'il refusait encore de me regarder.

– Bizarre, c'est-à-dire?

Je soupire, réalisant à quel point tout a changé depuis que ma famille et moi sommes venus vivre en Corée.

– Je ne sais pas. À tout point de vue.

Presque sans réfléchir, je sors mon téléphone et lui montre le selfie qu'Appa m'a envoyé le jour de sa remise de diplôme.

– Mon père vient d'être diplômé de droit et je suis la seule de la famille à le savoir. (Je contemple le visage souriant d'Appa sur l'écran.) Je peux le comprendre. Moi aussi, je ressens une forte pression. Si mon rêve n'aboutit pas, toutes ces années d'entraînement n'auront servi à rien, et cette idée me terrifie.

Jason a l'air légèrement sonné par mes paroles. Il se contente de hocher la tête tandis que je reste un moment silencieuse.

– Je comprends que ça te mette sous pression.

Je laisse malgré moi échapper un petit rire méprisant.

– Je pense que tes fans et notre charmant réalisateur ne seraient pas de ton avis.

Jason passe une main dans ses cheveux et réfléchit.

– Dis-toi bien que la pression que tu ressens maintenant n'est rien à côté de celle qui t'attend.

– Sans doute, dis-je d'une voix étranglée. Je suis tellement angoissée par le fait d'être lancée que je n'ai pas encore réfléchi à la suite.

– Tu franchiras ce cap, répond Jason. Et toute ta famille te soutiendra à chaque concert. Leah y veillera, plaisante-t-il.

– Tu sais de quoi tu parles ! Tes eemos pourront briefer ma sœur !

Jason m'adresse cette fois un sourire plus timide.

– Oui… À propos, désolé pour ce dîner. Elles sont parfois un peu envahissantes. Surtout en présence d'une jolie fille.

Une émotion familière fait palpiter mon cœur, mais je l'ignore.

– Et toi, ça t'a fait quoi de revoir Toronto ? je demande.

– Un drôle d'effet. J'adore mes eemos, mais je n'ai plus tellement l'occasion de revenir chez moi. C'était… difficile.

J'hésite, ne voulant pas me montrer indiscrète. Mais d'un autre côté, la facilité avec laquelle on se confiait l'un à l'autre me manque.

– À cause de ta mère ?

– Oui, mais pas seulement… Tu as sans doute remarqué l'absence de mon père quand on était au Canada.

J'acquiesce.

– Enfant, j'étais beaucoup plus proche de ma mère. Elle et moi, on adorait la musique, surtout la K-pop, et le soir, en me bordant, elle me chantait des chansons de Chung Yuna. C'était un rituel qui n'appartenait qu'à nous. Mon père, ça l'horripilait. Il lui interdisait de me parler coréen à la maison ou de cuisiner des plats de son pays. Comme elle avait immigré à l'adolescence, il estimait qu'elle devait s'adapter à Toronto et ne comprenait pas que c'était important pour elle – et pour nous – de rester connectée à sa culture. Après sa mort, mon père et moi, on s'est effondrés. Pour honorer sa mémoire, je chantais les chansons qu'elle m'avait apprises. Ça le rendait fou. C'était effrayant de voir dans quel état il pouvait se mettre, simplement en m'entendant chanter une chanson coréenne.

Je retiens mon souffle en l'écoutant.

– Mes eemos vivaient toujours à Brantwood, la ville où ma mère est arrivée. Chaque fois que je me disputais avec mon père, je les appelais en pleurant. C'est devenu si fréquent qu'elles ont fini par engager une procédure pour obtenir ma garde. Elles m'ont toujours dit qu'il s'était battu pour que je reste avec lui, mais j'ai découvert la vérité juste avant de m'installer à Séoul. Toutes les trois ont vendu une partie de leurs actions et lui ont proposé une grosse somme d'argent, qu'il a acceptée sans poser de questions. Voilà. J'ai emménagé à Brantwood et j'ai pris le nom de famille de ma mère. Depuis, mes rapports avec mon père sont... compliqués. J'ai essayé de le voir pendant la tournée, mais il m'a dit qu'il ne pouvait pas se libérer, qu'il avait du travail.

Je déglutis, mais la boule dans ma gorge ne passe pas. Je voudrais le toucher, lui signifier à quel point je suis désolée pour lui.

– Jason, je ne savais pas...

– Peu de gens savent. En revanche, tout le monde connaît la suite. Mes eemos m'ont encouragé à continuer la musique, surtout la K-pop, pour que je puisse faire le deuil de ma mère et rester en lien avec elle. J'ai commencé à chanter des reprises sur YouTube, puis DB m'a contacté. Et me voilà à Madison Park, ajoute-t-il en ouvrant les bras, en train de regarder les plus gros écureuils du monde manger des frites.

Je ris et presse mes paumes contre mes yeux.

– Quel parcours !

– N'est-ce pas ? dit-il avec un sourire fugace avant de retrouver son sérieux. Je suis désolé, Rachel.

– Pour quoi ? D'avoir presque réussi à me faire pleurer ?

Esquissant de nouveau un sourire timide, il secoue la tête et redevient grave.

– Sur le deux poids deux mesures. Tu avais raison. Après les déclarations de Kang Jina ce soir-là, j'étais convaincu que vous étiez toutes les deux trop prudentes, voire parano. J'avais tort. Si je n'ai rien remarqué, c'est parce que je ne voulais pas voir à quel point toi, Mina et Jina étiez traitées différemment. (Il marque une pause.) J'étais censé être ton... petit ami, alors que je ne me comportais même pas en ami. J'étais aveugle à ce qui se déroulait sous mes yeux depuis des années. En cela, je suis aussi coupable que les dirigeants, les fans et tous les autres. Sache que, désormais, je vois clair et je serai là pour toi, quoi qu'il arrive. Encore désolé d'avoir été un abruti.

– C'est vrai, tu l'as été. Mais je te remercie de me dire ça. Alors on est amis ? dis-je en lui tendant la main.

Il la saisit.

– On est amis.

Il garde la bouche ouverte pour ajouter quelque chose, mais il se ravise, se contentant de serrer ma main dans la sienne.

Chapitre 22

Le lendemain matin, on tambourine à la porte de ma chambre d'hôtel. Je me réveille en sursaut. DB aurait-il donné l'ordre de me servir le petit déjeuner au lit ? Je vais ouvrir et me retrouve face à deux têtes connues aux cheveux striés de barrettes bariolées. Des effluves de fleurs de pommier assaillent mes narines.

– Surprise !

– Oh mon Dieu ! je m'écrie tandis que Juhyun et Hyeri me sautent au cou. Mais qu'est-ce que vous faites ici ?

– Une cousine fête ses fiançailles à Brooklyn, histoire de montrer sa belle bague, explique Juhyun en se laissant tomber sur mon lit. On s'est dit qu'on passerait voir notre idole préférée.

– On dirait que notre surprise a du succès ! dit Hyeri. Regarde-moi ça, tu pleures !

Les restes de mon masque de beauté au thé vert se dissolvent dans mes larmes. À force de regretter New York, j'avais oublié à quel point Séoul me manquait… Et les jumelles représentent un petit bout de chez moi livré là, juste devant ma porte.

– Tu n'es pas trop occupée, j'espère ? demande Juhyun.

Je jette un coup d'œil aux devoirs qui s'entassent sur mon bureau. Ceux que j'étais censée faire aujourd'hui, durant ma seule journée off de cette tournée étourdissante.

– Heu...

– Parce qu'on pensait faire du shopping, dit Hyeri.

– Du shopping ?

– On a une suite chez Saks sur la Cinquième Avenue, ajoute Juhyun en arquant les sourcils.

Une suite ? Chez Saks sur la Cinquième Avenue ?

– Une seconde, dis-je, me précipitant sur ma valise.

Disparaissant dans la salle de bains, j'en ressors un instant plus tard, vêtue d'un short en jean blanc et d'un haut en soie vert menthe, les cheveux négligemment attachés en natte, et mon sac à main jeté par-dessus mon épaule.

– On y va ?

– Que pensez-vous de celle-là ? demande Juhyun en tournant sur elle-même dans une robe de soie blanche à volants et à manches longues.

Me renversant dans le fauteuil en velours de la suite, je bois une gorgée d'eau gazeuse au citron dans mon verre en cristal.

– C'est joli, mais pour un mariage, les invités sont censés éviter de porter du blanc. Cette couleur est plutôt réservée à la mariée.

– Primo, ce sont des fiançailles, rétorque Juhyun en me tirant la langue. Deuzio, je ne compte pas porter cette robe ce soir, mais pour le gala Molly Folly. Tu sais déjà ce que tu vas mettre, toi ?

Le gala. Je l'avais complètement oublié. Les parents des jumelles en organisent un chaque été et j'y suis toujours invitée, mais dans le tourbillon actuel, c'était le dernier de mes soucis. Je fais tourner mon verre dans ma main.

– Je crois que... je n'aurai pas le temps d'y aller cette année, dis-je.

– Ah non ! s'indigne Hyeri.

– Impossible, renchérit Juhyun. Ça fait partie de nos traditions de meilleures amies. Je me charge de ton look, on avale quelques sushis en regardant mes parents papoter avec les millionnaires les plus ennuyeux de Séoul et, après, on rentre regarder *Mean Girls* dans nos robes de gala !

Je souris, envahie par la culpabilité.

– Je sais, j'en ai trop envie, mais cet été, je ne sais pas si j'aurai le temps.

Juhyun reste bouche bée.

– Pas le temps de manger des sushis gourmet gratos et d'écouter chanter Lindsay Lohan ? demande-t-elle. Ma parole, la K-pop t'a complètement aspirée. À force de travailler non-stop, on dirait que tu ne sais plus t'amuser.

Juhyun ne se rend pas compte à quel point sa plaisanterie me blesse.

– Je sais ce qu'il te faut, déclare Hyeri en décrochant une mini-robe à pois en mousseline d'un portant. Une robe pour les fiançailles de notre cousine.

– Quoi ? Mais je ne peux pas y aller, je ne la connais même pas !

– Bien sûr que si, décrète Juhyun en me proposant d'autres robes à essayer.

– Inutile de protester, confirme Hyeri. Vois-le comme une sorte de rééducation forcée au plaisir.

– OK, OK, je réponds en levant les mains devant moi, j'abdique.

– Parfait, conclut Juhyun en me jetant une robe bustier en lamé argent. Commençons par celle-ci.

La dernière fois que j'ai mis les pieds à Brooklyn Bridge Park, il n'y avait pas de fontaine de rosé en forme de licorne ni de piscine à balles gonflable rose remplie de boules à facettes, et je suis à peu près sûre que Diplo n'y jouait pas non plus en livestream depuis une cabane perchée dans un arbre et entièrement recouverte de paillettes.

Bouche bée, je me tourne vers les jumelles.

– Nos parents ont loué le parc et l'ont réaménagé pour la fête, m'explique Juhyun. Tout ça ne dure qu'une nuit, alors autant en profiter !

À côté du grand carrousel de mon enfance, une table gigantesque croule sous des macarons en forme d'alliances, des barbes à papa nappées de paillettes comestibles et des bonbons Pop Rocks. Au loin, on voit scintiller la ville, et tous les gens que je croise semblent irradier d'une joie pure et sans mélange. À moins que ce ne soit ces couronnes fluorescentes qui leur font un halo au-dessus de la tête. Tandis que nous nous enfonçons dans le parc, j'aperçois Jason près de la fontaine-licorne. Il scrute la foule comme s'il guettait quelqu'un. Je retiens mon souffle.

Que fait-il ici ?

Quand son regard croise le mien, je comprends que c'est moi qu'il attendait.

Minjun et Daeho sont avec lui et se servent du rosé à la fontaine. Quand Minjun m'aperçoit, il semble ravi et lève son verre vers moi.

– Il était temps que tu arrives, Rachel, dit-il en donnant un coup de coude à Jason. Ce garçon était à deux doigts de lancer un avis de recherche pour te retrouver.

– Salut Rachel, dit Daeho en sirotant son rosé.

– Mais qu'est-ce que vous faites là ? je demande, interrogeant les garçons puis les jumelles du regard.

Ces dernières me sourient d'un air entendu.

– Jason va tout t'expliquer, répond Hyeri.

Jason arbore un sourire timide et me regarde avec douceur.

– Je voulais que tu gardes de bons souvenirs de ton retour à New York. Que plus tard, en repensant à ta première tournée, tu ne te souviennes pas uniquement de ces longues journées de tournage à jeun et de tes mille tenues. Alors j'ai demandé de l'aide aux jumelles, et quand elles m'ont dit qu'elles venaient pour les fiançailles de leur cousine, eh bien… (Il hausse les épaules comme s'il ne s'agissait que d'un détail, mais sa mine est indéniablement réjouie.) Tout s'est mis en place. Minjun et Daeho ont pris l'avion avec les jumelles pour venir faire la fête avec nous.

– Jason…

Je voudrais lui dire tant de choses. *C'est adorable. Merci. Je n'en reviens pas que tu aies fait ça pour moi. J'hallucine.* Mais l'angoisse me submerge à la vue de tous ces invités. Et si, parmi eux, il y avait des fans de Next Boyz ?

Jason se rembrunit.

– Que se passe-t-il ?

– Je... je trouve ça génial, mais... on pourrait nous reconnaître...

Je ne peux pas m'empêcher d'imaginer l'émeute que risque de susciter la présence de Jason et Minjun. Je ne suis pas sûre de pouvoir supporter leurs fans une deuxième fois aujourd'hui. Ni d'expliquer à DB pourquoi une photo de Jason et moi prise à cette fête circule sur Instagram, pile au moment où les choses s'arrangent enfin entre nous.

– Rachel, on est à Brooklyn, me rassure Juhyun. Ici, tout le monde préférerait mourir que d'admettre qu'il a reconnu ou, pire encore, *kiffé* croiser une star de la K-pop. Tu n'as aucun souci à te faire.

Elle a raison. Personne n'essaie de prendre en photo le célèbre DJ ni ne lance des regards curieux à cette pop-star de vingt et quelques années sortant d'une première tournée mondiale et s'ébattant dans la piscine à balles disco avec sa fiancée, une ravissante starlette hollywoodienne rousse. Je commence à me détendre.

– Tu as raison, dis-je avant de me tourner vers Jason. C'est incroyable. Merci.

– C'est bon ? lance Minjun. On peut enfin se détendre ? Allons-y avant que ce gars n'abuse du jus de licorne ! dit-il en désignant Daeho, déjà écarlate après un premier verre de rosé.

– Je suis si rouge que ça ? demande l'intéressé en pressant une main contre sa joue.

– Moi je te trouve parfait, répond Hyeri qui s'empourpre aussi, mais pas pour les mêmes raisons.

Minjun secoue la tête.

– Mec, tu es comme qui dirait une pomme dans *Big Apple* !

– Alors, par quoi as-tu envie de commencer ? me demande Jason.

Encouragé par mon sourire, il me prend par la taille, et je ressens de nouveau ce frisson familier.

– À ton avis ?

– Les balançoires ! on s'écrie en chœur.

Nous enfonçant dans le parc, nous nous arrêtons devant les immenses balançoires en forme de donut. Installé sur l'une d'elles, Minjun tente un salto arrière en plein vol et atterrit fort heureusement sur une île tropicale gonflable. Puis il passe un bras autour des épaules de Hyeri et tous les deux s'élancent vers la cabane dans l'arbre en chantant à tue-tête les paroles de *Sucker*. J'ai les cheveux qui collent dans la nuque et mal aux pieds d'avoir trop dansé, mais j'exulte d'être là, avec eux, à cette fête new-yorkaise où personne ne nous connaît. Jason et moi nous accrochons l'un à l'autre en hurlant. Dans ses bras, je suis comme enveloppée d'un nuage tiède qui embaume l'érable et la menthe.

La chanson s'achève, et la voix du DJ tonne à travers les haut-parleurs.

– Qui parmi vous est amoureux?

Au premier rang, la cousine des jumelles et son fiancé répondent en criant tandis que leurs amis se rassemblent autour d'eux.

– Voilà ce que j'aime entendre! Peut-être que beaucoup d'entre vous ne connaissent pas encore la chanson suivante, mais elle vient de se hisser à la première place des ventes de K-pop et je sais que vous allez l'adorer.

Dès les premières notes, des clameurs s'élèvent dans la foule. Soudain, la voix de Jason retentit à travers les haut-parleurs.

Cette chanson qui a atteint la première place dans les ventes, c'est la nôtre!

En état de choc, Jason lève les bras en l'air, tel un champion olympique.

– C'est nous! s'exclame-t-il. On est numéro un!

Je l'entends à peine, sa voix est couverte par les acclamations du public qui danse sauvagement. Ils adorent.

– On est numéro un, on est en tête des ventes! je crie en faisant des bonds.

Jason me fait tournoyer dans ses bras.

Quand ses mains enserrent ma taille, quelque chose en moi cède, comme si toutes mes émotions si longtemps refoulées se libéraient d'un coup.

La première fois qu'on s'est embrassés, j'avais peur. Peur que ce rêve pour lequel je m'étais tant battue ne suffise pas à me combler, ou que j'échoue à le réaliser.

Peur qu'il m'oblige à laisser tomber mes amis, Yujin et ma famille. Mais la peur ne peut pas nourrir les rêves.

Elle ne peut que générer d'autres peurs.

Et si je décidais d'écouter mon cœur et de tenter ma chance ? De m'élever au-dessus des jugements permanents et de l'esprit de compétition de cette industrie ? De ne plus redouter d'être heureuse, quoi qu'en pensent les autres ? Je sais que ce qu'il se passe entre Jason et moi fait briller une grande lumière dans mon cœur. Est-ce que je ne mérite pas de me laisser guider par elle ? De tenir la main du garçon qui fait chanter tout mon être et de rire librement avec lui, même si pour ça, je dois abandonner mon rêve ou, plus précisément, accepter d'en avoir un nouveau ?

Il penche la tête vers moi, radieux, et mille feux d'artifice explosent dans ma poitrine. Juste avant que nos lèvres se touchent, il marque une pause, comme pour se remémorer tout ça. Tout est parfait. Mes bras se referment autour de son cou. Autour de nous, nos amis se mettent à siffler et à nous acclamer, mais quand on s'embrasse enfin, il n'y a plus que lui et moi.

Chapitre 23

L'épisode préféré de *Oh My Dreams* de Leah est celui où Park Dohee et Kim Chanwoo se retrouvent pour la première fois au restaurant. Chanwoo est en retard et il se met à pleuvoir. Pensant qu'il a changé d'avis, Dohee décide de rentrer chez elle à pied et sans parapluie. À mi-chemin, la pluie cesse soudain de la mouiller. Trempé et les bras chargés de courses, Chanwoo lui tient un parapluie au-dessus de la tête. Il était à l'heure, mais le restaurant était à court du plat préféré de Dohee, alors il a couru acheter les ingrédients manquants afin que le chef puisse le lui cuisiner.

Chaque fois que Leah regarde cet épisode, elle nage en plein rêve.

Je souris en pensant à ma petite sœur. L'histoire que j'ai à lui raconter est encore plus romantique. Entre Jason et moi, tout est toujours aussi tendre et nouveau, et même si j'ignore comment cela évoluera après notre retour en Corée, je me sens pleine d'espoir.

J'ouvre la porte de notre appartement, impatiente de revoir ma famille et d'offrir mon cadeau à Appa pour son diplôme – un carnet de notes dont la couverture en cuir est gravée d'une rangée de gratte-ciel. Je sais qu'il va adorer. J'ai même hâte de voir Umma et de lui remettre la boule à neige en forme de taxi new-yorkais qui viendra compléter sa collection.

– Je suis rentrée !

– Rachel ? répond la voix d'Umma. Viens, on est tous au salon.

J'avance en traînant joyeusement ma valise derrière moi.

– J'ai plein de cadeaux pour vous...

– Salut, Rachel, dit Mina. Alors, comment s'est passée la fin de la tournée ?

Je me fige. Ils sont tous là – Appa, Umma, Leah et... M. Choo et Mina –, attablés devant des mugs de bori cha et une assiette où sont joliment disposées des tranches de poires et des fourchettes à fruit miniature. À la vue des poires intactes et de la théière fumante, je devine que Mina et son père viennent tout juste d'arriver. De plus, Leah tient à la main un esquimau Melona à demi mangé. Or en temps normal, jamais Umma ne l'aurait autorisée à manger une glace en présence d'invités.

– Super, dis-je en m'efforçant de paraître agréablement surprise par la présence des Choo. Et toi, Mina, comment va ta cheville ?

– Papa m'a dégoté le meilleur kiné de Séoul, et je ne me suis jamais sentie aussi bien !

– Rachel, tu arrives au bon moment, dit M. Choo, adressant un sourire à sa fille avant de m'enjoindre d'un geste de m'asseoir.

J'ouvre de grands yeux puis me ressaisis aussitôt, même si, à l'intérieur, je bous : il m'invite à m'asseoir dans ma propre maison ! Pourtant, c'est lui qui semble déplacé, avec ses cheveux trop gominés et son costume trois-pièces. Il se tourne vers Appa.

– J'allais proposer à ton père de travailler pour la Choo Corporation comme conseiller juridique.

S'ensuit un grand silence. Stupéfaite, je me tourne vers Mina. C'est elle qui manigance ça. Je lui ai parlé d'Appa quand nous étions bloqués à l'extérieur de Brantwood, et voilà qu'elle se sert de cette information pour me détruire. Mais en employant mon père ? Ça n'a pas de sens.

Pas déstabilisé par le silence, M. Choo poursuit :

– Quand j'ai appris que vous veniez d'obtenir un diplôme de droit, j'ai tout de suite pensé que ce serait une opportunité. Cela fait des lustres que je cherche un nouveau consultant, mais j'attendais le candidat parfait. Une personne de confiance qui ne recule pas devant la difficulté et sache porter haut les valeurs d'une entreprise familiale. D'après ce qu'on m'a dit, vous rassemblez toutes ces qualités.

– Je ne sais que répondre, dit Appa. C'est une chance inespérée.

– Une chance inespérée, oui, répète Umma, contenant difficilement sa colère.

Avec ses tranches de poires et ses manières de parfaite hôtesse, elle parvient peut-être à duper M. Choo et Mina, mais je la connais. Dans son for intérieur, elle est furieuse.

– Alors Appa va travailler comme juriste pour M. Choo ? demande Leah en applaudissant. (Il y a de la glace fondue sur le sol, mais personne ne le remarque.) Waouh ! C'est génial !

M. Choo rit avec bonhomie, mais ses yeux sont froids, calculateurs.

– En effet. Vous intégrez la grande famille de la Choo Corporation. Nos destins sont liés pour toujours.

Pourquoi cette dernière phrase résonne-t-elle comme une menace ?

J'entends de nouveau Kang Jina me mettant en garde contre M. Choo. Me reviennent également les mentions « Sponsorisé par C-Mart » que j'ai vues chez DB, le jet qui nous a emmenés à Toronto ainsi que toutes les fois où je l'ai entendu déverser sa colère sur Mina.

C'est un homme puissant avec qui on ne plaisante pas, et je n'aime pas du tout l'idée d'être liée à lui pour toujours. Nous ne sommes pas *une grande famille*.

Ils nous tiennent.

M. Choo se lève et tend la main à Appa.

– Quelqu'un viendra bientôt pour le contrat. Désolé de ne pouvoir rester plus longtemps, mais comme d'habitude, le travail m'appelle.

– Bien sûr, répond Appa. (Il se lève en même temps qu'Umma, et tous les deux lui serrent la main.) Merci encore, c'est un honneur.

Leah et moi nous levons à notre tour pour nous incliner devant M. Choo, mais je garde les poings serrés le long du corps. D'un hochement de tête, il se dirige vers la porte. En le raccompagnant, Appa et Umma marchent dans la flaque de crème glacée, laissant dans leur sillage des traces vert melon.

S'ils savaient dans quel bourbier ils viennent de mettre les pieds.

Mina grignote une tranche de poire.

– C'est génial, non ? Maintenant, nous faisons partie de la même famille. Tu sais Rachel, j'avais trop envie de rencontrer ta petite sœur.

– C'est vrai ? dit Leah en écarquillant les yeux.

Après tout ce que je lui ai raconté au sujet de Mina, elle reste sur ses gardes, mais je sens bien qu'elle est flattée. Dans un élan protecteur, je m'avance vers Leah.

– Mais oui. J'ai toujours regretté de ne pas avoir de petite sœur. Et comme les Electric Flower me traitent comme si j'étais la leur, j'ai envie de rendre ce qu'elles me donnent. Leurs conseils sont excellents, poursuit-elle sur le ton de la confidence, mais soit dit entre nous, elles feraient bien de les appliquer à elles-mêmes. Elles me disent toujours de prendre soin de ma santé, mais j'ai appris que l'une d'elles était si accro au sucre qu'elle cousait des bonbons dans les manches de ses vêtements. Je n'ai aucune intention de la dénoncer, mais Joo Semy devrait rester vigilante. Il paraît que chaque année, DB dépense une petite fortune pour ses soins dentaires.

Leah exulte.

– C'est vrai ? dit-elle en se penchant vers Mina.

– Je t'assure !

J'ai envie de hurler.

– Je dois y aller, moi aussi. Rachel, tu me raccompagnes ?

– Bien sûr, je réponds sans desserrer les mâchoires.

Après qu'elle a dit au revoir à Leah et à mes parents, nous nous dirigeons vers l'ascenseur. Dès que j'ai fermé la porte derrière nous, son visage d'ange se transforme.

– J'ignore pourquoi tu fais ça, Mina, mais je vais parler à mon père et quand il saura à quel point tu es mal intentionnée, il déclinera l'offre de ton père.

– Chérie, je te rappelle que je suis ta sunbae. Tu as entendu mon père : désormais, nous faisons partie de la même famille et tu me dois le respect. Nous savons toutes les deux ce que ce travail représente pour ton père. Tu ne comptes pas lui gâcher cette opportunité, si ?

Je la fusille du regard. Si je m'écoutais, je foncerais trouver Appa pour tout lui révéler, mais je sais que c'est impossible.

– Alors, comment Jason et toi avez-vous fêté la bonne nouvelle ? demande-t-elle, interrompant le cours de mes pensées sombres.

– De quoi tu parles ? (New York me semble déjà à des années-lumière.) Oh, tu veux dire, le fait qu'on soit numéro un ?

La tête penchée, elle appuie sur le bouton « rez-de-chaussée ».

– Non, non. Tu n'es pas au courant? répond-elle, dissimulant mal son plaisir. Oh, princesse Rachel, il te reste tellement de choses à apprendre.

Elle sort son téléphone et le tourne vers moi. Je reconnais alors le site de potins préféré de Leah et vois défiler les gros titres.

JASON LEE ENTAME UNE CARRIÈRE SOLO!

NEXT BOYZ N'EXISTE PLUS. LONGUE VIE À JASON LEE.

DB SE RÉJOUIT D'ACCOMPAGNER LES NOUVEAUX PROJETS SOLO DE JASON LEE.

Les portes de l'ascenseur s'ouvrent. Je reste là, prise de vertige.

– Merci de m'avoir raccompagnée. Et bienvenue à Séoul.

Chapitre 24

Je regarde fixement les portes closes de l'ascenseur, comme paralysée. Jason entame une carrière solo ? C'est génial ! Mais pourquoi ne m'a-t-il rien dit ?

Je l'appelle pour le féliciter et lui demander comment tout cela est arrivé, mais je tombe sur sa messagerie. Je lui envoie alors un message sur Kakao. Au bout d'une minute, toujours pas de réponse.

J'essaie Instagram et tape « #JasonLee » dans la barre de recherche. Des photos apparaissent. Postées par des fans il y a moins de cinq minutes, elles montrent toutes Jason franchissant la porte d'un bâtiment que je reconnais.

Le siège de DB.

En deux temps, trois mouvements, je m'élance vers la station de métro la plus proche, j'oublie que je suis toujours en jogging et en chaussons. Je ne pense plus qu'à une chose : retrouver Jason.

Dans la rame, mon téléphone se met à vibrer furieusement. Je me précipite et, dans ma hâte, je manque d'envoyer mon portable valser par terre. Mais ce n'est pas Jason.

C'est Akari.

Dispo pour un appel ?

Tandis que je contemple son message, mon cerveau se fige, effaçant toutes mes pensées liées à Jason. Akari et moi, on ne s'est plus parlé depuis notre entrevue devant le bureau de Yujin. Mes doigts restent en suspens. J'ai tellement de choses à lui raconter que je ne sais pas par où commencer, ni comment. Au moment où je m'apprête à écrire, une adolescente assise en face de moi me dévisage en ouvrant de grands yeux. Elle se penche vers son amie et lui souffle :

– C'est elle ! C'est la copine de Jason !

Je ne respire plus. Qu'est-ce qu'elle vient de dire ?

Paniquée, je ferme Kakao pour taper « Rachel Kim » dans un moteur de recherche. Aussitôt, le gros titre le plus récent remplit tout mon écran.

JASON LEE ÉCARTELÉ ENTRE DEUX AMOURS

Tout mon corps se glace.

L'article est accompagné de photos de Jason et moi prises durant notre journée à Tokyo. On nous voit marcher dans Harajuku, manger au Monster Café ; sur une autre, je frotte le dos de Leah dans le Mario Go-Kart. Puis je découvre une série de photos similaires de Jason et Mina dînant aux chandelles, se baladant au bord du fleuve Han, le visage doré par les lueurs du couchant, ou partageant une glace dans un même bol.

Je ne comprends pas.

Je fais défiler l'article à toute vitesse, relevant des phrases telles que «un choix impossible» ou «tiraillé». Je crois que je vais encore vomir.

Jason a-t-il vu Mina pendant toute la période où il me voyait moi?

Dans le métro, les gens commencent à chuchoter. Ils regardent leur téléphone, puis me regardent moi.

– Hé, c'est Rachel Kim, non?

– Si, si, c'est bien elle. Tu as lu l'article? «Rachel Kim a toujours eu la réputation de jouer avec Jason Lee, soufflant le chaud et le froid afin de le tenir dans ses griffes. Un jour, elle le cajole et le lendemain, se montre froide et distante.»

– Jason mérite mieux que ça.

J'ai des picotements dans la nuque, je sens les caméras de leurs téléphones tournées vers moi. Recouvrant mon visage de mes mains, je me tasse dans mon siège. Dès que le métro s'arrête, je me lève d'un bond, bouscule les gens qui attendent de pouvoir entrer dans la rame et cours jusqu'à DB. Mais dans le hall, ça ne s'arrange pas, de jeunes trainees se mettent à murmurer sur mon passage et me montrent du doigt.

– Tu as vu?

– Il paraît que Jason l'a quittée parce qu'elle est enceinte de Minjun.

– On m'a dit que pendant la tournée, elle et Mina ont essayé de s'étrangler avec les lanières de leurs escarpins.

La machine à rumeurs fonctionne à plein régime.

Je me dirige vers les salles de répétition individuelles et entends soudain une chanson qui m'est familière.

La chanson de Jason. Celle qu'il m'a chantée dans la salle de musique du lycée.

J'entre. Jason est assis sur une chaise avec sa guitare. À ses côtés, Minjun improvise une chorégraphie facile. Tous les deux lèvent la tête en même temps. Quand il me voit, Jason se fend d'un large sourire.

– Oh, la tourterelle répond au chant de son tourtereau, dit Minjun, la main sur le cœur. C'est beau !

– Qu'est-ce qui t'amène ? demande Jason, radieux. (Il m'ouvre ses bras comme s'il s'attendait à ce que je l'enlace.) Tu m'as manqué !

Manqué ?

Des milliers de pensées se bousculent dans ma tête et s'emmêlent en un nœud inextricable. Tout arrive en même temps, et mon cerveau ne parvient pas à concilier mon Jason, assis devant moi avec sa guitare et me disant que je lui ai manqué, avec le Jason des photos de tabloïds qui flirte avec Mina.

J'ai du mal à respirer et surtout, je suis en colère.

J'ouvre la bouche, prête à le lui faire savoir, mais rien ne sort. Face à lui, les mots me manquent et je reste là, en état de choc.

Sentant le vent tourner, Minjun nous lance des regards inquiets.

– Je vous laisse, dit-il en se dirigeant vers la porte avant de la refermer doucement derrière lui.

Jason pose sa guitare.

– Tout va bien, Rachel ?

Je comprends qu'il ignore ce que je sais déjà. Il n'a pas lu l'article. Officiellement, les portables sont interdits dans les salles de répétitions.

Sans un mot, je lui montre l'écran de mon téléphone révélant les photos de lui et de Mina.

Il me prend le portable des mains et lit l'article. D'abord troublé, son visage prend une expression horrifiée. Il déglutit.

– Ce n'est pas ce que tu crois, Rachel. Laisse-moi t'expliquer, dit-il prudemment, en détachant ses mots.

Oui, s'il te plaît, explique-moi. Sors-moi de cette spirale infernale dans laquelle je viens de tomber. Dis-moi quelque chose, n'importe quoi qui empêche mon cœur de se briser, parce que là tout de suite, il est sur le point d'exploser. Dis-moi qu'il s'agit d'une erreur ou, mieux encore, d'un mauvais rêve que j'aurai oublié demain. Délivre-moi de ce cauchemar.

Au lieu de quoi, je m'entends prononcer d'une voix blanche :

– Je t'écoute.

Il essuie ses mains contre son pantalon. D'habitude, quand il a quelque chose d'important à me confier, il me regarde droit dans les yeux. Là, son regard est fuyant.

– Il y a six mois, j'ai fait écouter mon morceau à DB – celui que je t'ai joué. Je leur ai proposé de me lancer en solo avec cette chanson.

– Et ton groupe ? Et Minjun ?

Jason soupire.

– Minjun a compris. Quant aux autres... que dire ? Je t'ai parlé de ma mère, de ce que représentait la K-pop pour elle et pour moi. Je leur ai dit que je voulais que ma musique ait du sens.

– Jusque-là, je te suis. Ce que je ne comprends pas, c'est le rapport avec Mina et moi.

Jason déglutit.

– Eh bien, les dirigeants ont accepté. Le *hic*, c'est qu'ils voulaient être sûrs que je sois assez bon pour réussir une carrière solo. Alors ils m'ont demandé d'enregistrer un nouveau single avec une élève.

– Notre chanson, dis-je, commençant à comprendre.

– Oui. Je devais faire un essai de duo avec Mina, mais quand la vidéo de nous deux est devenue virale... (Il fixe ses chaussures.) J'ai pensé qu'en chantant avec toi et elle, le buzz serait encore plus énorme.

Ses paroles me font l'effet d'un coup de poignard.

– C'est toi qui as monté ce coup ?

Je revois M. Han défendant ma cause dans la salle de conseil, quand tout espoir semblait perdu.

Jason acquiesce timidement.

– J'ai parlé à M. Han après avoir chanté avec toi.

– Je vois. Deux partenaires, c'était plus valorisant pour le grand Jason Lee.

– Non, Rachel, ce n'est pas que ça. J'ai adoré chanter avec toi. C'était comme si...

– Comme si on était faits pour chanter ensemble ?

– Exactement. Comme si c'était écrit.

– Et la suite ? je demande en désignant mon téléphone qu'il tient toujours dans sa main.

– DB exigeait que je mette le paquet pour faire le buzz, explique-t-il, cette fois avec un débit de paroles plus rapide. Tu sais à quel point ils sont obsédés par la pub. Ils m'ont programmé des dates avec toi et Mina et ils ont prévenu les paparazzis. Ne le prends pas mal, s'il te plaît. (Il saisit ma main.) Avec Mina, tout était bidon. Pas avec toi. Ce que je t'ai dit dans l'avion en rentrant de Tokyo, je le pensais et je le pense toujours. J'aime ta compagnie. Je t'...

– Tais-toi. Tu ne peux pas me dire ça. Est-ce que Mina était au courant ?

Il hésite.

– Son père lui a tout de suite parlé de cet accord, avoue-t-il. Quand on se baladait au bord du fleuve, c'était seulement pour les images.

– Pourquoi personne ne m'a rien dit, à moi ?

Jason cache son visage dans ses mains avant de relever la tête.

– Les dirigeants connaissaient... ton malaise face aux caméras. Ils craignaient que tu gâches tout...

Mina savait. Passant en revue chaque épisode de ces derniers mois – notre journée à Tokyo, le jour où il s'est introduit en cachette dans mon lycée, le dîner avec ses tantes à Brantwood, la fête de fiançailles à Brooklyn –, je me sens chaque seconde un peu plus humiliée. Dans mon euphorie, je ne me rendais absolument pas compte de ma naïveté. J'étais prête à renoncer à mon avenir pour un garçon qui, pendant tout ce temps, ne pensait qu'à sa carrière.

– Ce soir-là, dans le parc, tu m'as dit que tu voulais me soutenir, ne pas te comporter comme les dirigeants. En fait, tu es bien pire ! Avec eux, au moins, on sait à quoi s'en tenir. Toi, tu m'as fait croire que tu étais sincère.

– Non, tu te trompes, répète-t-il, désespéré. Après notre journée à Tokyo, j'ai payé les paparazzis pour qu'ils ne diffusent pas les photos et que tu ne l'apprennes pas de cette façon. Je comptais tout te dire bientôt, mais... (Il regarde mon téléphone.) Visiblement, quelqu'un a décidé de les publier.

De plus en plus d'articles surgissent, décrivant tous Jason comme une star de K-pop innocente et transie d'amour.

JASON LEE SE REMETTRA-T-IL DE SON CHAGRIN D'AMOUR ?

LA STAR DE LA K-POP JASON LEE DÉCHIRÉ ENTRE DEUX FILLES.

LE CHANTEUR LE PLUS POPULAIRE DE CORÉE PRIS DANS UN TRIANGLE AMOUREUX.

– S'il te plaît, ne lis pas ça.

Trop tard.

– « Si les trainees de DB ont toujours eu la réputation d'être prêts à tout pour se frayer un chemin vers la gloire, Rachel Kim et Choo Mina vont encore plus loin, n'hésitant pas à manipuler le célèbre chanteur afin de briller. » (J'arrête ma lecture, trop furieuse pour poursuivre.) Je n'arrive pas à le croire. Tu sais, je venais te voir pour fêter ta nouvelle carrière solo. Et tout ça sort pile au moment où...

Soudain, tout s'éclaire.

– C'est DB qui a diffusé les photos. Tu pensais empêcher les paparazzis de le faire, mais ils n'attendaient que le signal des dirigeants pour les balancer au bon moment.

– Quoi ?

– Réfléchis ! *Summer Heat* était le coup de pub censé lancer ta carrière solo. Ils t'ont fait passer pour un garçon au cœur brisé écartelé entre deux filles pour que le public assimile cette chanson à ta vie. Bien sûr, Mina et moi avons dû endosser le sale rôle. Mais quelle importance, si le public nous tourne le dos ? Nous ne sommes que des trainees !

– Ça ne tient pas debout, dit-il. Tu as entendu ma chanson, j'y parle de la difficulté d'être pris entre deux identités, entre deux mondes. À aucun moment il n'est question de triangle amoureux.

– Tu crois sérieusement que DB te laissera évoquer tes petits problèmes d'identité ? dis-je, incrédule. « Un saut en avant, et l'autre en arrière, je m'élance et retombe dans les airs. Je suis le verre à moitié vide ou plein, j'hésite toujours entre deux trains. » (Les paroles sortent toutes seules de ma bouche.) Atterris, Jason : « Un saut en avant et l'autre en arrière » ? Par « deux trains », on peut facilement comprendre « deux filles ». Ta reine de château de sable et ta sirène des océans. À ton avis, pour quelle autre raison auraient-ils créé cette mise en scène ?

Il secoue la tête.

– Non, s'écrie-t-il, en panique. Jamais ils ne m'auraient fait un coup pareil. À l'aéroport, ils m'ont appelé, disant qu'ils avaient une bonne nouvelle, que je ferais mieux de commencer à préparer le lancement de ma carrière solo parce que… parce que… (À bout de souffle, il ne termine pas sa phrase. Il sait que j'ai raison.) Rachel ! (Il me regarde avec un air de chien battu et, pour la première fois, je ne ressens rien.) Qu'est-ce que je vais devenir ?

Je n'ai plus rien à lui donner.

– Je ne sais pas, dis-je d'une voix tremblante. Tout ce que je sais, c'est que tu ne me mentiras plus.

Je tourne les talons, prête à quitter la pièce.

– Toi aussi, tu as menti, lance-t-il avec amertume.

– Si tu fais allusion aux études de mon père, ça n'avait rien à voir avec toi…

– Je veux parler de la vidéo à Kwangtaek. Je sais que Yujin et toi avez tout arrangé pour attirer l'attention des dirigeants. En quoi est-ce différent de ce que j'ai fait ? Je pensais que si je t'expliquais, tu comprendrais.

Ma gorge se serre.

– Tu as raison. J'aurais pu comprendre. Mais pas en découvrant la vérité de cette manière.

Quelque chose en moi s'effondre. Je repense à toutes les périodes de ma vie où je croyais si fort à mon rêve. Quand, à onze ans, je souhaitais cela plus que tout au monde et que mon amour de la K-pop m'emplissait de joie, qu'il me montrait le chemin et dictait mes actes. Mais la voix de cette petite fille n'est plus qu'un murmure. La trahison de Jason m'a complètement anéantie.

– Au revoir.

Jason ne me retient pas. Dès que je lui ai tourné le dos, je plaque une main contre ma bouche pour retenir mes larmes.

Chapitre 25

C'est fou la vitesse à laquelle votre vie peut s'écrouler tout en restant apparemment la même. Il y a quelques heures, Jason Lee était mon petit ami secret, ma chanson était numéro un dans le top des ventes de K-pop et ma famille était heureuse. À présent, le pays entier est convaincu que je sors avec Jason (ce qui n'est plus le cas), ma chanson est toujours numéro un, et ma famille semble plus heureuse que jamais (même si je suis à peu près sûre qu'Umma n'adresse plus la parole à Appa et que, désormais, nos revenus dépendent de la famille de ma pire ennemie).

Est-ce moi qui me leurrais, ou est-ce le monde entier qui n'était qu'un vaste mensonge ? Une chimère laissant croire à une petite fille de onze ans que les rêves peuvent devenir réalité pour les briser les uns après les autres ?

Après la publication des articles, les commentaires des fans commencent à pleuvoir. Ils sont sans retenue.

Comment ces trainees minables osent-elles briser le cœur de Jason ?

Pour qui elles se prennent ?

Ces pestes ont fait souffrir Jason, elles ne méritent que de mourir.

J'ai envie de leur arracher les yeux !

Avec toute la haine que cette histoire a générée, les dirigeants de DB vont forcément renoncer à me lancer, alors que ce sont *eux* qui m'ont précipitée dans ce pétrin. Eux qui m'ont entraînée pendant des années pour finalement me décréter inapte à débuter.

C'est tellement ridicule que j'ai presque envie de rire. *Presque.*

J'éteins mon téléphone. Je ne veux plus lire d'autres articles ni d'autres commentaires. Ma carrière est peut-être fichue, mais ce n'est pas une raison pour qu'on me le rappelle toutes les cinq secondes.

Tel un zombie, j'erre dans Séoul, l'esprit embrumé, et finis par me retrouver devant l'appartement des jumelles. Si des gens peuvent m'aider à oublier cette journée, ce sont elles.

Hyeri m'accueille en bigoudis roses.

Elle semble étonnée mais contente de me voir.

– Je vois que tu as changé d'avis, pour le gala, dit-elle en me faisant entrer. Tu arrives pile au bon moment !

– C'est Rachel ? demande Juhyun depuis la salle de bains. (Elle passe la tête à travers la porte entrouverte, les sourcils à demi redessinés.) Super ! Assieds-toi et ne pense plus à rien. Dès qu'on est prêtes, on te coiffe et on te maquille.

Le salon est un capharnaüm : des robes s'entassent pêle-mêle sur le dossier du canapé en cuir et, sur la table basse, des trousses de maquillage semblables à des coffres à trésor fracturés ont déversé des tubes de mascara et de rouge à lèvres un peu partout sur le sol. J'avais totalement oublié que le gala Molly Folly avait lieu ce soir. Trop occupées à se faire belles, les jumelles n'ont pas encore lu les articles. Tant mieux. Moins j'en parlerai, mieux je me porterai.

– Désolée pour le désordre, dit Hyeri qui m'emmène à la cuisine.

Des bouteilles d'alcool sont soigneusement alignées sur la table, prêtes à être débouchées. Hyeri m'avance une chaise puis retourne à ses préparatifs.

– Mets-toi à l'aise, me lance-t-elle par-dessus son épaule.

Suivant sa consigne, je m'assieds et laisse reposer mon visage sur le plateau laqué de la table. Je suis un ectoplasme. Un ectoplasme géant dénué d'émotions.

Je ne sais pas combien de temps je reste ainsi affalée avant de m'apercevoir que les jumelles se tiennent devant moi. Je relève la tête, des mèches devant les yeux. Elles me regardent en fronçant leurs sourcils parfaitement dessinés. Les cheveux de Juhyun sont relevés en un chignon de princesse, ceux de Hyeri cascadent en boucles lâches sur son dos. Toutes les deux semblent prêtes, à ceci près qu'elles sont encore en pyjama.

– Tout va bien ? me demande Hyeri.

– Oui.

– C'est un « oui » qui veut dire « non » ?

– Oui.

Les jumelles se concertent d'un regard.

– Tu veux en parler ? s'enquiert Juhyun.

– Non, dis-je en m'écroulant de nouveau sur la table. Je ne voudrais pas gâcher la fête. Non, tout va bien. J'ai juste besoin de boire un coup, dis-je en ouvrant finalement la bouteille de tequila.

Avachie sur la table comme un paresseux cramponné à sa branche, je bois au goulot. Elles me regardent grimacer à cause du goût amer.

– OK. Qu'est-ce qui t'arrive, Rachel ? insiste Juhyun.

– Si vous tenez à le savoir, au moins, buvez avec moi, je réponds en essuyant un filet de tequila sur mon menton.

– Très bien, répond Hyeri en débouchant une bouteille de makgeolli à la pêche. Visiblement, quelque chose te rend triste, et puisque rien n'est plus triste que de boire seule, on t'accompagne. Jjan !

Juhyun lève sa canette de bière.

– Jjan !

Après avoir trinqué, nous vidons nos verres cul sec.

Une heure plus tard, j'ai la tête qui tourne.

Il se pourrait même que je sois un peu ivre. Juste un peu.

Quand je fais remarquer aux jumelles qu'elles ont l'air parées pour se rendre à une pyjama-party super chic, elles insistent pour que je me fasse belle, moi aussi. Elles bouclent mes cheveux, soulignent mes yeux d'un trait d'eye-liner et appliquent du rouge sur mes lèvres. Juhyun orne même mes ongles d'un motif « galaxie » qu'elle a récemment appris à réaliser. À un moment, l'une de nous propose qu'on se mette sur notre trente-et-un et qu'on reste là. Après avoir enfilé une robe de soirée, nous nous affalons sur le canapé avec une bouteille de vin et un énorme paquet de chips à la seiche, les pieds sur la grande table basse en marbre et en verre.

– Qui a eu cette idée ? je demande avec un hoquet.

– Toi, répondent Juhyun et Hyeri en même temps.

Nous hurlons de rire. Je me pelotonne dans le canapé, la tête sur l'épaule de Juhyun. Je ne sais pas si c'est à cause de l'alcool ou parce que je n'ai pas encore réalisé que DB allait probablement me virer, mais je me sens étrangement soulagée.

Je me sens libre et même *normale*.

J'imagine ce que pourrait être ma vie. Me préparer avec mes copines avant de sortir, traîner sans me sentir coupable, ou rire en regardant Hyeri jeter des chips en l'air pour les rattraper avec sa bouche tandis que Juhyun tente de les intercepter. Rien ne serait compliqué. Je pourrais m'habituer à ce genre d'existence.

Peut-être est-ce ce dont j'ai toujours eu besoin.

On frappe à la porte.

– Oh noooon, je suis trop bien, là, je murmure en m'enfonçant plus profondément dans le canapé.

– Moi aussi, dit Juhyun. (Elle pousse Hyeri du bout de l'orteil.) Va ouvrir ; c'est toi la plus jeune.

– Tu n'as que dix minutes de plus que moi ! rétorque Hyeri.

– Ne discute pas, maknae, dit Juhyun tandis qu'on frappe encore.

– D'accord, mais j'emporte ça, répond Hyeri en lui arrachant le paquet de chips des mains.

Le serrant sur son cœur comme un bébé, elle traverse la pièce en titubant sur ses talons aiguilles et ouvre grand la porte.

Daeho se tient là, en smoking de velours bleu. Avec ses cheveux plaqués en arrière et le bouquet de roses rouges qu'il serre contre sa poitrine, il a plutôt fière allure. Je crois qu'il a même enduit son visage de crème. *C'est ton moment, Daeho.*

– Salut, lâche-t-il, un peu nerveux.

Hyeri écarquille les yeux.

– Daeho ! Qu'est-ce que tu fais là ? (Elle s'empresse de s'écarter et ébauche un geste en direction du canapé.) Tu es venu pour Juhyun.

– Juhyun ? Euh… non, en fait, je suis venu pour toi, dit-il en lui collant maladroitement le bouquet de roses dans les bras.

Hyeri lâche le sachet de chips à la seiche, qui s'étalent sur le plancher.

– Pour moi ?

– Il y a une carte à l'intérieur, dit Daeho en se frottant la nuque.

Hyeri extrait la carte du bouquet et la lit à voix haute.

– « Il m'a fallu un million d'années pour trouver le courage de te le dire, mais je pense à toi tous les jours. Mon cœur t'appartient déjà, alors tu veux bien être ma *yeoja* chingu ? »

– Sérieusement ?

Il blêmit.

– Tu trouves ça trop sentimental ? Flippant ? Trop sentimental *et* flippant ?

– Trop sentimental ! s'écrie Juhyun depuis le canapé.

– On ne t'a pas sonnée ! lui répond Hyeri. Ignore-la, s'il te plaît. (Elle presse la carte contre son cœur.) C'est parfait. Je croyais que tu préférais Juhyun.

– Quoi ? Pas du tout, c'est toi qui me plais, depuis le début. Je ne savais pas comment te le dire. Et sachant à quel point vous êtes proches, j'ai pensé qu'il fallait être sympa avec ta sœur… Je me suis trompé ?

Cramponnées l'une à l'autre, Juhyun et moi observons la scène depuis le canapé. J'entends renifler à côté de moi.

– Non, tu ne t'es pas trompé, dit Hyeri. Et toi aussi, tu me plais.

– C'est vrai ? demande-t-il avec un grand sourire. Je ne savais pas comment tu le prendrais… Comme on est amis depuis longtemps, j'avais peur de tout gâcher…

Hyeri se jette à son cou et presse ses lèvres contre les siennes. Juhyun et moi applaudissons, tandis que Daeho serre Hyeri dans ses bras pour l'embrasser passionnément alors que des chips craquent sous leurs pieds.

– Je n'y avais jamais pensé, mais en fait, ils vont carrément bien ensemble, me souffle Juhyun.

Par la fenêtre filtrent les premiers rayons de soleil. J'ouvre les yeux, un peu patraque, et je constate que je suis dans mon lit.

– Comment ai-je atterri ici ?

J'essaie de me souvenir de la soirée d'hier. Après que Juhyun et moi avons insisté pour faire à Daeho un soin complet du visage, il m'a raccompagnée chez moi et quand je lui ai dit que mes chaussures me faisaient horriblement mal aux pieds, il a même retiré les siennes pour me les prêter.

Je repense à Daeho et à Hyeri, puis me rembrunis en me rappelant les autres événements de la journée d'hier : Jason ; les photos ; les commentaires. Tous mes efforts anéantis.

La tête dans un étau, je me retourne dans mon lit en soupirant et attrape la pile de papiers qui dépasse du tiroir de ma table de nuit. Ce sont les formulaires d'inscription pour la fac qu'Umma m'a remis il y a quelques mois et auxquels je n'ai pas touché depuis.

Je m'attarde sur une liste de questions.

« Comment vous décririez-vous ? Où vous projetez-vous dans dix ans ? Quelles sont vos plus grandes passions ? »

Mon cerveau est vide. Comment répondre maintenant que ma vie chez DB est terminée ? Comment savoir qui je suis ou ce que je souhaite sans la K-pop ? Ai-je même d'autres centres d'intérêt ? Alors que, pendant si longtemps, j'ai nourri des projets précis, j'ai l'impression que mon avenir n'est plus qu'un immense point d'interrogation.

Peut-être qu'il est temps d'imaginer autre chose.

Je me lève et attache mes cheveux en un chignon foutraque. Umma passe la tête par la porte alors que je m'installe à mon bureau.

– Que fais-tu ? demande-t-elle d'une voix douce.

– Je me prépare pour la fac.

Ma voix se brise sur le dernier mot et soudain, la réalité me rattrape, comme si la question d'Umma avait percé l'engourdissement qui me tenait lieu d'armure et qu'elle me permettait enfin de ressentir la douleur.

Parce que, oui, *j'ai mal*.

– C'est fini, dis-je tandis qu'Umma vient s'asseoir sur mon lit. La K-pop, tout ça, terminé. Rien ne s'est déroulé comme je l'espérais. Quand j'ai commencé, je pensais savoir où je mettais les pieds, mais je ne savais rien. Je me suis trompée sur toute la ligne.

– Tu n'avais que onze ans, objecte Umma avec douceur.

– Et aucune idée des sacrifices que cette vie impliquerait. C'est trop. Je ne suis pas assez forte. Je ne l'ai sans doute jamais été.

Je sens le chagrin me submerger. Umma m'observe longuement. Même si elle semble triste de me voir si mal, je suis sûre qu'elle est soulagée. Maintenant que la K-pop est derrière moi, je peux enfin me concentrer sur le lycée et l'université, comme elle l'a toujours souhaité.

Je m'attends à ce qu'elle m'aide à répondre au questionnaire, mais elle se lève et s'en va. Je l'entends ouvrir la commode de sa chambre, puis elle revient avec un album photos.

– Qu'est-ce que, c'est ?

– Ouvre-le.

Je tourne précautionneusement les pages. Toutes montrent ma mère. On la voit jouer au volley petite, puis, debout sur un podium, recevant médailles et trophées.

Quelque chose de lourd émet un bruit sourd ; je retourne l'album et découvre une médaille d'or fixée au dos. En dessous, il y a écrit : « Championnats de volley-ball féminin de l'université de Corée du Sud, 1989 ».

Je suis sans voix.

– Umma…

– Ça fait longtemps que j'aurais dû te raconter ce que le volley représentait pour moi. C'était bien plus qu'un loisir. Halmoni n'était pas d'accord. Elle voulait que je fasse des études et que j'apprenne un vrai métier, mais je ne l'écoutais pas. Moi, je voulais aller aux Jeux olympiques. Ça ne s'est jamais produit. J'étais douée, mais pas assez. J'ai mis du temps à le comprendre et j'ai beaucoup souffert…

– Umma, moi non plus, je… je ne suis pas assez douée. La K-pop, c'est fini.

Elle prend mon visage entre ses mains.

– Ma fille, tu ne comprends pas, dit-elle en souriant. Pourquoi crois-tu que nous sommes venus vivre en Corée ?

– Je ne sais pas. Halmoni venait de mourir…

– Tu as raison. Halmoni est morte et je suis venue en Corée pour l'enterrer. Je n'avais plus revu ma mère depuis des années et j'aurais voulu avoir du chagrin et la pleurer, mais, en réalité, j'étais en colère. Je lui en voulais terriblement de ne pas m'avoir soutenue et encouragée à aller au bout de ma passion. Alors pour éviter qu'il ne nous arrive la même chose et pour que tu puisses vivre ton rêve, nous avons emménagé ici. Mais moi non plus, je n'ai pas su te soutenir. Dans un monde où règne une telle concurrence, quelle mère souhaiterait voir son enfant souffrir ?

Je savais que tu te battrais pour y arriver, mais je voulais te protéger comme ma mère a voulu me protéger.

Elle sort son téléphone et me montre une vidéo de ma performance avec Jason et Mina au Stade olympique de Séoul. Les images sont tremblantes et se concentrent sur moi, avec des gros plans sur mon visage. Je lève les yeux sur Umma et surprends une pointe de mélancolie dans son regard.

– C'est Leah qui me l'a envoyée. Je n'étais pas assez douée pour réussir, mais toi, Rachel, tu l'es. Tu as l'étoffe d'une idole. Tu l'as toujours eue.

Je saisis la main qu'elle me tend et, bizarrement, je pense au père de Jason.

Même s'il m'arrive de me disputer avec Umma, je sais très bien que, quoi que je fasse, elle ne s'éloignera jamais de moi. Jamais je n'ai douté de son amour ni du fait qu'elle ne souhaite rien d'autre que de me voir heureuse et en sécurité. J'ai peut-être oublié un peu vite quelle chance c'était d'avoir une mère comme elle.

– Je suis fière de toi, dit-elle. Pardonne-moi d'avoir tardé à m'en rendre compte.

Quand je laisse enfin couler mes larmes, j'ai l'impression que ces derniers temps, je n'ai fait que pleurer. Mais cette fois, ce sont des larmes salvatrices, de celles qui vous font sentir un peu plus entière qu'auparavant.

– Merci, Umma. Alors tu ne t'inquiètes plus pour moi?

– Je suis terrifiée, avoue-t-elle en riant. Et je le serai toujours. C'est normal, je suis ta mère. Mais tu mérites de tenter ta chance. Et ne laisse personne t'en empêcher.

Je me blottis dans ses bras.

Soudain, la porte s'ouvre en grand.

– C'est bon, vous avez fini de pleurer ? Ça fait des heures que j'attends de pouvoir entrer ! s'écrie Leah en grimpant sur le lit pour se pelotonner entre Umma et moi.

Un éclat de rire se glisse entre mes larmes.

– Oui, on a fini.

Tout en serrant Leah dans mes bras, je souris à Umma, le cœur léger. Mais pour que mon soulagement soit vraiment complet, je dois encore vérifier quelque chose. Je pose mes mains sur les épaules de ma sœur et la regarde droit dans les yeux.

– Leah, est-ce que tu m'en veux ? Tu n'as jamais demandé à venir en Corée et...

– Ne t'inquiète pas, Unni. Tout va bien.

– Je sais que ta vie ici n'a pas toujours été facile, dis-je en repensant aux pestes de son collège.

– Hé, tu as dit que tu avais fini de pleurer !

– Je ne pleure pas !

– Je m'en fiche complètement de ces filles. Tu es ma sœur. Tes rêves sont mes rêves et, ça, c'est plus important que tout le reste. (Elle penche la tête vers Umma et lui décoche un petit sourire diabolique.) En plus, les auditions DB approchent... Maintenant que j'ai treize ans, il est grand temps que je m'y mette. Comme ça, Rachel ne sera pas la seule star de la famille !

Je reste bouche bée et vois Umma blêmir. Son téléphone sonne. Elle l'attrape sans quitter Leah des yeux, laquelle, retrouvant ses habitudes, est déjà sur son fil Instagram. Umma me donne un coup de coude.

– C'est Yujin.

Je me souviens alors qu'hier, j'ai éteint mon téléphone. À peine rallumé, il me signale plusieurs appels manqués de Yujin, ainsi qu'une flopée de notifications Kakao.

RDV chez DB. Immédiatement !

Chapitre 26

Quand j'arrive chez DB, Yujin m'attend dans le hall. Elle se précipite vers moi et me serre dans ses bras.

– Rachel ! J'ai appris tout ce qui s'est passé.

Mon cœur cesse de battre. « Tout », y compris ma relation avec Jason ?

Elle recule d'un pas, et ses yeux lancent des éclairs.

– On m'a dit que DB s'était servi de Mina et toi pour lancer la carrière solo de Jason. (Elle me scrute.) M'aurais-tu caché quelque chose ?

Je secoue la tête.

– Écoute, j'ignorais complètement ce que DB complotait. Si je l'avais su, j'aurais fait tout mon possible pour l'empêcher. (Ses lèvres se crispent.) Je suis désolée de ne pas avoir su te protéger.

Mon cœur se serre à l'idée que Yujin se sente responsable de cette situation. Pas une seconde je n'ai pensé qu'elle puisse être impliquée, et si quelqu'un devait me présenter des excuses, ce n'est certainement pas elle.

– Ne sois pas désolée. Tu m'as toujours soutenue. Et je vais plutôt bien.

Ce n'est qu'un demi-mensonge.

– C'est vrai ? Tu es sûre que tu m'as tout dit ?

Décidément, elle me connaît trop bien. Je suis tentée de lui révéler mon histoire avec Jason. Ce serait un soulagement.

Fini les secrets. Fini les mensonges. Mais imaginant déjà sa déception, je me contente de lui offrir mon plus beau sourire.

– Sûre et certaine. Ne t'inquiète pas.

Elle soupire.

– Inutile de me dire ça. Il y a toujours des raisons de s'inquiéter.

De l'autre côté du hall, des trainees de deuxième année sortent de la cafète.

– Tu es au courant, pour Akari ?

– Oui, je n'arrive pas à y croire ! De toutes les filles chez DB, jamais je n'aurais pensé que...

J'essaie d'entendre la suite, mais leurs voix faiblissent à mesure qu'ils s'éloignent.

J'interroge Yujin du regard.

– Que se passe-t-il avec Akari ?

– Tu n'es pas au courant ?

Elle se mord la lèvre.

– Akari a signé avec un autre label. Elle n'est plus chez DB.

Cette nouvelle me fait l'effet d'un coup de poing dans le ventre.

Ce n'est pas possible. Elle m'en aurait parlé.

Mais j'ai beau essayer de m'en convaincre, je sais que c'est faux. J'ai été tellement absente de la vie d'Akari ces derniers temps, comment aurait-elle pu m'en parler ? La bouche sèche, je repense au message qu'elle m'a envoyé hier soir, juste au moment où ma vie volait en éclats. Je l'ai complètement laissée tomber.

Une fois de plus.

J'attrape mon téléphone et lui envoie un message, mais il ne part pas. Je l'appelle, puis je tente FaceTime – rien.

Elle est partie.

– Viens, dit gentiment Yujin en me prenant par le coude pour me guider dans le couloir. C'est la cérémonie du salut d'accueil, aujourd'hui. Je sais que ça ne t'amuse pas, mais ça te changera les idées. Allez.

D'un pas pesant, je la suis vers l'auditorium. Yujin me pousse sur la scène où se tiennent déjà tous les autres trainees, attendant que les nouveaux s'inclinent devant eux. Tous, sauf Akari.

Je n'arrive pas à croire qu'elle ne soit plus là.

– Regardez qui a finalement daigné venir, siffle Eunji.

Elle éclate une bulle de chewing-gum sur ses lèvres.

– On s'est dit qu'à l'heure qu'il est, tu étais probablement morte de honte, lance Lizzie qui me regarde avancer vers le premier rang en fronçant les sourcils.

– Alors, princesse ? (Mina me bloque le passage en souriant de toutes ses dents. Si le récent scandale des articles de presse l'a déstabilisée, elle n'en laisse rien paraître et a retrouvé son air de peste habituel.) Tu dois savoir où est ta place, maintenant ?

Elle a raison.

Je sais où est ma place.

Je m'avance au premier rang, juste à côté d'elle, exactement à la place que j'occupe dans la hiérarchie.

– C'est là que je dois être, dis-je.

Chacun se tait tandis que Mina et moi échangeons un regard noir. La tension est palpable. Tous semblent retenir leur souffle. Quand les nouveaux – suivis de M. Noh – commencent à s'incliner, Mina détourne enfin les yeux.

Je me redresse, plus déterminée que jamais. Je ne me laisserai piétiner par personne. J'ai travaillé dur pour être là. Cette place, je la mérite et même les dirigeants de DB ne peuvent me la reprendre.

Quelques-uns d'entre eux s'immobilisent justement devant moi avec un sourire impitoyable.

– Rachel, dit Mme Shim.

Je m'incline.

– Madame Shim, je réponds avant de me tourner vers M. Noh.

– Comment vas-tu ? me demande ce dernier d'un ton hésitant.

Je peux voir mon visage aux traits tirés se refléter dans ses lunettes.

– Oui, enchaîne M. Lim qui peine à masquer son mépris, nous n'étions pas certains de te voir ici.

Je serre les dents. M. Lim semble furieux, et M. Noh ne cesse de tripoter son mouchoir de poche en satin. Ils savent que je suis au courant de tout et attendent de voir quelles cartes je vais abattre. Très bien. À ce jeu-là, j'ai été à bonne école.

Après tout, c'est DB qui m'a formée.

– Pour rien au monde je n'aurais manqué cette cérémonie et je n'envisage pas non plus d'aller voir ailleurs, dis-je avec un sourire d'élève modèle. Nous formons une famille.

M. Lim reste de marbre, mais M. Noh m'adresse un sourire résigné.

– Je n'en attendais pas moins de toi.

Il y a quelque chose de calculateur dans son attitude dont je ne sais que faire, mais déjà, il s'éloigne.

Nous descendons de scène pour regagner nos sièges et écouter les discours. Je ne me détends qu'après m'être laissée tomber dans un fauteuil au fond de la salle et ferme les yeux. Le pire est derrière moi.

Je sens quelqu'un qui s'installe à côté de moi. Je rouvre les yeux.

C'est Jason.

Nous nous regardons pendant quelques secondes. Il semble fatigué et abattu, comme s'il n'était plus que l'ombre de lui-même. Celui qui débordait de confiance en lui et ne doutait pas une seconde que chacun rêvait d'être son meilleur ami.

– Rachel… (Il tend la main, comme s'il voulait attraper la mienne, puis suspend son geste pour agripper son accoudoir.) Félicitations, finit-il par dire avec un sourire crispé.

Puis il se lève de son fauteuil et disparaît dans l'allée.

Sidérée, je le regarde s'éloigner. Félicitations ?

Pour quoi ?

M. Noh s'avance sur la scène pour son discours, mais je suis si perturbée par ce qui vient de se produire avec Jason que j'ai du mal à l'écouter.

– Nous sommes ravis de vous annoncer le lancement de notre nouveau groupe féminin : Girls Forever ! S'il vous plaît, joignez-vous tous à moi pour accueillir les neuf demoiselles qui, j'en suis sûr, deviendront les plus grandes idoles de Corée !

Tout l'auditorium est en extase. Essayant désespérément de deviner les noms qui vont suivre, trainees et entraîneurs se dévissent le cou pour voir qui est dans la salle. Je me redresse dans mon siège.

J'ignorais qu'aujourd'hui, DB annoncerait la composition du prochain groupe. Et à la vue des mines stupéfaites autour de moi, je n'étais pas la seule.

– Merci d'accueillir Shin Eunji qui, quoi qu'elle fasse, enflamme son public ! Ryu Sumin, l'incarnation de la grâce et de l'élégance ! Yoon Youngeun, pour sa maîtrise parfaite des harmonies vocales ! Lee Jiyoon, une artiste merveilleusement créative. Shim Ari, dont la voix de velours défie n'importe quel crooner. Im Lizzie, notre danseuse extraordinaire. Et Choi Sunhee, la rappeuse la plus douée de DB.

Marquant une pause, il balaie la salle du regard. Le suspense est insoutenable. Mina se penche en avant sur son fauteuil, ses ongles griffant les accoudoirs. Ni elle ni moi ne l'avons encore entendu prononcer nos noms.

Est-ce maintenant qu'il va nous renvoyer ? Là, devant tout le monde, après avoir donné les noms des Girls

Forever ? Ce serait cruel, mais conforme à l'image de DB. Je me prépare pour la suite, quelle qu'elle soit.

– Pour finir, je suis particulièrement fier d'annoncer les deux derniers membres. (Il ouvre grand les bras, tel un père satisfait de sa progéniture.) Ces deux jeunes femmes ont déjà gratifié DB d'un nombre incalculable de succès. Elles incarnent nos valeurs et tout ce qui fait de nous une famille, et je sais qu'elles continueront d'illustrer de manière exemplaire ce que sont des idoles DB. (Il esquisse un sourire de requin.) J'ai nommé Rachel Kim comme chanteuse principale, et Choo Mina comme danseuse principale de Girls Forever !

Ces mots résonnent en boucle dans ma tête, et mes jambes sont engourdies. Les genoux vacillants, je parviens par je ne sais quel miracle à parcourir l'allée latérale pour monter sur scène, entendant à peine les acclamations qui résonnent dans tout l'auditorium.

Ce matin, je pensais que ma carrière était fichue, et voilà que je suis sur le point de débuter.

M. Noh me serre la main, tout sourire.

– Félicitations, dit-il, tes rêves deviennent réalité.

J'y suis arrivée. Je ne rêve pas. J'y suis enfin arrivée.

Je scrute la salle à travers mes larmes pour chercher Yujin. Elle applaudit et pleure, elle aussi. Je voudrais courir pour la prendre dans mes bras, mais je sais que ce n'est pas le moment. Au lieu de quoi, je repère Jason qui se tient debout dans un coin reculé de la salle, et constate que M. Choo est à ses côtés. Ce dernier lui murmure quelque chose à l'oreille, et Jason hoche la tête avec conviction.

À la fin de son discours, M. Noh descend de scène et les rejoint. Jason serre la main des deux hommes d'un air sombre, mais déterminé. L'inquiétude me tord soudain le ventre. Jason savait que j'allais débuter et que je ne serais pas renvoyée de DB. Mais comment ?

Et qu'a-t-il entrepris pour que je sois là ?

– Félicitations.

Je me retourne et me retrouve face à Mina, encadrée par Lizzie et Eunji.

– Chanteuse principale, la classe ! s'exclame Lizzie d'un ton faussement enthousiaste.

– C'est génial qu'on soit toutes dans le même groupe, ajoute Eunji.

– Les filles, laissez-moi seule une minute avec Rachel, dit Mina. Je voudrais la féliciter personnellement.

Dociles, Lizzie et Eunji quittent la scène. Mina me sourit, le regard brillant d'une lueur diabolique que je connais bien.

– Ton petit numéro était parfait, murmure-t-elle, mais ne va pas t'imaginer que ta place a changé. Maintenant que nous allons tourner ensemble, Yujin ne sera plus là pour te protéger. Tu crois que tu pourras survivre sans elle ?

– Je saurai m'imposer, Mina, dis-je en croisant les bras. Après tout, c'est moi la chanteuse principale.

Elle reste imperturbable.

– Si j'étais toi, je ne laisserais pas ce titre me monter à la tête. Tu ne devrais pas être trop confiante. On ne sait jamais, tu pourrais… perdre pied.

Elle sort son téléphone et me montre une vidéo. C'est encore une vidéo tournée au Stade olympique de Séoul, mais cette fois, on y voit les Electric Flower chanter *Starlight River*. Je hausse les sourcils et lui lance un regard méfiant. Pourquoi me montre-t-elle ça?

Et soudain, je vois. La couverture étoilée se relève et les lumières se rallument. Dans un coin de l'écran, on nous aperçoit, Jason et moi, nous embrasser dans les coulisses. Cela ne dure qu'une demi-seconde, mais c'est incontestable.

– Qui t'a envoyé ça? je demande, en panique.

– Ta sœur. Le jour où je suis venue chez toi, elle m'a montré des vidéos du concert et j'ai noté ce détail très intéressant. Je lui ai demandé de me l'envoyer. Tu sais bien que je suis une grande fan des Electric Flower.

Si cette vidéo circule, c'en est terminé pour moi. Je subirai le même sort que Kang Jina. Jason est convaincu que l'industrie de la K-pop va évoluer, mais si ces deux derniers jours m'ont appris quelque chose, c'est que cette évolution ne sera pas assez rapide pour que je puisse en bénéficier.

– Tu ne ferais pas une chose pareille, dis-je, tout en sachant pertinemment qu'elle le ferait sans hésiter.

Elle me tient.

Tout sourire, elle range son téléphone dans la poche de sa jupe.

– Encore bravo, Rachel. On va s'éclater, l'année prochaine.

Chapitre 27

– Dans quelques instants, vous allez monter sur scène pour votre premier concert, comment s'est déroulé ce mois de répétitions ?

Assises en rang d'oignons, nous portons toutes la même tenue bleu électrique ornée de fleurs fluo. Ma robe dos-nu rehaussée de pétales épouse joliment mon corps. J'ai des baskets montantes d'un blanc immaculé et des chaussettes blanches remontant à mi-cuisses. Rejetant mes cheveux parfaitement bouclés par-dessus l'épaule, je souris au journaliste en battant des cils.

Tête haute, jambes croisées. Ventre rentré, épaules en arrière. La caméra zoome sur mon visage. Des millions de gens nous regardent en direct à travers toute la Corée.

– C'était un vrai défi, mais on a beaucoup répété et nous sommes prêtes, dis-je avec aisance. C'est très inspirant de travailler avec des filles aussi talentueuses. Elles m'ont beaucoup appris.

Notamment à me tenir sur mes gardes à chaque instant. Du chewing-gum dans ma brosse à cheveux dont Eunji s'est fermement défendue, à mes chaussures disparaissant mystérieusement à chaque séance d'essayage, toute cette période précédant mes débuts n'a été qu'une suite sans fin de travail et de nuits sans sommeil où je devais constamment déjouer les mauvaises farces de mes soi-disant meilleures amies.

Je souris à la caméra.

Si seulement les fans savaient à quoi ressemblent nos vies en vrai.

Toutes les filles réagissent à mon gentil commentaire par des « oh ! » tout sucre et Sumin et Lizzie posent même la tête sur mon épaule, dans un câlin collectif. Je les étreins à mon tour, comme si j'étais la figure centrale de cette grande fête de l'amour. Leurs ongles me griffent les bras tandis que le journaliste reste attendri devant cette scène.

– Vous semblez sincèrement apprécier de travailler ensemble, dit-il.

– Absolument, renchérit Mina, feignant à la perfection l'enthousiasme maîtrisé. Je n'aurais pas pu imaginer de meilleures partenaires pour m'accompagner dans cette aventure. (Elle nous lance à toutes un regard affectueux puis s'attarde sur moi en souriant.) Une route magnifique nous attend !

Juste avant le concert, je me tiens en coulisses et inspire profondément. Ce mois-ci s'est écoulé en un éclair, et l'heure de notre lancement officiel a sonné. Public du monde entier, nous voilà !

Le temps est venu de montrer de quoi nous sommes capables.

Des gloussements attirent mon attention. Je me retourne et surprends Mina en train de montrer une vidéo aux filles sur son téléphone. Toutes s'esclaffent et se bousculent pour mieux voir.

– Ça vaut de l'or !

– Je n'en reviens pas qu'elle ait pu filmer ça !

Je me précipite pour arracher le téléphone des mains de Mina. C'est une vidéo Instagram dans laquelle une fille joue au piano avec son chien.

– T'es malade ! C'est quoi ton problème ? demande Eunji.

– Laissez tomber, dit Mina en sirotant un verre d'eau. Princesse Rachel ne supporte pas les vidéos dont elle n'est pas la star.

Mon poing se serre autour de son téléphone. Mina veut me faire chanter avec sa vidéo ? OK, mais je ne compte pas rester les bras ballants. Je lâche le téléphone dans un verre d'eau, éclaboussant les autres filles qui reculent d'un bond en hurlant.

– Oups, désolée, Mina, dis-je innocemment. Ton téléphone a glissé. Mais tu sais, c'est peut-être mieux comme ça. Tu connais les consignes pour les réseaux sociaux et je ne voudrais pas que ça t'attire des ennuis.

Sur ce, je m'en vais, puis je m'arrête un instant, jetant un œil par-dessus mon épaule pour observer la montre couleur rubis que Mina porte au poignet. C'est la montre de M. Han, le fameux modèle unique légué par son grand-père. Je l'avais déjà reconnue à Toronto, mais n'avais rien dit. Je ne sais toujours pas comment Mina en a hérité, mais j'ai ma petite idée.

– Au fait, quelle heure est-il? je demande innocemment.

Ses yeux s'écarquillent. Troublée, elle jette un œil à sa montre en la recouvrant de sa main.

– Euh... presque treize heures.

– Merci. Bientôt l'heure de monter sur scène.

Les filles tentent de deviner le sous-texte de notre échange. Puis Eunji et Lizzie se regardent avant de s'avancer vers moi.

– On est prêtes, sunbae.

Je vois le visage de Mina se décomposer. Mais je m'éloigne.

J'ai une chanson à chanter.

Après d'ultimes retouches de maquillage, nous nous plaçons sur scène et attendons que le rideau se lève. Je prends place au centre, encadrée d'une rangée horizontale de quatre filles. Toutes les caméras sont braquées sur nous et derrière le rideau, j'entends les clameurs du public.

Je relève le menton. Parfait.

Ils vont assister au plus grand show de leur vie.

Si à onze ans, on m'avait annoncé quels sacrifices je devrais faire pour en arriver là, si j'avais su qu'on me volerait tant de choses, j'aurais pris ces mises en garde pour un scénario de K-drama. Le chemin s'est avéré plus difficile que tout ce que j'aurais pu imaginer, mais je l'ai fait.

Envers et contre tout, j'ai réussi. Je suis prête.

Je repense à cette haenyo. *On se dit que ce métier, on l'exerce depuis toujours et qu'on continuera jusqu'au bout.*

Je repense à Leah. *Tes rêves sont mes rêves.*

Je repense à Umma. *Tu mérites de tenter ta chance, Rachel.*

Quand le rideau se lève enfin, je fixe la caméra, laissant les autres derrière moi, et je m'avance seule sous les projecteurs.

Je ne laisserai personne se mettre en travers de mon chemin.

C'est à mon tour de briller.

Remerciements

J'ai tellement de gens à remercier de m'avoir aidée à réaliser mon rêve ! À commencer par mes idoles étincelantes, dont le soutien indéfectible et héroïque et l'enthousiasme m'ont encouragée et inspirée d'un bout à l'autre de cette aventure !

Merci à toute l'équipe de Simon & Schuster, mes éditeurs américains, et particulièrement à ma bonne étoile Jennifer Ung : Jen, tu m'as vraiment aidée à faire briller ce livre, de l'intérieur comme à l'extérieur. Toute ma gratitude également à l'inimitable Mara Anastas ainsi qu'à l'équipe de choc marketing et publicité : Caitlin Sweeny, Alissa Nigro, Savannah Breckenridge, Anna Jarzab, Emily Ritter, Nicole Russo et Cassie Malmo ; enfin et surtout, un énorme merci à Sarah Creech, superbe illustratrice qui a réalisé cette magnifique couverture étoilée à l'éclat incomparable.

Reconnaissance éternelle à mes super représentants de United Talent Agency – Max Michael, Albert Lee et

Meredith Miller – grâce à qui ce livre a pu sortir dans tant de pays. J'ai eu l'occasion de séjourner dans nombre d'entre eux, et me réjouis d'échanger avec ces lecteurs. Mêmes remerciements au talentueux Stephen Barbara de Inkwell Management d'avoir cru en ce projet dès le début, de lui avoir trouvé sa première maison d'édition et de l'avoir défendu sans relâche. Sans oublier les femmes merveilleuses de Glasstown Entertainment : je pense à Lexa Hillyer, qui n'a pas seulement écouté mes histoires de thé renversé, mais s'est vue elle-même arrosée de thé, ainsi qu'à l'incomparable Rebecca Kuss, qui n'a négligé aucun détail. Merci à Laura Parker et à Lynley Bird de chez Glasstown ; à Matt Kaplan, Max Siemers et tous les autres de Ace Entertainment pour leur acharnement à faire en sorte que mon bébé puisse un jour être diffusé sur grand écran. Merci aussi à Sarah Suk, une vraie star qui a su faire chanter mon livre.

Enfin, j'ai une immense dette envers toute ma famille qui m'a soutenue quand personne ne croyait encore à mon projet. Envers mes parents, qui ont toujours été là et m'ont laissée devenir qui je voulais. Et tout spécialement envers Krystal, la sœur la plus géniale dont on puisse rêver. Je t'aime de tout mon cœur.

Pour finir, je voudrais remercier Tyler. Tu as été tellement présent dans cette aventure, jamais je n'aurais pu aller jusqu'au bout sans toi. Ta ferveur et ta passion m'ont été d'une aide incomparable, et j'ai hâte de repartir à l'aventure avec toi.

Jessica Jung

Jessica Jung est chanteuse, actrice, créatrice de mode et influenceuse de réputation internationale. Américano-coréenne, elle est née à San Francisco et a grandi en Corée du Sud où elle a été apprentie chanteuse dans une école de K-Pop, avant de débuter en 2007 comme membre du groupe star mondial de la K-Pop *Girls' Generation*. Après s'être lancée en 2014 dans une carrière en solo, elle crée sa marque de mode Blanc & Eclare, qui remporte un vif succès. Jessica a fait la couverture des magazines à travers le monde, et sa marque est présente sur de nombreux médias, y compris des films. *I will shine* est son premier roman.

MIXTE
Papier issu de sources responsables
FSC® C022030

N° d'éditeur : 10260981
Achevé d'imprimer sur Roto-Page en avril 2021
par l'Imprimerie Floch à Mayenne
N° d'impression : 98081
Imprimé en France